RÉVÉLATIONS AU CRÉPUSCULE

SORCELLERIE À RAVENWOOD, TOME 2

CARRIE ANN RYAN

RÉVÉLATIONS AU CRÉPUSCULE

SORCELLERIE À RAVENWOOD, TOME 2

Carrie Ann Ryan

Révélations au crépuscule
Sorcellerie à Ravenwood
Par Carrie Ann Ryan
© 2021 Carrie Ann Ryan
eBook ISBN : 978-1-63695-229-1
Print ISBN: 978-1-63695-230-7
Traduit de l'anglais par Sophie Salaun pour Valentin Translation

Ceci est une œuvre de fiction. Les noms, les lieux, les personnages et les incidents sont le produit de l'imagination de l'auteur et sont fictifs. Toute ressemblance avec des personnes réelles, existantes ou ayant existé, des événements ou des organismes serait une pure coïncidence.

Pour plus d'informations, abonnez-vous à la LISTE DE DIFFUSION de Carrie Ann Ryan.
Pour communiquer avec Carrie Ann Ryan, vous pouvez vous inscrire à son FAN CLUB.

MYSTÈRES DE L'AUBE

Carrie Ann Ryan, auteure de best-sellers au classement du *New York Times*, nous livre une nouvelle série paranormale. Cette ville magique grouille de secrets, mais ceux qui y vivent doivent trouver un moyen de se protéger.

Quand Sage Reed se rend à Ravenwood, elle sait que la petite ville est à la hauteur de sa légende mystique, même si elle ne croit pas être une sorcière. Après avoir perdu son mari, elle est prête à changer, et la librairie de sa tante lui offre l'occasion idéale.

Rome Baker a ses propres secrets, dont certains sont même cachés dans cette ville où il habite. Mais lorsqu'une inconnue stupéfiante et intrigante lui sauve la vie au moment où elle croise son chemin, son ours intérieur comprend qu'elle est celle qu'il lui faut. Néanmoins, comme la ville est attaquée, il craint de manquer de temps pour lui montrer ce qu'ils peuvent partager.

Un nouvel ennemi se profile à l'horizon, tapi dans l'ombre, avec une histoire chargée de mensonges. Et si Sage et Rome ne font pas preuve de prudence, les nouveaux

pouvoirs de la jeune femme ne seront pas les seuls à s'enflammer.

CHAPITRE
UN

LAUREL

LA STÈLE ÉTAIT PLUS une pancarte, en réalité, qui brillait sous le soleil déclinant. Elle ne marquait pas une tombe, mais un souvenir.

Trace n'était pas enterré sous mes pieds. Son corps n'était pas là. Ses cendres avaient été dispersées au vent. L'un de mes meilleurs amis, l'homme dont je croyais qu'il serait mon tout, ou du moins celui dont je pensais illusoirement qu'il serait tout pour moi était parti depuis longtemps. Il ne restait plus de lui que cette pancarte que ses parents et la meute avaient voulu utiliser pour se le rappeler, lui ainsi que les souvenirs qui défilaient en ce moment dans mon esprit.

Trace était mort. Faith, une nécromancienne et sorcière noire, l'avait tué.

Je n'arrivais toujours pas à croire que je n'entendrais plus son rire, ce bon gros rire du fond du cœur qui me réchauffait. Il me faisait toujours sourire, même s'il me faisait aussi grogner plus souvent qu'à mon tour. Comme il était un ours métamorphe, il levait en permanence les yeux

1

au ciel et se mettait en tête dû me montrer exactement de quelle manière j'étais censée grogner. Le faible grondement qui s'échappait de mes lèvres de sorcière humaine ressemblait à celui d'un bébé.

J'avais aimé Trace. Peut-être pas de la manière dont les autres auraient pensé qu'il le fallait, à base d'éternité, de liens et d'âmes sœurs, mais je l'avais *vraiment* aimé.

Avant tout, il était mon ami, et je m'étais dit que peut-être que le destin déciderait que nous serions ensemble, au moins en partie. Parce que je savais que Trace n'était pas mon éternité. Il en avait eu le potentiel, mais ne m'avait pas vraiment appartenu. Et il n'aurait pas pu le faire même si le destin lui en avait laissé l'occasion. Si Faith et les revenants ne me l'avaient pas arraché. À sa famille aussi. À sa meute.

Il avait été mon grand ours, mon meilleur ami, celui sur lequel je pouvais m'appuyer quand j'avais l'impression que le monde allait s'écrouler autour de moi. C'était la personne vers qui je me tournais quand les choses devenaient trop compliquées. Quand j'avais dû me cacher de ma famille, de mon passé, de ma malédiction... et de mon faucon.

Je fronçai les sourcils, me demandant pourquoi j'étais si mélancolique. Non, ce n'était pas ça. Je le savais. Parce qu'il n'arrivait plus rien de bon.

— Tu me manques, Trace. Je te dirais bien que ç'aurait dû être moi, mais ce sera peut-être le cas bientôt.

Je grimaçai en bougeant, car le mouvement tirait sur les nouvelles marques de brûlures sur ma chair.

— Si cette malédiction a son mot à dire, ce sera sûrement mon tour bientôt.

Je restai à genoux devant la pancarte, seule à l'exception des habitants non magiques de la forêt. Les ours de la tanière de Ravenwood m'accordaient le temps de parler à

Trace. Certains étaient partis du principe qu'il aurait été mon compagnon. D'autres savaient simplement que nous étions amis, et voulaient me laisser en paix.

Je détestais ne pas avoir été assez forte ou rapide pour le sauver.

Comme la malédiction qui coulait dans mes veines me le rappelait, je n'étais pas assez rapide pour des tas de choses. Parce que Trace était mort, et que j'étais la suivante.

Chaque fois que je me servais de ma magie pour protéger cette ville, mes amis ou moi, le feu en moi me consumait.

Chaque fois que j'utilisais ma magie du feu, l'élément le plus proche de mon âme, cela me tuait un peu plus. Je faisais un pas de plus vers la mort et l'éternel tourment qui m'attendait à cause de la malédiction qui pesait sur ma famille.

Qui n'affectait pas seulement moi, mais aussi mes frère et sœur. Bien que ma maladie soit bien différente de celle de mon frère aîné, Ash.

J'étais une sorcière du feu, du cercle de Ravenwood. Et j'étais brisée.

Chaque fois que j'utilisais mon feu, les flammes léchaient mon corps, me brûlant de l'intérieur. J'avais conscience qu'un jour, je pratiquerais le sort de trop, et que c'en serait terminé. Je perdrais tout. Et peut-être que je le méritais.

Je ne savais pas exactement ce que j'avais fait, mais je ne disposais pas de la force de Rowen, ma meilleure amie et leader. Je n'étais pas Sage, le nouveau membre, la sorcière des eaux. L'innocente arrivée tout récemment dans notre ville.

Je les aimais toutes les deux, elles étaient mes sœurs en

tous points, sauf par le sang, mais elles devraient trouver un moyen de vaincre les ténèbres sans moi. Peut-être Rowen finirait-elle par avoir assez confiance en Ash pour qu'il rejoigne le cercle, et il serait le troisième pour l'ancrer.

Je savais que je n'avais plus beaucoup de temps à vivre. Les brûlures sur mon flanc et sur mon âme en étaient la preuve.

Il fallait que je retourne en ville travailler à la librairie, mais je ne voulais pas laisser Trace derrière moi.

Sauf qu'il n'était pas là. Il fallait que je m'en souvienne. Il était parti. Cette plaque n'était qu'un endroit où les personnes restées au pays pouvaient se recueillir et faire leur deuil. Il n'était pas là.

Je me levai, ignorant les étirements et les déchirures douloureuses de ma peau. Je lissai ma chemise, en m'assurant de couvrir les plaies et les brûlures. Personne n'avait besoin de se rendre compte de la douleur que je ressentais ou de voir à quel point j'étais proche de ma fin.

La seule personne que je soupçonnais d'être au courant, c'était Jaxton, même si je n'étais pas certaine qu'il soit prudent qu'il le sache.

Mais il avait toujours su.

Et c'était la raison pour laquelle je le repoussais. Pourquoi je m'étais accrochée à Trace alors que nous savions tous les deux que nous ne serions pas éternels ?

— Tu vas bien ? me demanda Ariel, et je me retournai.

Je savais que la femme était là, car ma magie m'avait avertie de sa présence, mais j'avais fait de mon mieux pour ne pas tressaillir ni montrer de signe de faiblesse. Ariel était le commandant en second, la bêta de la meute d'ours de Ravenwood. Rome, le compagnon de Sage et ours métamorphe dur à cuire, en était l'alpha. Ariel avait été nouvellement titularisée en tant que bêta.

Une fois Trace mort, et Alden, le dernier des ours triplés, également décédé, Ariel avait pris la relève.

Je retins un grognement, en essayant de ne pas penser à Alden. Le traître. Celui qui avait tellement voulu le pouvoir qu'il était allé voir une nécromancienne pour l'obtenir. Il avait causé la mort de Trace. Et la disparition de tant d'autres. Je ne le lui pardonnerais jamais.

— D'après l'expression de ton visage, tu penses soit à Alden, soit à Faith. Ou à cet Oriel, dit Ariel en inclinant la tête, tout en me fixant.

Je retins un soupir.

— Il y a un peu de tout ça. Mais surtout Alden.

Les yeux d'Ariel brillèrent un instant avant qu'elle ne laisse échapper une expiration. Son ours n'était pas loin.

— Je ne peux pas m'empêcher de me demander s'il aurait changé si je l'avais affronté plus tôt. Si je l'avais obligé à redescendre dans la hiérarchie. Peut-être que ça aurait été suffisant.

Je secouai la tête, ignorant les tiraillements de ma peau alors que je me dirigeais vers l'autre femme.

— Non. Tu as peut-être toujours été plus forte que lui et tu aurais mérité d'être troisième après Trace et Rome, mais battre Alden n'aurait fait que le pousser plus tôt au bord du gouffre. Qui sait ce qu'il aurait pu faire si on lui en avait donné l'occasion ?

— Je sais que tu as raison, mais je déteste toujours autant ce qu'il a fait à notre meute. À Trace.

Je hochai la tête, pinçai les lèvres.

— J'en suis au même point. Mais on ne peut rien y changer. Il n'y a pas de retour en arrière possible.

— Si seulement il y avait des sorcières du temps !

Je ricanai.

— Je ne suis pas certaine que la magie fonctionne de

cette manière. Mais qui sait ? Peut-être que tu pourrais demander à Aspen.

Ariel rayonna.

— Le chef des faë *a effectivement* de magnifiques pouvoirs. Qui sait ? Peut-être qu'il *peut* remonter le temps. Il a vu défiler de nombreuses années, après tout.

Aspen était l'énigmatique leader faë de notre toute petite ville. Elle regroupait des faë, des sorcières, des humains, des métamorphes et d'autres créatures magiques qui vivaient dans le secteur de la ville.

Et chacun avait des secrets.

Ravenwood était une ville spéciale. Elle l'avait toujours été.

Je hochai la tête en guise de remerciement et saluai Ariel alors que je me dirigeais vers le centre-ville. J'avais besoin d'espace. La métamorphe parut le comprendre. Elle devait être en patrouille pour protéger les terres autour du repaire. Je lui en étais reconnaissante. Les ours et les autres métamorphes surveillaient Ravenwood. Les sorcières, elles, faisaient usage de leur magie pour nettoyer les dégâts, cacher l'existence du paranormal au reste du monde et faire en sorte que les protections qui entouraient les limites de la ville restent stables et solides. Il nous fallait des frontières magiques pour préserver le secret et garder Oriel, et quiconque se trouvait dans cette obscurité, à distance.

Seulement, nous ne semblions pas assez forts, et je ne pouvais m'en prendre qu'à moi-même. Sage était nouvelle, et elle venait tout juste de découvrir son pouvoir après qu'une malédiction l'avait tenue éloignée de nous pendant tout ce temps. Aujourd'hui, elle était accouplée à l'ours alpha, et apprenait à maîtriser ses capacités pour aider Rowen à assurer la sécurité de la ville.

J'étais le maillon faible.

J'adressai un signe de tête à Frank, un jaguar plus âgé qui était venu à Ravenwood plusieurs années plus tôt, et n'en était jamais reparti. Autrefois, il était plus rapide que n'importe quel autre métamorphe dans les confins de la ville. Mais aujourd'hui, il avait un peu vieilli et avait de l'arthrite dans les hanches. Pourtant, il était tellement rapide que c'était parfois impressionnant de le voir bouger.

Il inclina le bord de son chapeau vers moi, puis entra dans la petite boulangerie que Sage possédait et exploitait.

Je sentis l'odeur de la levure et du pain dans l'air et je gémis quand mon estomac gronda. Sage était une boulangère fantastique, et elle avait apporté de belles choses à notre ville. Avant, nous n'avions qu'un petit restaurant italien. Il faisait du pain, mais rien de comparable à celui que Sage fabriquait et auquel elle infusait de sa magie.

Il était incroyable. Elle était un grand atout pour la ville.

J'essayais juste d'être et de faire la même chose. Je levai les yeux vers l'enseigne de la librairie et ressentis un léger pincement au cœur. La tante de Sage, Penelope, avait été la propriétaire de cette boutique. Elle l'avait créée et y avait mis son âme.

Un trou béant s'était creusé dans la mienne, ainsi que dans la ville quand les revenants et Faith l'avaient tuée. J'aimais Penelope comme si elle était de ma propre famille et d'aussi loin que je me souvienne, j'avais toujours travaillé à la librairie.

Certes, je contribuais toujours à l'entreprise de mon frère pour l'aider dans le domaine de l'immobilier et de la finance à travers le pays et le monde, mais ma principale profession était désormais la librairie elle-même.

Après la lecture du testament de Penelope et le partage

de la librairie entre Sage et moi, j'avais pleuré. J'avais laissé les autres voir ma faiblesse et mes larmes. J'avais toujours considéré Penelope comme un membre de la famille, et savoir qu'elle ressentait la même chose m'avait stupéfiée. Sage avait été la première à me dire que je devais le faire. Elle avait même essayé de me céder sa moitié, mais je l'en avais empêchée.

— *Elle était ta famille. Ce devrait être à moi de te la céder,* lui avais-je dit.

Sage avait simplement secoué la tête.

— *Non, si tu ne veux pas que je te cède ma moitié, alors on la gardera toutes les deux. Je tiendrai la boulangerie, tu t'occuperas de la librairie, et nous pourrons apporter la mémoire et la magie de Pénélope à ce monde.*

J'avais simplement hoché la tête, touchée au-delà de toute mesure. Je faisais de mon mieux pour ne pas ruiner cet endroit qui m'avait apporté tant de joie pendant si longtemps.

La ville était comme n'importe quelle petite bourgade de Pennsylvanie. De petites boutiques familiales bordaient Main Street, chacune ayant sa propre enseigne en bois sculptée à la main et occupant un bâtiment colonial qui avait probablement servi de maison à une époque. Elle recelait aussi des rues secondaires avec des commerces plus récents, qui proposaient des produits plus magiques que les livres et les pâtisseries de la rue principale, où se trouvaient la plupart des commerces. La boutique d'antiquités de Rowen était une véritable institution sur Main Street.

J'aimais la librairie, qui m'apportait tant de paix et de joie, mais je détestais cette impression que Penelope me manquerait toujours. Parce qu'elle n'était pas là, et qu'il fallait que je m'assure que son héritage ne mourrait pas.

Mes pouvoirs m'appelaient, et je les ignorai, sachant que je ne pouvais même pas tenter le destin avec un sort mineur. Il fallait que je sois entière pour m'occuper de la librairie. Une sorcière de feu incapable de contrôler ses pouvoirs sans se tuer entourée de métamorphes ne faisait pas toujours bon ménage avec eux. Je pris une grande inspiration, mais avant d'entrer dans la boutique, je fronçai les sourcils et inclinai la tête pour tendre l'oreille.

Un cri retentit dans l'air, un cri de faucon, et je levai les yeux sur Jaxton, le leader ailé de Ravenwood, et l'homme auquel je ne pouvais pas m'empêcher de penser. Il plana au-dessus de ma tête, et j'empoignai l'épée derrière moi avant d'avancer et de passer devant la librairie. Je me servais d'un petit sort pour dissimuler la lame à la vue de tous, mais comme je ne pouvais pas me servir de mes pouvoirs ni de sorts susceptibles de me tuer, j'avais dû apprendre à manier l'arme.

Et tandis que dans les limites de la ville de Ravenwood, tout le monde connaissait la magie, les ténèbres et les pouvoirs en place, les passants n'étaient pas autorisés à savoir. Nous avions installé des sorts pour la dissimuler, et Jaxton et Rome, en tant que solutionnistes et nettoyeurs, cachaient notre existence à ceux qui ne faisaient pas partie de la ville.

Mais c'était une bataille perdue d'avance, et nous le savions tous.

Cependant, je ne pouvais pas penser à tout cela. Il fallait que je garde en tête la raison pour laquelle Jaxton nous avait appelés.

Sage et Rome sortirent en courant de l'arrière du bâtiment, le gros ours prêt à se transformer, ses griffes déchirant le bout de ses doigts, tandis que sa bosse de grizzli se dressait. Je ne savais pas s'il pouvait se transformer complètement tout en restant habillé, mais il avait en lui le pouvoir de ne le faire que partiellement, ce dont tous les métamorphes n'étaient pas capables.

À ses côtés, je vis le pouvoir de Sage emplir ses yeux et tout son être. Elle était en train de devenir une sorcière puissante, et je n'étais pas jalouse le moins du monde. Nous avions besoin d'elle, surtout quand je nous retenais.

— J'ai entendu l'appel de Jaxton alors qu'on installait la boulangerie. Tu sais ce qui se passe ? m'interrogea Sage.

Je secouai la tête et sortis mon épée. Je ne pourrais peut-être pas l'enflammer avec un sort aussi facilement que lorsque j'avais perdu ma capacité à utiliser la magie dont j'avais besoin, mais je pouvais toujours me battre avec cette arme plus efficacement que quiconque habitant dans le périmètre de la ville.

— Je ne sais pas, mais son appel nous intimait de venir. Alors, on y va.

Je courus en direction du lac et de l'étang derrière Main Street, et vis arriver Ash du coin de l'œil. Mon frère, celui qui avait quitté la ville longtemps auparavant et qui n'y était revenu que récemment, m'adressa un signe de tête ferme et avança. Je sentais sa magie en lui, mais je n'avais pas l'impression qu'il s'en servirait. Surtout pas quand nous pouvions faire du mal aux autres. Ash s'en servait plus que moi puisque cela ne le faisait pas souffrir, du moins pour autant que je le sache. Mais il avait surtout recours à des sorts plutôt que de se servir de l'élément terre auquel il était connecté. Sa terre ne l'écrasait pas de la manière dont mon feu me brûlait.

Rowen nous suivit. Son pouvoir était immense, l'air autour d'elle tourbillonnait. Elle ne nous parla pas et ne regarda pas dans notre direction. Mais je n'avais pas besoin de me retourner pour savoir qu'elle était là.

Elle était *la puissance même*.

Et ceci en dépit du fait que sa force vitale était en train d'être siphonnée jusqu'à la dernière goutte pour protéger la ville.

Quelque chose arrivait, et nous devions nous battre.

Un cri retentit près du lac derrière Main Street. Je courus plus vite et vis Nelle, notre sirène gothique résidente, s'extraire de l'eau et pointer du doigt derrière elle.

— Des revenants. Je crois qu'il y en a cinq.

Elle cria à nouveau quand l'un d'eux sortit de l'onde et racla ses ongles sur les nageoires de son flanc. Elle le repoussa, mais les sirènes n'étaient pas aussi fortes sur la terre ferme. Elles pouvaient marcher sur leurs deux jambes et se déplacer comme des humains, mais c'était dans l'eau qu'elles étaient les plus puissantes.

— Tu savais que les revenants pouvaient nager ? me demanda Sage, et je secouai la tête, l'épée à la main.

— Pas le moins du monde.

J'avançai quand les assaillants furent à faible distance, et je frappai le plus à ma portée, qui s'approchait de Nelle.

— Merde ! dit-elle en enfonçant une dague attachée à son bras dans le crâne de son agresseur.

J'agrippai le bras de la sirène et la tirai pour la sortir de l'étang. Elle se secoua et prit sa forme humaine. Ses écailles noires se changèrent en pantalon de cuir, et sa chaîne et son haut en cuir ne subirent aucune transformation, puisqu'elle ne nageait pas torse nu. Elle m'adressa un signe de tête ferme, ses yeux cernés de khôl scintillant de magie.

— Je crois que c'est le seul qui était dans l'eau. Les autres sont là-haut.

Je grognai, me rappelant Trace une nouvelle fois.

— Tu vas bien ?

Elle se tint le flanc, puis me montra sa main ensanglantée.

— Ça va aller.

— D'accord. Alors, baisse-toi.

Ce qu'elle fit sans poser de question. J'aimais bien Nelle. Je la connaissais depuis qu'elle était bébé, et elle nous avait tous surpris avec sa véritable forme.

Je lançai un coup d'épée, décapitant un revenant, me demandant où se trouvait la nécromancienne qui contrôlait tous ces corps morts-vivants.

Nelle écarquilla les yeux et me tira. Je me retournai, me renfrognant parce qu'elle m'avait distraite. Soudain, il y eut un cri, celui d'un faucon. Je me baissai, faisant de mon mieux pour couvrir le corps de Nelle alors qu'un jet de feu s'élevait au-dessus de moi. Ma magie me réclamait, entonnant son chant de souffrance alors qu'elle brûlait de se joindre à eux et de combattre de la seule manière qu'elle connaisse.

Mais je ne pouvais pas.

Pas si je voulais vivre.

— Ce n'était pas moi ! criai-je pour m'assurer que tout le monde avait compris que je n'étais pas celle qui utilisait la magie de feu.

— Il y a une autre sorcière du feu ? demanda Nelle, et je la tirai, essayant de nous éloigner des flammes.

Alors Jaxton, le faucon métamorphe, l'homme que je ne pouvais pas laisser devenir mon compagnon, et qui se trouvait être le demi-frère de Nelle, vola vers nous, arrachant de ses serres les yeux d'un revenant qui avait rampé sur notre chemin. Et que je n'avais pas vu. Je hurlai lorsque les griffes du deuxième mort-vivant s'enfoncèrent dans mon flanc, et je craignis que Jaxton ne soit arrivé trop tard.

Ma magie brûlait en moi. Elle voulait sortir, mais il fallait que je sauve Nelle. Il fallait que je mette un terme à cette situation.

Cependant, une fois encore, il semblait que j'arrive trop tard.

Des flammes me léchèrent le flanc, et je regardai le monde brûler.

CHAPITRE

DEUX

JAXTON

LE FEU fit rage tout autour de nous, avant de mourir aussi vite qu'il était venu, ses tendons furieux menaçant de nous enflammer la peau avant de disparaître dans le néant. Laurel avait crié que la magie ne venait pas d'elle, et comme elle n'était pas brûlée de l'intérieur, je devais la croire.

Je regardai Laurel et Nelle et jurai à mi-voix avant d'utiliser mes serres pour arracher la tête du revenant le plus proche. Je tendis ma main libre.

— Lève-toi, Nelle. Et reste derrière moi.

Elle repoussa ses cheveux noirs de son visage et se renfrogna, tout en gardant les yeux rivés sur la bataille devant nous.

— Si tu me laissais avoir une épée comme Laurel, je pourrais me battre.

— Elle est trop lourde pour toi. Nous nous sommes entraînés avec d'autres armes. Des armes que tu n'as pas sur toi puisque tu viens de surgir des profondeurs avec la dague actuellement dans le crâne du revenant.

— D'accord, donc je peux frapper la tête de quelqu'un, mais pas la couper. Très utile.

15

Elle s'esquiva alors que Laurel se servait de son épée pour empaler le dernier revenant. Ma petite sœur me jeta un regard noir.

— Quoi ? m'enquis-je alors que l'adrénaline se propageait dans mon organisme.

Je détestais l'idée que Laurel souffre et que j'aie presque perdu ma petite sœur. Je ne savais même pas que les revenants pouvaient nager. Mais apparemment, c'était le cas. Et à présent, nous devions faire face à une nouvelle manière pour les monstres d'attaquer notre peuple. S'en prendre à ma sœur.

— Merci pour le coup de main, dit Laurel en glissant son épée dans le fourreau sur son dos, avant de faire rouler ses épaules.

Selon les jours, elle portait son épée sur son dos ou sa hanche. Elle était passée maître dans l'art de manier cette arme et changeait l'endroit où elle la portait en fonction des plaies présentes sur son corps.

La grimace que Laurel tenta de dissimuler quand elle bougea n'échappa ni à Nelle ni à moi. Elle ne pouvait pas me cacher sa douleur. Elle n'en avait jamais été capable, ce qui était probablement la raison pour laquelle elle m'évitait constamment. Ou du moins une partie de la raison.

Nous n'avions pas discuté depuis la dernière fois que j'étais allé chez elle, et que je l'avais regardée dans le miroir, lui disant qu'il était temps.

Évidemment qu'il était temps. Le moment était déjà dépassé. Mais Laurel ne voulait pas franchir ce pas. Et je savais qu'il y avait une bonne raison à cela. Le coût en serait trop élevé, et cela pourrait faire du mal à énormément de gens, mais je ne pouvais pas voir mourir Laurel. Je ne pouvais pas la perdre alors que je venais juste de la trouver.

Ou du moins je venais juste de m'autoriser à croire que je l'avais trouvée.

Seulement, ce n'était pas à propos de moi. Il ne s'agirait jamais de moi. Il était question de Laurel, de ses choix, de ces enfoirés qui voulaient tuer ma sœur et s'emparer de ma foutue ville.

— Pourquoi tu me regardes comme ça ? murmura Nelle en se penchant en avant.

— Ce n'est rien.

— Tu devrais juste lui dire ce que tu ressens.

Je regardai Nelle, faisant mon possible pour ne pas avoir l'air trop menaçant. C'était un gentil petit ange, du moins d'après notre mère. Une belle sirène qui ne pouvait pas faire de mal.

Ma mère, comme mon père et moi, était une métamorphe. Mon père était mort lorsque j'étais un jeune enfant, et ma mère s'était trouvé un autre compagnon, ce qui n'était pas inédit, mais assez rare. Mais cet homme appartenait au peuple sirène, ceux qui vivaient sous la surface de l'eau. Il se montrait rarement ces derniers temps, à cause des protections instables et de la magie défaillante au cœur de la ville, depuis que Ravenwood ne pouvait plus s'accrocher au monde paranormal comme elle le faisait autrefois. L'alliance des sorcières se délitait avec le temps et la mort, tout comme la magie qui rattachait la ville au surnaturel. Ma sœur passait la plupart de son temps sous la surface avec son père, ces jours-ci, se servant de leur magie plutôt que de la nôtre.

Ma mère passait ses journées sur la terre ferme, essayant de m'aider à faire tourner l'aile et à dorloter ma petite sœur autant que possible. Parce que Nelle était mi-faucon, mi-sirène, même si elle ne pouvait prendre que sa forme aquatique, elle pouvait passer de la terre à l'eau bien plus facilement que n'importe quel autre membre de sa famille sirène.

Ce qui signifiait que je voyais ma petite sœur bien plus souvent que je ne l'aurais fait en d'autres circonstances magiques. Et je détestais la voir souffrir. Je baissai les yeux sur sa blessure au flanc, qui guérissait déjà.

— Tu vas bien ?

— Je vais bien. Ça a traversé une partie de ma nageoire, mais pas assez pour m'abattre. Je ne m'attendais pas à voir des revenants là-dessous. À présent, nous resterons sur nos gardes.

— As-tu besoin d'aller là-bas maintenant et d'expliquer aux autres ce qui s'est passé ?

Elle secoua la tête en fronçant les sourcils.

— Non, Holden était déjà là.

Je me renfrognai, et elle leva les yeux au ciel.

— Nous savons tous les deux qu'il n'est pas pour moi, même s'il veut sa petite princesse des mers.

Mon père avait été le leader ailé avant que je prenne la relève. Ensuite, il était mort bien trop jeune. Alors, ma mère était la compagne du leader ailé, et elle était influente. Certes, elle avait fini par rencontrer le roi du peuple sirène sous la surface. Grâce à une magie qui me dépassait, Nelle et les autres étaient capables de voyager d'eau en eau tant que le roi était responsable de cette zone.

Ce qui signifiait que lorsque Nelle descendait sous la surface, elle n'était pas seulement dans le grand étang ou le lac de Ravenwood. Elle pouvait aussi aller dans des eaux salées à travers le monde.

C'était une bizarrerie des royaumes et de la magie à laquelle je ne participais pas et que je ne comprenais pas. Cela signifiait aussi que Nelle était la princesse du peuple sirène, et qu'elle détenait le pouvoir à part entière.

Même si elle n'était pas totalement une sirène.

— Je devais aller voir maman, de toute façon. Je te suivrai quand tu iras. Je crois qu'elle va se retirer sous la surface plus tard pour une longue période, mais ça me manque de la voir ici, surtout sous sa forme de faucon. Tu retournes à l'aile ? Pour leur raconter ce qui s'est passé ?

J'entendais ma sœur, mais j'avais les yeux rivés sur Laurel. Pourtant, celle-ci prenait grand soin de ne *pas* me regarder.

Je ne lui en voulais pas, mais bon sang, j'avais tellement envie qu'elle le fasse ! J'avais besoin qu'elle me voie. Et elle n'en avait pas l'intention. Si elle le faisait, elle se rendrait compte de ce que nous voulions tous les deux ignorer. Et elle verrait que c'était elle qui avait peur.

Pas moi. Je ne *pouvais plus* être effrayé.

Je lui avais accordé assez de temps, assez de liberté. À présent, j'allais faire ce que j'aurais dû faire il y avait si longtemps.

— Tu grognes. Tu es un faucon, pas un ours. Tu ne grognes pas.

Je retins un sourire, en dépit des circonstances.

—Je fais ce que je dois faire.

— Il faut que j'aille parler à la meute, dit Rome en passant un bras autour de la taille de Sage.

— Je dois discuter de ce qui vient de se passer avec l'aile.

Je hochai la tête fermement.

— Et nous allons avoir une réunion du cercle de sorcières, ajouta Rowen en repoussant ses cheveux noirs de son visage.

Je vis le regard d'Ash concentré sur ses mouvements, mais je ne dis rien. Apparemment, je n'étais pas le seul à désirer quelque chose que je ne pouvais pas avoir.

— Tout le monde va bien ? demandai-je, balayant du regard les autres et les corps à nos pieds.

— Ça va, répondit Sage. Tu vas bien, Nelle ?

Ma sœur se frotta le flanc, ses bijoux scintillant dans la lumière du soleil.

— Je vais bien. Je voulais vous rendre visite en surface, et je ne m'attendais pas à cette embuscade. Honnêtement, je ne m'étais pas rendu compte que les revenants pouvaient descendre aussi bas.

— Ou nager, grogna Laurel.

Je croisai son regard et vis la douleur et les flammes au fond de ses yeux. Personne d'autre ne se rendait donc compte de la brûlure ? De cette douleur qui l'arrachait lentement à nous ?

Pensaient-ils tous qu'elle allait bien et qu'elle pourrait survivre aux sortilèges ? Je me demandais pour quelle raison elle leur cachait tant de choses.

Parce qu'elle souffrait. Elle était en train de mourir. À chaque sort, chaque moment de magie, son corps se consumait de l'intérieur.

Je ne comprenais pas comment ils pouvaient ne pas sentir la chair brûlée, ou ne pas voir les flammes qui dansaient dans ses yeux.

Un jour, elle se changerait en cendres, et personne ne pourrait empêcher la magie de la brûler.

Je ne savais pas ce que nous ferions alors. Ce que moi, je ferais.

Nous avions déjà perdu Trace.

Qu'allais-je devenir si je perdais Laurel aussi ?

— Tu as besoin de soins ? Ou l'un de vous ? s'enquit Rowen en s'éloignant légèrement d'Ash.

Je n'étais même pas certain qu'elle soit consciente de l'avoir fait. Mais je l'avais vue. Nous l'avions tous vue. Il était évident qu'elle ne pouvait pas rester près d'Ash, même si une partie d'elle-même en avait sûrement envie.

Je ne savais pas comment elle faisait. Mais d'un autre côté, je comprenais un peu. Je vivais dans mon propre nouveau monde.

— Je vais demander à maman d'y jeter un œil. Mais ma nageoire, ou plutôt ma jambe est déjà guérie.

— Aucun de nous n'a été touché.

Je regardai Laurel en plissant les yeux. Elle leva les siens au ciel en levant les mains.

— Je vais bien. Monsieur Faucon là-haut s'en est assuré.

— Tu aurais pu être tuée, lançai-je d'un ton sec.

— Mais ça n'est pas arrivé. Merci beaucoup d'avoir pris soin de moi.

— Il faut que tu fasses plus attention à toi !

Pourquoi je lui criais dessus ? Je ne pouvais pas arranger les choses, alors je continuais à m'en prendre aux autres.

Elle me ferait sûrement du mal plus tard, et je ne pourrais m'en prendre qu'à moi-même.

— Arrêtez de vous battre, dit Sage en se frottant les tempes. Nous avons eu droit à une pause, un moment où nous avons pu tous respirer. À présent, Oriel, ou celui qu'il a envoyé, est de retour. Et nous devons faire face.

— Alors, tu crois que c'était juste Oriel ? Ou était-ce quelqu'un d'autre ? s'enquit Ash d'une voix dure.

Je croisai son regard, puis fis un geste vers Nelle. Elle était en partie au courant de ce qui se passait, mais pas de tout. Plus elle en apprenait, plus elle était susceptible d'être blessée plus gravement que les égratignures d'aujourd'hui.

Je refusais que ma petite sœur soit mêlée à ça.

— Je l'ai vu. Tu devrais me laisser t'aider. Aspen et moi voulons aider.

Je me figeai et la regardai fixement.

— Tu as beaucoup discuté avec Aspen, non ? demandai-je, et Laurel ricana.

— Oh, mon petit ange, tu es si adorable quand tu ne sais rien !

— Tu veux vraiment parler d'ignorance tout de suite ? lui demandai-je avec un regard noir.

— Qu'est-ce que je viens de dire au sujet des disputes ? intervint Sage.

Laurel ricana.

— Nous ne sommes pas en train de nous battre. Nous sommes en train de parler. C'est ma voix normale.

— Pénible et agressive ? demanda Ash, et je ricanai, appréciant le fait qu'il puisse plaisanter avec nous.

Il ne riait pas souvent. Comme s'il avait oublié qui il était exactement avant la malédiction. Et c'était peut-être le cas d'une partie de lui, mais pas totalement.

— Merci pour ça, dit Laurel en donnant un coup de poing à l'épaule de son grand frère. Je suis tellement heureuse que tu sois de retour en ville à mes côtés !

— Nous devrions tous être du même côté, constata Rowen en repoussant à nouveau ses cheveux. Et j'ai cassé mon élastique.

Laurel agita les mains, même si je voyais la peur dans ses yeux.

— Oh non ! Que feras-tu sans ton parfait petit élastique à cheveux pour garder tes longues et splendides mèches loin de ton visage ?

— À voir tes cheveux, on dirait que tu as mis le doigt dans une prise et que tu les as laissé s'enflammer dans un magnifique brasier rouge. À ta place, je ne ferais pas la maline.

— Ça suffit ! grogna Sage, et l'eau commença à monter dans l'étang derrière elle.

Nelle écarquilla les yeux, et je l'éloignai.

— Allez ! On va t'emmener chez maman pour s'assurer que tu vas guérir.

La peau s'était réparée d'elle-même grâce à sa magie, mais je ne pouvais jamais me montrer trop prudent quand il s'agissait de ma sœur.

— Alors, nous n'allons pas parler du fait que j'ai mentionné Aspen ? demanda-t-elle doucement.

Je laissai échapper un soupir. Je savais qu'elle me taquinait pour faire baisser la tension, mais je n'étais pas sûr de pouvoir retenir longtemps mes questions sur le roi des faë.

— Allons-y.

— Il faut qu'on se réunisse. Nous six, répondit Sage, et Rowen plissa les yeux. Nous six. Pas seulement ceux avec qui tu t'entends bien, Rowen.

Je me figeai, dubitatif quant au ton employé par la sorcière débutante. Elle n'avait jamais tenu tête à Laurel ni à Rowen. Surtout parce qu'elle était encore nouvelle dans le groupe, et en était encore à découvrir nos vérités et secrets passés. Patauger dans les eaux de nos connexions communes, même alors qu'elles changeaient, n'était pas chose aisée.

Le fait que Sage se sente suffisamment à l'aise pour se défendre me fit sourire. Elle apprenait ses pouvoirs et sa position dans la ville et au sein du cercle.

Honnêtement, aucun d'entre nous n'avait le temps de se retenir. Il fallait que nous fassions en sorte de prendre soin les uns des autres, et de découvrir qui essayait de nuire à notre foyer.

— Réunion du cercle bientôt, annonça Rowen, qui hocha la tête, baissant les épaules. Nous tous.

— Où nous découvrirons si c'était Oriel ou quelqu'un d'autre, ajoutai-je.

— Espérons que ce n'était qu'Oriel, dit Rowen en fronçant les sourcils. Parce que s'il s'agit de quelqu'un d'autre, alors nous avons un nouveau nécromancien dans les parages qui ressuscite les morts de tout le pays et se sert de leurs cadavres pour ses propres ambitions.

L'ours de Rome remonta à la surface pendant qu'il parlait.

— Ils ne nous prendront plus rien.

Laurel releva le menton en jurant :

— Je refuse.

Ash et moi gardâmes le silence.

— J'en suis au même point. Alors on va trouver une solution. Nous allons nous retrouver et découvrir qui l'a fait. Pour l'instant, assurons-nous que tout le monde est en bonne santé, et prenons soin de notre ville pour pouvoir le faire.

Sage fit un signe de tête ferme, puis tourna les talons et partit d'un pas lourd en direction de Main Street. Rome nous jeta un regard à tous, haussa une épaule et la suivit.

— Non pas que je n'apprécie pas le changement, mais quand Sage est-elle devenue une dure à cuire ? me demanda ma petite sœur.

Je secouai la tête.

— Je ne sais pas. Mais elle nous maintient sur le droit chemin, et c'est tout ce qui compte.

Nelle sourit avant de poser la main sur son flanc à présent guéri.

— Retournons à l'aile.

— Nous n'allons pas en parler ? s'enquit ma petite sœur alors que nous nous dirigions vers la volière.

— Parler de quoi ? demandai-je.

— Du fait que je fréquente Aspen, et que tu es incapable de détourner les yeux de Laurel.

Elle m'adressa un grand sourire alors que ses lèvres teintées de noir brillaient.

— Certaines choses n'ont pas besoin d'être abordées, ma petite sœur. Ce dont nous devons parler, *en revanche*, c'est du fait que tu as été blessée. Je ne suis pas sûr d'avoir envie que tu te balades en ville aussi librement que tu l'as fait jusqu'à présent sans personne pour assurer ta sécurité.

Elle me donna un coup de poing dans le bras et me jeta un regard noir.

— Oh non, c'est hors de question ! Tu n'as pas le droit de te comporter en homme des cavernes, grand frère.

— Je le ferai s'il le faut.

— Non. Tu es le gentil frère. Le gentil solutionniste qui aide à réparer la ville et s'occupe de ceux qui l'entourent. Tu n'as pas à devenir grognon et surprotecteur comme un ours.

— Donc maintenant, tu me dis qu'il y a un souci avec les ours ? lui demandai-je en sachant pertinemment que je l'agaçais.

— Tu en fais trop, parfois, me répondit-elle au bout d'une minute.

Nous nous dirigeâmes vers l'aile. Les faucons étaient comme certains autres métamorphes et vivaient ensemble, en groupe familial. Mais notre tribu était plus petite que les autres. Les ours avaient la meute la plus grande de tous les métamorphes. Ravenwood abritait quelques loups, ainsi qu'un jaguar, d'autres espèces métamorphes, et les magiciens. Mais contrairement aux autres, nous avions tendance à rester à l'écart de ceux qui n'étaient pas des faucons. En général, j'étais la seule exception car je travaillais au sein de la ville, je nettoyais les dégâts causés par la magie, et mes meilleurs amis étaient des ours et des sorcières.

Nous parcourions le monde, rencontrions d'autres

faucons comme nous, et trouvions nos compagnons. Je n'étais pas exactement comme eux, mais *j'étais* leur chef. Cependant, tout le monde n'appréciait pas qui j'étais ni notre mode de fonctionnement.

Nelle et moi nous frayâmes un chemin à travers un bosquet d'arbres, et ma sœur leva les yeux au ciel et sauta sur mon dos, s'accrochant comme un petit singe, quand je me tapai les épaules.

Contrairement aux repaires d'ours installés dans la forêt et les réseaux de grottes, l'aile était en surface, bien au-dessus du sol.

Nos arbres étaient immenses, plus grands que tous ceux de Pennsylvanie. Mais la magie de notre aile et du cercle Ravenwood nous permettait de cacher sur nos terres des arbres aussi grands que les séquoias du nord-ouest du Pacifique. Et nos cabanes et nos nids étaient situés dans leurs branches. Ainsi, c'était plus difficile pour les autres de nous trouver et nous protégions notre vie privée.

Certains membres de l'aile ne conduisaient pas de voitures. Ils ne se rendaient même pas en ville. Tout ce dont ils avaient besoin était ici, et ils passaient la plus grande partie de leur temps dans leur corps de faucon pour cette raison.

En tant que faucons métamorphes, nous étions en général deux à trois fois plus grands que les oiseaux de proie ordinaires, et nos maisons étaient assez grandes.

D'où la nécessité de la magie et des arbres hors du commun.

— C'est bizarre que ça sente la maison, comme sous la mer ? me demanda ma petite sœur.

Je secouai la tête.

— Je ne crois pas du tout que ce soit étrange. Tu appartiens aux deux mondes.

— Et parfois, je n'appartiens à aucun d'eux, murmurat-elle.

C'était quelque chose qui me révoltait pour elle. Certains membres de la tribu estimaient que Nelle ne devait pas être autorisée à rester au sein de la volière, parce qu'elle n'était pas de sang pur. Non pas qu'ils aient leur mot à dire. Ils étaient de la vieille école et préféraient s'accoupler au sein de leur espèce. Ce qui signifiait qu'une fois qu'ils avaient trouvé leur compagnon, s'il vivait dans une autre partie du monde, ils s'y installaient sans un regard en arrière.

Je n'étais pas comme ça. Ma famille n'était pas comme ça.

Et c'était pour cette raison que rester ici en tant que leader ailé n'était pas toujours chose aisée. Il ne s'était écoulé qu'une semaine depuis le dernier défi, et j'étais épuisé. Mais ceux qui étaient sous mon commandement et mon second maintenaient la paix tandis que j'essayais de conserver nos liens avec Ravenwood. Car ce que les autres ne comprenaient pas, c'était que ceux-ci assuraient notre sécurité. Je n'avais pas l'impression qu'il y aurait un autre défi direct comme récemment, mais il pouvait arriver quelque chose d'un peu plus subtil si je ne faisais pas attention.

Nous n'allions pas nous en sortir seuls. Pas alors que le monde évoluait, et que la technologie faisait que seule la magie pouvait assurer notre sécurité. Pas alors que les yeux des humains nous voyaient aussi bien.

— Nelle ? demanda ma mère en descendant d'une échelle de corde. Pourquoi je sens l'odeur du sang ? Que s'est-il passé ?

— Les revenants savent nager, lui annonçai-je.

Au bout d'un moment, ma mère laissa échapper un

juron avant d'aider sa fille à se nettoyer.

— Pouvons-nous discuter tout à l'heure ? me demanda-t-elle. Je vais bientôt descendre sous la surface pour des négociations de paix avec le père de Nelle. Mais nous devons parler avant que je m'en aille.

Je hochai la tête avant de regarder mon second, Aiden, et mon troisième, Colton.

— Tu vas bien ? demanda Aiden.

Je hochai de nouveau la tête.

— Je vais bien. Ils n'étaient pas si nombreux. Mais ça veut dire qu'il y a un autre nécromancien dans la nature.

— Encore une sorcière qui fait des dégâts, marmonna Gerald, un ancien, en passant près de nous.

Je levai les mains quand Colton se mit à grogner.

— Ils te défient.

Je serrai les dents.

— Ils n'aiment pas que nous soyons impliqués à ce point dans les affaires de la ville ces derniers temps.

Aiden plissa les yeux.

— Et ils n'aiment pas que tu passes autant de temps, du moins selon eux, avec une source de distraction particulière.

Je soupirai, mais ils avaient raison. La *distraction* n'était pas mon meilleur ami. Ce n'était pas le cercle. Et nous le savions tous. La distraction, c'était ma compagne. La femme que j'aimais, mais dont j'avais peur qu'elle ne m'aime jamais de la même manière en retour.

L'aile détestait Laurel. Pas parce qu'elle était une sorcière, et pas parce qu'elle ne pouvait pas contrôler ses pouvoirs, mais parce qu'elle était ma compagne.

Et pourtant, elle ne pourrait jamais m'appartenir.

Pas sans que quelque chose change, ou que je brûle à ses côtés.

TROIS

JAXTON

LES FLAMMES M'ATTIRAIENT, et je me dis que ce devait être un rêve. Cela ne pouvait pas être réel, pourtant, je ne pouvais ni sentir, ni goûter, ni entendre, ni ressentir autre chose.

Les odeurs de chair brûlée et de chêne sauvage transformé en braises m'entouraient. J'avais le goût de la cendre sur ma langue et mes lèvres, elle m'irritait la gorge. Le bruit des flammes qui hurlaient, tremblaient, crépitaient et brûlaient était presque assourdissant. On sentait la chaleur et pourtant... rien.

Parce que Laurel n'était plus là. Je ne la sentais pas. Elle était partie.

Réduite en cendres. Un souvenir. Une pâle image de la femme qu'elle avait été.

La malédiction s'était abattue sur nous tous, et pourtant elle s'était attaquée à elle en premier, à tout son être.

Laurel était morte. Partie. Brûlée.

Je n'avais pas suffi à la sauver.

Je me réveillai en criant, me disant que ce n'était qu'un rêve et que j'étais ici, entier. Que je ne souffrais pas.

Que ce n'était pas la fin.

Et pourtant, en me réveillant seul dans mon lit géant au sein de ma volière, je sus que ce que j'avais vu pouvait être mon avenir. Je serais destiné à dormir seul, être seul, diriger un peuple qui me jugeait en fonction de la personne que j'aimais.

Celle avec qui je ne pouvais être car elle était incapable de se sauver elle-même, et je n'étais pas non plus en mesure de le faire.

Je me passai une main sur le visage, ignorant ma peau couverte de sueur et douloureuse. J'avais déjà fait ce rêve. Beaucoup trop de fois. Et plus encore depuis que nous avions perdu Trace.

Je n'arrivais toujours pas à croire que l'un de mes meilleurs amis, l'homme que je croyais être la clé de voûte pour Laurel et moi, était parti.

J'avais aimé Trace plus qu'un frère, mais nous n'avions pas eu la chance de savoir si nous pouvions être plus. Il en avait été de même pour Laurel, et une petite partie de moi s'était dit que peut-être la raison pour laquelle aucun de nous n'avait complété le lien d'accouplement était que nous aurions dû être tous les trois ensemble. Finalement, je ne croyais pas que cela se serait passé ainsi. Trace n'avait jamais été que notre ami. Toujours. Le destin avait décidé que nous ne serions pas une triade, et à présent que Trace était parti, je devais découvrir qui je pouvais être sans lui et peut-être sans Laurel.

Ce serait une fin appropriée, non ? Si ces deux-là finissaient par trouver la paix dans l'au-delà.

Et pour autant, serait-ce possible si les nécromanciens revenaient s'en prendre à nous ? Faith s'était attaquée à Trace après sa mort. Elle l'avait changé en revenant, tout comme elle l'avait fait avec Alden, le dernier triplé de Trace et Rome. L'ours alpha, Rome, avait été obligé de tuer à nouveau ses frères, et je n'étais même pas là pour l'aider car je m'occupais des autres morts-vivants qui tentaient d'attaquer le repaire et la ville.

Faith, la nécromancienne qui travaillait pour Oriel, était morte à présent. Nous l'avions vue périr, et Sage s'était servie de son pouvoir pour s'assurer que ce soit permanent.

Je me secouai pour me sortir de ma rêverie et de mon lit. Je le fis, gonflai les oreillers comme ma mère me l'avait appris, et allai prendre ma douche. Je fus rapide et efficace, je ne traînai pas. Surtout parce que je n'en avais aucune envie. Pas tout seul, et pas après ce rêve que je venais de faire. Il fallait que je retrouve le cercle et les gars, pour pouvoir établir un plan sur ce qu'il convenait de faire au sujet d'Oriel, ou de n'importe quel autre nécromancien qui travaillerait à présent avec lui.

Nous ne savions pas qui avait envoyé les revenants la veille, mais c'était forcément quelqu'un. Peut-être Oriel, ou un autre. Notre incertitude à ce sujet m'inquiétait, mais nous allions le découvrir. Nous y parvenions toujours.

J'enfilai un t-shirt et un jean, et traversai pieds nus la passerelle menant à la partie commune de la volière.

Les gens se promenaient, me souriaient et hochaient la tête, d'autres me regardaient bizarrement. Je ne pouvais pas leur en vouloir. Après tout, ils ne me faisaient pas confiance. Et pourquoi le feraient-ils ? Je n'étais que leur leader ailé. Certes, j'avais failli mourir plusieurs fois pour les protéger, mais je ne trouvais pas de compagne au sein de l'aile. De plus, il semblait que celle que je m'étais découverte ne pouvait pas contrôler ses pouvoirs, alors les gens que je protégeais ne me faisaient pas confiance. Laurel ne se laissait même pas aller à imaginer que nous pourrions être des âmes sœurs. Et pourtant, c'était ce que faisait mon aile.

Souvent. Qu'est-ce que cela disait exactement de la promesse de ce qui ne peut pas être ?

— Jaxton ! m'appela Aiden en courant vers moi.

Je me retournai, les sens en alerte en entendant le ton de sa voix.

— Que se passe-t-il ?

— Notre guérisseuse a besoin de toi.

Je courus derrière lui le long des ponts de corde, et grimpai les échelles. Nous étions dans les arbres, si haut que même les autres métamorphes ne pouvaient pas nous trouver. Nous avions créé un quartier complexe dans la canopée, dont j'étais fier, même si cela effrayait certains métamorphes à quatre pattes.

— C'est Bliss. Elle a des problèmes avec le bébé.

Je jurai à mi-voix, le cœur battant plus vite à mesure que je courais.

Bliss était l'un des membres de mon aile, un faucon métamorphe de petite taille avec un sourire doux et un tempérament à l'avenant. Elle approchait de la fin de sa grossesse, mais j'avais peur qu'il soit trop tôt pour le travail.

Je continuai jusqu'à la maison de la guérisseuse, Carol.

Elle était agenouillée devant Bliss et son compagnon, qui étaient allongés sur le lit. Elle me regarda par-dessus son épaule, les yeux remplis de détermination. Il n'y avait ni peur ni colère, seulement cette *détermination*.

Et cela m'inquiéta plus que tout.

— J'ai entendu dire que nous allions avoir un bébé faucon, dis-je d'un ton nonchalant.

L'odeur de la peur irradiait la maison, et je me disais qu'aussi longtemps que je gardais mon calme, cette émotion voyagerait à travers les liens qui nous unissaient en tant qu'aile. Les épaules de Bliss et de son compagnon commencèrent à se relâcher légèrement à mon approche. Cela ne serait pas suffisant, mais aiderait un peu.

— Tu as besoin de mon pouvoir ? chuchotai-je à l'attention de Carol, même si les autres pouvaient parfaitement m'entendre.

Nous avions des sens aiguisés de métamorphes, après tout. Et au cours de l'accouchement, l'ouïe de Bliss et de son compagnon serait exacerbée.

— S'il te plaît, me dit Carol, et je posai la main sur son épaule pour lui donner de ma puissance.

Les liens qui nous unissaient se resserrèrent et lui permirent d'atteindre mon pouvoir de leader ailé, afin qu'elle soit capable de guérir Bliss et de mettre cette nouvelle vie au monde.

La sueur perlait au front de la future mère et de son compagnon, ainsi que de Carol, alors pendant une seconde, je posai la main sur le genou de Bliss et le serrai, partageant mon pouvoir avec elle avant de tendre la main vers son compagnon.

Il hocha la tête et serra ma main, et je sus qu'il allait transmettre ma puissance à Bliss à travers leur lien d'accouplement aussi. De cette manière, il n'y avait pas grand-monde dans le champ de vision de la jeune femme, et elle pouvait se concentrer sur la venue au monde de son bébé.

Il y eut des cris, des larmes, et beaucoup de suppliques adressées aux dieux, avant qu'enfin, le plus doux des sons au monde envahisse mes oreilles.

Un petit cri, et quelques rires larmoyants. Rapidement, un petit bébé faucon rejoignit notre aile. Elle ne pourrait pas se transformer avant un an ou deux, quand elle serait devenue un oisillon. Elle était minuscule, avec des poumons puissants, et les mains les plus petites que j'avais jamais vues.

— Prends le nouveau membre de ton aile dans tes bras, Jaxton.

— Ça, je peux le faire.

Je tins le bébé contre ma poitrine, avant même que nous la donnions à sa mère et son père. Ce petit membre de notre aile avait besoin d'un peu plus d'énergie, un coup de pouce pour s'assurer qu'elle irait bien.

Bliss et son compagnon me regardèrent, visiblement inquiets, mais fiers aussi. Bientôt, je leur donnerais leur enfant, et tout irait bien. Mais d'abord, le bébé avait besoin de nouer des liens avec le leader ailé.

Elle se blottit contre ma poitrine en roucoulant, tandis que je lui insufflais de l'énergie, ainsi que la certitude qu'elle serait épanouie et chérie.

Carol termina avec Bliss, et rapidement, le nouveau-né s'endormit paisiblement dans mes bras. Doucement, je la confiai à sa mère.

Bliss et son compagnon se mirent à pleurer et m'adressèrent des regards reconnaissants. Je partis sans un mot de plus, sachant qu'il me fallait une nouvelle douche, mais que ça valait le coup. Notre aile comptait un nouveau membre.

Nelle était devant la porte à faire les cent pas. Elle écarquilla les yeux en me voyant. Elle était rayonnante, et leva les bras en l'air. Elle ne cria pas, ne hurla pas, parce que personne n'a jamais envie de réveiller un bébé endormi, mais sa joie était visible. Je hochai la tête et souris.

— Je te ferais bien un câlin, mais tu as besoin d'une douche.

— C'est gentil, dis-je avant de jurer en consultant ma montre. Je vais être en retard !

— Tu as bien fait, grand frère.

Nelle se hissa sur la pointe des pieds, m'embrassa sur la joue, et me poussa en direction de ma maison.

— Va te doucher. Je vais faire en sorte que les gens ne dérangent pas le bébé.

Je levai les yeux au ciel. Tout comme Aiden. Nelle n'était techniquement pas un membre de l'aile et ne pouvait dire à personne ce qu'il fallait faire, mais la plupart des gens l'écoutaient quand même. Elle était intimidante avec sa tenue gothique, son cuir et ses chaînes, mais je la trouvais adorable. Mais jamais je ne me serais avisé de le lui dire, sous peine qu'elle me donne un grand coup de pied dans les tibias avec ses bottes à coques métalliques.

Je pris une douche rapide avant d'emprunter le chemin du centre-ville. Nous devions nous retrouver dans la boutique de Rowen, qui vendait de la sorcellerie pour touristes, Into the Wood. Il était question de sorts, d'histoire de la sorcellerie et d'aide pour les paranormaux et ceux qui apprenaient encore qui et ce qu'ils étaient. Des touristes y venaient aussi, mais ils ne voyaient que ce que Rowen voulait qu'ils perçoivent. C'était pour cela qu'elle était autant attachée aux protections de la ville. Son nouveau cercle et elle allaient s'assurer que les humains ne découvrent pas ce qui se passait dans le monde paranormal de Ravenwood.

Mais je savais qu'elle avait besoin d'aide. C'était trop pour elle de le faire seule. Sage l'aidait comme elle le pouvait, mais la sorcière de l'eau était encore trop nouvelle pour faire certaines des choses dont Rowen avait besoin.

Nous le savions tous. Pourtant, elle continuait d'agir comme si elle pouvait tout gérer toute seule.

Je savais que Laurel voulait aider. Elle voulait travailler sur les sorts et relier sa force de vie à la ville comme Rowen l'avait fait. Mais elle ne pouvait pas. Chaque fois qu'elle faisait usage de la magie, elle se rapprochait de son ultime sort.

Je ne voulais pas que ça arrive. Je savais que c'était impossible. Mon ancre de faucon glissa sur mon corps, agitée par les pensées qui s'entrechoquaient dans mon esprit.

Je savais que Laurel devait essayer le nouveau sort découvert par Rowen, et que nous n'avions pas encore pu tester. Seulement, j'avais peur que ce soit trop pour elle. Plus je poussais, plus elle tirait. Je n'étais pas certain de ce que nous devions faire.

J'entrai dans la boutique et constatai que j'étais le dernier. Rome et Sage parcouraient un livre, le grand ours protégeant sa compagne en toute circonstance. Il était le triplé identique de Trace, et chaque fois que je le voyais, c'était comme un coup de poing dans les tripes. Pourtant, quand ils étaient ensemble, je ne les avais jamais confondus, et j'avais toujours su lequel était mon meilleur ami. À présent, Trace et Alden n'étaient plus, et voir Rome était un rappel constant de ce que nous avions perdu. Je ne pouvais qu'imaginer ce que lui-même ressentait chaque fois qu'il regardait dans le miroir. C'était pour cette raison que nous n'abordions jamais le sujet.

Ash se tenait dans un coin, étudiant une pile de livres comme s'il se fichait de tout. Je ne savais pas pourquoi il était là. À cause de la malédiction, je ne savais pas ce qu'il ressentait, ni même s'il était *capable* de ressentir quoi que ce soit.

Rowen était assise à une grande table au fond, l'air renfrogné pendant qu'elle étudiait un autre livre. Elle faisait de son mieux pour ne pas regarder Ash par-dessus son épaule. Et lui faisait de même avec elle.

Comme je n'étais pas en position de dire quoi que ce soit à quelqu'un qui regardait une autre personne en douce, je me tus.

Laurel était la plus proche de moi, le menton relevé.

— Il était temps que tu te montres.

Je ne soupirai pas, me contentant de la dévisager.

— Bliss a eu son bébé. Il fallait que je reste.

Laurel écarquilla les yeux.

— Mais c'est trop tôt ! Elle va bien ?

Elle s'avança et posa la main sur mon bras. Je fis mon possible pour ne pas sursauter au contact, à la sensation de sa peau sur la mienne. Mon faucon me poussait, il la désirait. Il voulait renforcer ce lien que nous aurions dû créer des années plus tôt sans jamais le faire. Je la regardai simplement, puis baissai les yeux sur l'endroit où elle me touchait. Elle serra mon bras une fois, et ce fut presque insupportable pour moi, avant de me relâcher.

— La route sera plus difficile qu'elle n'aurait dû l'être, mais le bébé ira bien. Bliss et son compagnon se portent bien. Nelle fait en sorte que les horaires de visite soient respectés.

Laurel sourit devant la sécheresse de mon ton.

— Si quelqu'un est capable de gérer ça, c'est bien Nelle.

Cela n'avait aucune importance qu'elle appartienne au clan des sirènes et pas à mon aile. Elle était une force de la nature. Même si tous les membres ne l'appréciaient pas à cause de leurs préjugés, elle était plus forte que leur haine. Et je menaçais quiconque s'en prendrait à elle.

— Ils se sont déjà décidés sur un prénom ? s'enquit Rowen, qui se leva en essuyant ses mains sur son pantalon en lin noir.

Je secouai la tête.

— Non, mais je suis sûr que Bliss et son compagnon voudront que le monde le sache quand ce sera le moment.

— Nous devrons nous assurer de faire un sort quand ça arrivera pour accueillir le nouveau-né dans notre ville.

Sage afficha un air rayonnant en entendant les paroles de Rowen.

— Je peux aider ?

La sorcière de l'air lui adressa un sourire chaleureux.

— C'est pour notre cercle. Évidemment que vous deux allez m'aider.

Personne d'autre ne regarda Laurel quand elle parla, mais je remarquai qu'elle se raidissait. Rowen considérait toujours Laurel comme un membre du cercle, même si ce n'était pas le cas de cette dernière.

Et je n'étais pas certain de pouvoir réparer ça.

— À présent que je suis là, nous pouvons nous y mettre. Encore une fois, désolé de mon retard.

— Pas besoin d'être désolé. Tu as aidé à mettre une nouvelle vie au monde.

Rowen souffla, et son regard se fit distant, mais je ne posai pas de questions.

Sage sourit à Rome et s'appuya contre lui. Ces deux-là venaient de s'accoupler, et nous étions confrontés à une guerre qui se présentait à nos portes, mais je n'étais pas certain que Sage ou Rome aient envie d'attendre trop longtemps avant d'accueillir leur propre enfant.

L'idée d'un petit ourson avec un soupçon de magie me fit sourire. Ces deux-là seraient de bons parents, et sauraient sans doute ce qu'ils feraient. Moi, d'un autre côté, j'avais l'impression de patauger. C'était peut-être à cause de la femme qui se tenait à côté de moi à cet instant.

— Nous ne savons toujours pas qui a envoyé ces revenants, murmura Ash.

Rowen se raidit un instant à sa voix, puis elle hocha la tête, relâchant visiblement ses épaules.

— Non, effectivement. On peut supposer que c'était Oriel, mais ça aurait pu être n'importe quel membre de son équipe. Ou même un autre nécromancien qui en aurait après notre maison et le pouvoir à l'intérieur de ses protections.

— Crois-tu qu'Oriel ait une équipe ? demandai-je.

Rowen écarta ses cheveux de son visage.

— Il avait Faith. Il pourrait en avoir d'autres.

Je me penchai en avant.

— Et si c'est le cas, alors, nous devons découvrir de qui il s'agit. Si ce sont des nécromanciens, nous devons trouver de quelle autre magie ils disposent.

Les nécromanciens étaient des sorciers qui avaient mal tourné. Et comme les sorciers étaient reliés aux éléments par nature, ils en avaient tous un de prédilection. Celui de Faith était l'eau, tout comme Sage.

— C'est le feu, intervint Laurel, interrompant mes pensées.

Nous nous tournâmes vers elle.

— Ce feu que vous avez ressenti ? Ce n'était pas moi.

Je la croyais, mais je n'étais pas certain que ce soit le cas des autres. Je refoulai ma colère à ce sujet.

— Il ne venait pas de Laurel, intervins-je.

Quand les autres acquiescèrent, elle grommela.

— Pardon. Je viens de vous dire que ce n'était pas moi. Ce n'est pas parce que je n'utilise pas ma magie à cause de ce qu'elle me fait que j'ai perdu tout contrôle et laissé le feu arriver d'une partie du lac à l'opposé de là où je me trouvais. Je n'étais même pas dans cette direction. Par conséquent, ça ne pouvait pas être moi. Et si vous réfléchissiez au-delà du fait que vous vous inquiétez de ce que ma magie pourrait faire, vous vous en rendriez compte.

Rowen leva la main, et sa magie de l'air glissa sur nous tous.

Je lui jetai un regard noir.

— Tu as raison. Nous sommes désolés.

Elle regarda les autres, qui hochèrent la tête, puis nous adressa un signe de tête ferme.

— Cependant, si ce nécromancien possède *effectivement* le feu comme élément, ça signifie que tu es notre meilleure chance de le combattre.

— Tu sais que je ne peux pas pratiquer la magie, répondit Laurel en même temps que je parlais.

— Elle ne peut pas pratiquer la magie.

Laurel me jeta un regard noir, mais je me contentai de lever le menton d'un air de défi.

— Nous en sommes conscients, répondit Rowen avant de secouer la tête. Mais nous devons quand même essayer.

Je laissai de côté le sentiment de perte qui me submergeait tandis que nous poursuivions notre planification, déterminant ce qui pouvait arriver et tâchant de trouver un moyen de l'arrêter.

UNE FOIS LA RÉUNION TERMINÉE, les épaules tendues par notre ignorance de ce qui se passait, je retournai à ma tâche de nettoyage des dégâts laissés par le surnaturel. Mon travail consistait à m'assurer que les humains ne puissent pas découvrir ce qui se passait à Ravenwood. Rowen se servait de sa magie pour ériger des protections, et je faisais mon possible avec le reste.

J'adressai un signe de tête à Aspen en le croisant dans la rue, et me retins de lui jeter un regard noir. Je ne savais pas ce qui se passait entre ma sœur et lui, et je n'étais pas certain d'apprécier, mais je n'avais pas à m'en mêler. Du moins pour le moment.

L'homme me répondit d'un signe de tête royal avant de descendre le trottoir comme s'il n'était pas le chef d'une race secrète de surnaturels dont même les métamorphes ne savaient pas grand-chose.

Je ramassai le verre d'une fenêtre cassée, j'aidai un adolescent à se sortir d'un mauvais pas, puis je fis la course avec notre ami jaguar sur un chemin, juste pour voir Frank sourire.

Je souris à mon tour de le voir gagner, puis je secouai la tête avant de retourner chez moi au moment où la nuit s'installait.

J'entrai, retirai mon t-shirt, et j'étais sur le point de prendre ma troisième douche de la journée quand je me figeai, les narines emplies d'un parfum familier.

Ce n'était pas un rêve, cette fois. Ce n'est pas possible, j'étais réveillé. Je me retournai et vis Laurel dans ma maison.

— Comment es-tu entrée ici ? lui demandai-je.

— Je sais escalader.

Elle haussa les épaules et je me retins de sourire. Elle avait raison. Elle avait l'habitude de grimper par ma fenêtre dans la volière quand nous étions adolescents. Nous ne nous connaissions pas assez, mais en même temps, nous en savions trop.

— Que fais-tu ici, Laurel ? lui demandai-je, tentant de ne pas prendre un ton accusateur.

J'aimais qu'elle soit là. J'avais toujours envie de la voir là. Mais c'était impossible. Pourtant, j'avais besoin de savoir pourquoi elle était venue.

— Tu avais raison, Jaxton, dit-elle, et je la vis déglutir durement. Il est temps.

Soudain, j'eus l'impression que le monde s'écroulait autour de moi, et sa voix résonna dans ma tête.

Il était temps.

C'était l'heure de la mort.

CHAPITRE

QUATRE

LAUREL

Mes mains tremblaient, mais j'avais l'impression que c'était un phénomène courant ces derniers temps. Je ne savais pas si c'était à cause de la douleur qui irradiait constamment dans mes veines ou de la tension due à l'inquiétude de ce qui pourrait se passer plus tard.

Je tentai de l'ignorer. De me dire que je trouverais un moyen de survivre. Mais je savais que ce ne serait pas le cas.

Cet après-midi, quand Rowen aurait terminé de rassembler ce qu'il fallait pour le sort, nous allions tenter de briser la malédiction.

Pas toute la malédiction des Christopher. Ash devrait s'en charger pour se tirer d'affaire. Cependant, il était possible que *ma* partie de la malédiction puisse être résolue.

Sage avait trouvé la solution. Une petite ligne dans un livre au sujet d'un sort capable d'éteindre les flammes des indignes. Elle s'était renfrognée, mais je m'étais rapprochée. Je m'étais demandé si j'étais celle qui ne méritait pas de continuer en tant que membre du cercle. Rowen s'était contentée de me jeter un regard avant d'aller rechercher le sort dont parlait la note.

Ma meilleure amie pensait-elle que j'étais indigne ? Ou Rowen suivait-elle simplement ce que j'avais dit ? Je n'en étais pas certaine, mais peut-être n'avions-nous aucun choix dans ce qui devait se produire ensuite. Parce que nous étions sur le point de suivre un rituel auquel je n'étais pas sûre de survivre.

C'était le résultat de ce sort. Je mourrais, à la suite de quoi je renaîtrais sans la malédiction des Christopher. J'allais brûler de l'intérieur, mais cette fois-ci, ce serait mon choix. Mes flammes qui s'éveilleraient pour une purge.

Et je n'avais pas envie de prendre part à cela. Seulement, si je ne le faisais pas, je mourrais quand même. Autant *essayer* de trouver un moyen de m'en sortir. M'en sortir vivante pour protéger la ville et ceux que j'aimais. Je devais déterminer qui il fallait que je sois, et trouver la force et le pouvoir de devenir cette personne.

Jaxton voulait que je le fasse. Il voulait que je survive, et que je trouve un moyen. Mais dans quel but ? Pour être avec lui ? Ou peut-être simplement pour être.

C'était lui qui m'avait dit qu'il était temps. Je ne pouvais pas passer un instant de plus à attendre que quelque chose vienne à nous sans essayer. Pendant des années, j'avais été aux portes de la mort, à brûler de l'intérieur.

— Tu es prête ? demanda Ash.

Je me tournai vers lui, essayant de me détendre au son de sa voix.

L'homme en face de moi n'était pas le garçon avec lequel j'avais grandi, ni même l'homme que j'avais appris à connaître avant que tout ne change.

Le Ash d'avant me manquait, celui d'avant la malédiction.

Je ne savais pas quand ni s'il pourrait revenir, mais je savais qu'il devait le faire. Pour vaincre les ténèbres, le cercle devait être complet, et Ash était un sorcier. Il manipulait la terre. Des pierres et de la terre créaient une magnifique mosaïque sur sa peau et lui servaient d'ancre. Un tatouage qui nous disait qui il était.

Il l'était toujours, même si une partie de lui avait peut-être disparu pour toujours.

Je détestais avoir en partie perdu mon frère. Et je n'étais pas certaine de savoir comment nous étions censés réparer cela.

Je savais seulement que nous devions le faire.

— Je ne sais pas si je suis prête, dis-je au bout d'un moment, lui répondant enfin.

— Tu n'as pas vraiment le choix. Tu avais raison quand tu as dit qu'il était temps. Il est temps d'arrêter d'attendre pour voir si ça pourrait marcher.

Il fronça les sourcils en examinant les notes qu'il avait prises, et se frotta la main sur la poitrine. Je me figeai devant son geste, curieuse de savoir ce qu'il signifiait. Mais ensuite, il baissa les yeux comme s'il ne s'était pas rendu compte de son geste, et laissa retomber sa main.

C'était son cœur. Un endroit qui devait être vide à cause de ce qui était en lui, ou plutôt de ce qui n'y était pas.

Et pourtant, il souffrait ? Pour qui ? Pour quoi ?

Ou est-ce qu'une fois de plus j'interprétais trop les choses ?

— Nous établirons la connexion ensemble, et nous lierons en tant que frère et sœur. Ça devrait te permettre d'atteindre et de trouver cette personne, *moi*, une fois que tu nous reviendras.

Ce qu'il ne disait pas, c'était qu'une fois que j'aurais terminé de brûler pour laisser la malédiction s'installer, je pourrais atteindre mon lien avec Ash, notre lien fraternel, et trouver un moyen pour revivre.

J'allais mourir aujourd'hui pour ressusciter. De façon à pouvoir briser la malédiction et ne faire qu'un avec le cercle.

Nous n'avions pas pu trouver d'autres solutions. C'était le seul moyen capable de fonctionner. Mais je n'étais pas certaine que ce soit le cas.

— Tu es sûr que ça marchera ? lui demandai-je, déglutissant avec peine. Tu seras capable de jouer ton rôle de l'autre côté du lien ?

Je ne lui dis pas que j'étais terrifiée. À cause de sa malédiction et de ce qui lui était arrivé, je n'étais pas certaine que nous soyons capables de nous lier comme nous le devions. Je pourrais finir par le tuer dans le processus.

— Ça devrait aller. Après tout, nous sommes liés depuis la naissance. Nous sommes frère et sœur. Nous sommes une famille.

Il énonçait ces mots, pourtant, d'une certaine manière, ils ne sonnaient pas vrai. Non pas qu'il se mente à lui-même ou à moi. Seulement, il était qui il était à présent. Il avait changé.

Il était fait de bois et de pierre, rien à voir avec l'Ash que je connaissais.

Aujourd'hui, j'allais être celle qui serait réduite en cendres. J'avais toujours trouvé ironique d'être née après lui alors que mon pouvoir de feu était intact, alors que lui portait le nom du résultat d'un feu, Ash, les cendres.

— Pour ça, il aurait été mieux que tu aies un compagnon. Un véritable lien d'accouplement est plus puissant que celui qui existe entre un frère et une sœur. Mais comme Trace n'est plus... commença Ash avant de s'interrompre quand je laissai échapper un soupir douloureux.

— Ai-je dit quelque chose de mal ? me demanda-t-il.

Je sentais son appréhension. Il s'inquiétait. Ash avait beau être différent aujourd'hui, avec cette malédiction qui le tordait de l'intérieur, il ne voulait pas faire de mal à ceux qui l'entouraient. Il ne se montrait pas cruel de manière désinvolte. Il était tout simplement honnête jusqu'à la moelle, en dépit de ses secrets.

— Trace n'était pas mon compagnon, Ash. À un moment donné, je me suis dit que ç'aurait été sympa qu'il le soit, mais ce n'était pas le cas. Jamais un lien ne se serait formé entre nous.

Ash inclina la tête pour me dévisager.

— Alors, il y a quelqu'un d'autre ? Quelqu'un avec qui tu pourrais créer un lien d'accouplement, pour que ça fonctionne ?

Je déglutis avec peine.

— Je ne sais pas.

— Jaxton, peut-être ? Il pourrait rester avec moi, et tu essaierais de créer un lien avec nous deux. Te servir du lien fraternel, et d'un potentiel lien d'accouplement pour revenir. Pour trouver un moyen de nous revenir à tous les deux.

Je grimaçai et m'écartai.

— Ça ne marche pas comme ça, Ash.

— Je suis conscient que les liens d'accouplement ne fonctionnent pas comme tu le voudrais. Lorsque tu franchis cette étape, les choses peuvent irrémédiablement changer au point que tu pourrais ne pas rentrer à la maison. Je le comprends. Tu le sais bien.

Je me tournai vers lui, envahie de douleur. Évidemment qu'il savait. S'il était ainsi, c'était à cause des décisions qui l'avaient brisé. Celles qui avaient brisé Rowen.

— Je crois qu'on peut se débrouiller juste avec toi.

— Non, ça n'arrivera pas, répondit Jaxton dans mon dos.

Je me retournai, les mains tremblantes.

— Depuis combien de temps es-tu là ? lui demandai-je.

Depuis combien de temps écoutait-il ? Je n'avais même pas remarqué sa présence. Ash et moi étions dans la boutique de Rowen à attendre les autres, et Jaxton s'était approché sans que je le remarque.

— Il n'est là que depuis peu de temps, répondit Ash.

Je me retournai vers mon frère et lui jetai un regard noir.

— Et tu ne m'as pas dit qu'il écoutait ?

— On m'a invité ici, Laurel, me répondit Jaxton. Je n'écoute pas en douce, et je n'espionne pas non plus si je suis censé être ici. Et apparemment, je suis vraiment supposé l'être.

— Ce n'est pas toi. Je pourrais te tuer, Jaxton…

— Mais tu ne t'inquiètes pas du fait que tu pourrais te tuer toi ? Ou ton frère ?

Je levai les mains en l'air.

— Ce n'est pas ce que je dis. Ça ne peut pas faire de mal à Ash. Pas de la manière dont ça pourrait te blesser toi.

Mon frère ne pouvait pas perdre quelque chose qu'il n'avait pas. Et c'était pour cette raison qu'il était la personne idéale pour cela. Ash était assez fort pour se sortir de tout ce qui se présenterait à lui aujourd'hui. Ce à quoi le lien que nous utiliserions pour le sort s'attacherait, s'il le faisait, ne pourrait pas le briser.

Jaxton plissa les yeux. Son tatouage d'ancre glissait sur son corps à la vitesse d'un tourbillon.

— Tu n'avais pas l'intention de me dire que tu allais tout risquer, alors même que c'est moi qui t'ai poussée à suivre ce rituel ? Tu n'allais pas me dire que je pouvais t'aider ?

Je déglutis avec difficulté, la peur me compressait le cœur.

— Tu ne peux pas aider, Jaxton. Nous le savons tous les deux.

— Toi et moi devons parler. Avant que ça n'arrive.

— Je crois que nous n'avons plus de temps, annonça Rowen en arrivant, son regard passant entre nous trois alors que Sage et Rome entraient derrière elle.

— Quel est le problème ? Que se passe-t-il ? s'enquit Sage en avançant.

— Je crois qu'une conversation qui aurait dû avoir lieu il y a bien longtemps se déroule enfin, grommela Rowen.

Je jetai un regard noir à ma meilleure amie.

Rome grommela tout bas, laissant échapper un profond gloussement typique d'un métamorphe.

— Arrête.

— Quoi ?

Je regardai l'ours avec insistance.

— Arrête.

— Arrêter quoi ? demanda Rowen. Arrêter de parler de ce que nous ignorons tous ?

— Jaxton et toi pourriez être compagnons. Autrefois, je me disais que ce pouvait être Trace et toi, et ça aurait pu être le cas, ou peut-être que c'était vous trois. Je ne sais pas. Mais mon frère est parti. Mes deux frères le sont.

J'entendis le grognement dans la voix de Rome, et j'eus mal pour lui. J'avais envie de l'aider, mais je ne pouvais rien faire. Au lieu de ça, Sage lui frotta la poitrine, et il serra sa compagne contre lui.

— J'ai failli perdre ma compagne une fois, et même plus d'une, pour être honnête. J'ai perdu mes frères. Je ne vais pas perdre mes amis. Nous savons que la ville est maudite, et que les Christopher ont été maudits plus d'une fois.

— Et c'est la faute de ma famille, dit Sage.

Je secouai la tête.

— Ce n'est pas la faute de ta famille.

— Je connais l'histoire, dit Sage en relevant le menton.

La plus jeune des filles Prince, la famille fondatrice de cette ville, était amoureuse d'un Christopher. Mais il ne l'aimait pas en retour. Alors quand elle s'est effondrée de chagrin, son pouvoir s'est déchaîné sur la lignée Christopher, bien que ça ait eu lieu à son insu.

Je la regardai, puis observai mon frère.

— Et à compter de là, plus aucune lignée ne saurait être entière, et tous ceux qui tomberont brûleront ou s'éteindront, dis-je, répétant la malédiction de jadis. Je le sais. C'est moi qui brûle.

— Et je suis celui qui s'éteint, murmura Ash.

La mâchoire de Rowen se crispa à ses paroles. Cette situation me faisait mal pour eux. Je détestais le fait que notre lignée familiale s'éteigne à cause d'une ancienne malédiction accidentelle.

Même cette magie accidentelle était puissante. Et après des siècles de magie perverse, de puissance et de malédictions, notre famille manquait finalement de temps.

— Si nous sommes des âmes sœurs... commença Jaxton d'une voix creuse, si nous sommes des compagnons, alors, laisse-moi t'aider.

Je me figeai.

— Nous n'avons pas de lien.

Je ne pouvais pas le laisser mourir. Je n'avais pas envie de faire du mal à mon frère, mais il était capable de survivre. Si je brûlais, notre lien ne le briserait pas comme il le ferait avec Jaxton.

— Mais nous avons le potentiel. Tu ne peux pas le nier. Ash et moi pourrions le faire ensemble. Nous pourrions tous deux être ton point de convergence pour revenir.

Je secouai la tête.

— Ça pourrait te tuer.

— C'est un risque que nous sommes tous les deux prêts

à prendre, murmura Ash, et Jaxton hocha la tête. Tu le sais, Laurel. Je sais que tu as peur de nous faire du mal. Je sais que tu te préoccupes de ce qui pourrait arriver. Mais j'ai plus peur de ce qui pourrait se passer si nous n'essayons pas.

Je regardai tous mes amis, ma famille, et serrai les poings à mes côtés.

— Si nous faisons ça, tu pourrais mourir.

Il fallait que Jaxton le comprenne. Je ne voulais pas qu'il prenne de risques. D'abord de manière générale, mais d'autant plus pour moi. Ne le voyaient-ils pas ? Ne voyaient-ils pas ce que j'avais dû repousser pendant si longtemps ?

— Si nous ne le *faisons pas*, lança Rowen d'un ton sec, tu mourras sans doute. Ils sont prêts, et nous le sommes aussi. Rome, protège-nous. Après ça, tu seras le seul à avoir encore de la force.

Le grand ours hocha la tête.

— Bien sûr. Je dois aller chercher mon bêta ? Ton second ? Les autres ? Aspen ?

Rowen secoua la tête.

— Non, j'ai l'impression qu'il faut que ce soit nous six.

Elle me regarda à ce moment-là.

— Ç'a toujours été nous six.

Je serrai les dents et hochai la tête.

— Très bien. D'accord.

Rowen aboya des ordres tandis que j'étais prise dans un tourbillon d'émotions. Je regardai Jaxton.

— Je ne veux pas que tu sois blessé.

Il s'avança et prit ma mâchoire entre ses mains. Je détestais le fait que ma magie cherche à l'atteindre, qu'elle le désire. Les flammes de l'ancre tatouée sur mon flanc roulèrent, se déplaçant sur ma poitrine et jusqu'à mon cou, puis sur ma joue pour toucher Jaxton. Son tatouage de faucon, son ancre, vola le long de son bras et sur sa main, de sorte que nos ancres se touchèrent. La magie se mit à palpiter.

— Laurel. Tu sais que c'est le moment.

Il répéta les paroles qu'il avait prononcées plusieurs semaines plus tôt et j'eus du mal à déglutir.

— Tu sais que je ne peux pas m'accoupler avec toi. Pas vraiment. Pas avec la malédiction. Ça ne marche pas comme ça. Ça ne ferait que renforcer le mauvais sort.

C'était ce qui s'était passé avec Ash. Et une raison de plus pour que je n'aie jamais cherché à créer de lien avec Jaxton.

Le faucon hocha la tête fermement, la douleur dans les yeux.

— C'est le potentiel. Je serai là.

— Moi aussi, dit Ash. Ce n'est pas un lien d'accouplement, mais un lien fraternel peut aider.

Je n'allais pas gagner cette dispute, et une partie égoïste de moi se réjouissait de leur soutien.

— D'accord. Très bien. Je suppose que je n'ai pas le choix.

— *Nous* n'avons pas le choix, murmura Sage, les yeux remplis de larmes.

Rowen, Sage et moi étions au centre de la pièce, nous tenant par la main alors que la magie palpitait autour de nous. Jaxton et Ash se tenaient derrière moi comme des piliers de pierre en attendant que la magie opère.

— Rome veillera sur nous, nous gardera à l'abri de tout danger en provenance de forces intérieures ou extérieures. Toutes les trois, nous prononcerons les mots, lancerons le sort, et enverrons notre magie vers Laurel pour qu'elle laisse la sienne se déployer, et les flammes l'engloutir. Et quand elle reviendra, Ash et Jaxton l'atteindront à travers le lien, et nous nous relèverons comme neufs.

Cela paraissait insensé. Mais c'était la seule chose susceptible de marcher. La seule qui puisse fonctionner.

Il me fallait juste espérer que cela suffirait.

Je soufflai et croisai leurs regards, puis hochai la tête. Ash posa la main sur mon épaule droite, Jaxton sur la gauche, et nous commençâmes.

— *Alors que les flammes, le feu et les énergies s'élèvent, faites voler la magie à travers les cieux. Prenez cette sorcière que nous vous offrons, purgez ses ténèbres pour qu'elle puisse voir. Ouvrez ses yeux et nettoyez son âme, purifiez sa magie et rendez-la entière. Quand elle se lèvera et respirera à nouveau, la malédiction sera levée, la querelle prendra fin. De notre cercle, ces trois et trois, voici notre volonté, qu'il en soit ainsi.*

La douleur me frappa, creusant de profonds sillons dans ma peau. Je criai et manquai de tomber à genoux, mais la magie me tint debout. Les flammes léchaient mon corps, me brûlaient de l'intérieur. En commençant par mes orteils, elles firent le tour de mes mollets, remontant le long de mes jambes jusqu'à mes hanches, ma poitrine, mes bras, mon visage. Je n'étais pas certaines que d'autres puissent voir les flammes, mais moi oui. Une d'un violet profond, l'autre bleu clair, une autre d'un rouge brûlant et la dernière d'un orange vibrant.

J'étais la flamme. J'étais la douleur. C'était la fin.

Jaxton et Ash grognèrent tous deux lorsque je me rapprochai d'eux, ma magie essayant de se raccrocher à tous les liens possibles.

La malédiction était toujours là. Elle enroula un cordon mystérieux autour de mon cou et le tordit jusqu'à ce que je ne puisse plus respirer.

J'entendis des gens crier, me tirer, tirer sur les autres, mais je ne pouvais rien faire. J'étais en train de mourir.

Ce serait ma fin.

Sur une malédiction implacable et un sort qui avait mal tourné.

Des larmes dévalèrent mes joues et se changèrent presque immédiatement en brume alors qu'elles s'évaporaient sous l'intensité des flammes.

Jaxton s'accrocha, tout comme Ash. Alors que nous tombions tous les trois à genoux, je pleurai. Pas pour moi, parce que je savais que c'était ma fin.

Non, je pleurais parce que Jaxton et Ash allaient mourir avec moi. Nous avions eu tort. Et il n'y avait pas de retour en arrière possible.

Je levai les yeux vers mes sœurs sorcières alors qu'elles tendaient les mains vers moi, murmurant des sorts pour nous ramener. Pour essayer de nous sauver. Mais cela ne suffirait pas.

Jamais je ne suffirais.

En un instant, Rome fut là, son rugissement d'ours assez puissant pour faire trembler les fenêtres. Il tira Jaxton, puis Ash. Je criai alors que les liens un peu usés entre Jaxton et moi se rompaient, le sort se terminant aussi brusquement qu'il avait démarré. Ensuite, je restai allongée en position fœtale, de la fumée flottant sur ma peau.

Puis Jaxton me serra contre lui, tandis que Rome et Ash allaient voir les autres. Je levai les yeux vers lui, essayant de parler, essayant de faire *quelque chose*.

Cela n'avait pas fonctionné.

La malédiction était toujours là.

Je la sentais.

J'allais quand même mourir.

J'ouvris la bouche pour parler, dire n'importe quoi, mais j'avais trop mal à la gorge.

— Je suis désolé, murmura Jaxton en essuyant les larmes sur mon visage.

Soudain, il leva les yeux, les épaules tendues.

— Ils sont là.

Je me figeai à mon tour et regardai par-dessus mon épaule quand quelque chose franchit la porte avant de s'écraser dans la vitrine de la boutique de Rowen.

Les revenants nous avaient retrouvés.

Et j'avais affaibli mes amis au point que je n'étais pas certaine que nous soyons assez forts pour les combattre.

J'avais tué mes amis, tout comme j'avais failli me tuer.

CHAPITRE

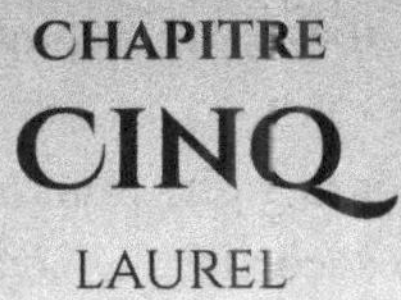

LAUREL

Jaxton couvrit mon corps avec le sien alors que la première lame filait au-dessus de nos têtes.

Je le repoussai, j'avais besoin de le savoir en sécurité, et je ne voulais pas être la raison pour laquelle il se ferait poignarder ou mutiler. Même avec la douleur qui irradiait mon corps à cause du sort et de la malédiction, je pouvais me débrouiller.

— Lâche-moi, Jaxton. Laisse-moi aider.

— Tu es blessée, me répondit-il sèchement, et je lui jetai un regard noir.

— Nous sommes tous affaiblis par ce rituel, mais nous pouvons nous battre.

— Elle a raison. Laisse-la se relever, ordonna Rowen, dont les cheveux volaient dans le vent qu'elle avait créé.

Ce qui signifiait que ses pouvoirs étaient bien présents. Elle était peut-être fatiguée par le rituel et le sort, mais elle était prête.

Je devais l'être aussi.

Le rituel n'avait peut-être pas fonctionné, et il était possible que je meure juste après à cause de la magie, mais

57

je faisais partie de cercle, bon sang ! Et j'allais montrer à ma famille, au cercle et à l'ennemi que j'étais capable de le faire.

Même si je ne le croyais pas vraiment.

— Comment font-ils pour franchir les protections ? demandai-je en titubant, m'appuyant lourdement sur Jaxton.

Il me jeta un regard noir, mais ne dit pas un mot. Il voulait me garder en sécurité. J'en avais conscience, mais il était hors de question de me protéger quand il s'agissait d'une guerre et une bataille totales. Nous devions tous faire face à cette situation.

— Ils doivent avoir un nécromancien puissant avec eux. Oriel ? demanda Sage, et Rowen secoua la tête.

— Je n'en suis pas certaine. Mais nous pouvons en discuter plus tard, non ?

— Marché conclu, grogna Rome tandis que ses griffes s'allongeaient et qu'il rugissait.

Les fenêtres tremblèrent. Je ne savais pas s'il allait se transformer, mais si c'était le cas, cela ne pourrait qu'aider.

Je me tournai vers le côté où j'avais laissé mon épée pendant le rituel, et vis Jaxton qui me la tendait. J'écarquillai les yeux.

— Alors, maintenant, tu veux que je me batte ?

— Je préférerais te savoir en sécurité, mais si tu dois foncer tête baissée dans quelque chose qui pourrait tous nous tuer, autant y être préparée.

Je sortis ma lame de son fourreau et le dévisageai.

— Et tu te bats magnifiquement avec une épée, murmura-t-il.

Et nous nous élançâmes, même si j'essayais de comprendre pourquoi il avait dit une telle chose, et pourquoi cela me faisait de l'effet.

Alors que le revenant passait par la fenêtre, je m'avançai, écrasant au passage un petit pendentif tombé d'une des étagères de Rowen.

Je ne voulais pas penser aux dommages causés en ce moment ni au fait qu'elle devrait nettoyer tout cela toute seule. Chaque fois qu'un revenant franchissait les barrières sur les talons d'un nécromancien, il nous démontrait que nous n'étions pas préparés. Nous n'étions pas prêts.

Ou peut-être que les pouvoirs en place voulaient que nous nous battions et prouvions que nous étions dignes de la puissance qu'ils nous avaient donnée.

Je détestais que le travail de Jaxton et Rome soit de nettoyer après le paranormal. Avant, il s'agissait d'accidents paranormaux qui se produisaient à cause de métamorphes, de faë et de sorcières dotées de pouvoirs, tous réunis au même endroit. Aujourd'hui, c'était pour nettoyer après des morts qui marchaient.

Les nécromanciens se servaient d'une magie perverse. Ils pouvaient commencer et terminer des éléments, mais à mesure qu'ils se rapprochaient de la magie noire, leurs âmes pourrissaient et devenaient mauvaises.

À la fin, ils étaient capables de réveiller les morts.

Les nécromanciens de bas niveau ne pouvaient qu'élever la chair. Les êtres supérieurs en étaient aussi capables, mais ils pouvaient également contrôler les esprits qui marchaient parmi nous.

Faith était une nécromancienne de bas niveau, du moins d'après ce que nous en savions. Mais au vu de la magie qui palpitait autour de nous, nous avions le sentiment qu'Oriel et peut-être d'autres avec lui étaient d'un niveau supérieur.

C'était pour cette raison que nous avions usé d'un sort pour éliminer totalement Penelope après sa mort. Pour nous assurer que jamais elle ne reviendrait pour être utilisée par Oriel ou l'un de ses semblables. C'était pour cette raison que nous brûlions les corps de ceux qui avaient péri parmi nous. C'était aussi pourquoi Trace n'avait pas de tombe, mais juste une pancarte expliquant qu'il avait été parmi nous, un membre de la famille et plus encore.

Tout ça pour que les nécromanciens ne puissent pas s'en prendre à nous.

Qu'ils ne puissent pas se servir de ceux que nous aimions pour nous attaquer.

Je détestais Oriel de plus en plus à cause de ça.

Je détestais ce pouvoir qui se brisait en nous et qui nous disait que nous ne suffisions pas. Que le monde changeait, et que nous n'étions pas capables de nous défendre.

Même si nous avions utilisé le sort pour empêcher ceux que nous aimions de devenir des esprits ou des revenants, cela ne signifiait pas que nous étions en mesure de le faire pour chaque âme existante. Le monde extérieur était une corne d'abondance de magie, et Oriel disposait d'un grand nombre d'esprits et de corps en dehors de la ville, alors que nous avions du mal à conserver notre magie.

Nous nous dispersâmes hors du magasin, et je fus reconnaissante de ne pas avoir causé plus de dégâts chez Rowen. Elle avait tellement perdu, comme nous tous, et même si nous nous chamaillions très souvent, je détestais l'idée qu'elle puisse perdre sa boutique. C'était un endroit où nous apprenions la magie et accomplissions nos rituels. C'était aussi son chez-elle. Une pièce maîtresse de sa magie. Pas la seule, pas la principale, mais l'une d'entre elles quand même. Et comme Rowen avait besoin de toute la magie qu'elle pouvait rassembler, je ne voulais pas la perdre.

La ville s'abreuvait de la magie du cercle, et comme Rowen était la dernière des Ravenwood, elle était plus impactée que tout le monde.

Il avait fallu que je bloque ma connexion avec la ville parce que chaque fois qu'ils avaient besoin d'être protégés, je manquais de mourir. Cela tirait sur mon âme, et me brûlait de l'intérieur. Je n'étais pas capable d'alimenter la ville avec ma force vitale.

Sage n'était pas encore assez puissante, mais elle apprenait. Cette quantité minuscule que Sage était *capable* de donner à la ville, principalement grâce à son lien d'accouplement avec l'alpha des ours, avait sauvé la vie de Rowen.

Celle-ci avait commencé à s'estomper, tout comme mon frère s'était effacé dans sa nouvelle existence.

Et nous n'avions pas été en mesure de l'empêcher.

Mais nous pouvions mettre un terme à cela. Du moins, c'était ce que je me disais.

— J'ai mis une protection autour de ma boutique, me dit Rowen, qui se servit de sa magie du vent pour décapiter un revenant.

— Et ils ont quand même réussi à passer ? l'interrogeai-je, frappant le monstre le plus proche de mon épée.

La lame fondit dans la chair. Je réprimai une grimace, songeant que ce revenant-là était bien plus délabré que certains des autres que j'avais combattus.

Apparemment, celui qui les contrôlait les avait ramenés de plus loin. Ce qui signifiait que les sorts et rituels dont nous nous servions sur les cimetières proches de Ravenwood fonctionnaient.

Et pourtant, je détestais pourfendre ces âmes. Et le fait qu'un jour, quelqu'un pourrait reconnaître un être aimé, comme nous l'avions fait.

Nous profanions ces corps, mais nous n'étions pas les premiers.

Et nous ne serions pas les derniers si ce nécromancien avait son mot à dire.

— Avec autant de pouvoir, et pour traverser les deux protections, celui qui les contrôle doit faire partie d'un groupe.

— Pourquoi as-tu mis en place une seconde barrière ? lui demandai-je avant d'en frapper un autre.

— Parce que je voulais qu'on soit en sécurité pendant le rituel. De toute évidence, ça n'a pas suffi.

J'entendis la douleur dans la voix de Rowen, et je tendis la main vers elle. Mais je trébuchai quand un revenant m'agrippa. Un faucon cria dans le ciel, et je levai les yeux sur Jaxton, qui fonçait vers moi, se servant de ses serres pour arracher la jugulaire d'un assaillant. Je me repris, rassemblant autant de force que possible, je lui tranchai la tête. Mes mains tremblaient, mon corps était douloureux, et je savais que je ne tiendrais pas longtemps. Ma magie voulait sortir. Je voulais me battre de la même manière que Sage, Ash et Rowen travaillaient ensemble.

Ils étaient le pouvoir des trois, pas moi. Pas maintenant.

Il fallait simplement que j'aide. Le feu me lécha, mais d'un coup, Jaxton fut à mes côtés dans son corps humain, nu, mais me regardant fixement.

— Non. N'utilise pas ta magie.

— Ne me dis pas ce que je dois faire.

Je donnai un coup d'épée, frappant le revenant le plus proche alors que Jaxton redevenait faucon pour se battre à nouveau.

Sous cette forme, il était de deux à quatre fois plus grand que n'importe quel oiseau de proie que j'avais vu. Il était capable de soulever un être humain d'une seule serre et de voler avec sans problème.

Il était magnifique sous cette forme, tout en or avec des plumes soyeuses.

Il m'avait transportée une fois, juste pour le plaisir, et

nous avions ri et roulé dans l'herbe. Puis Trace était arrivé, nous avions pique-niqué tous les trois et nous étions câlinés. Nous avions été les distractions des autres, nos rédemptions. Et pourtant, finalement, cela n'avait pas suffi.

Trace n'était plus, et j'étais certaine de bientôt le suivre.

Qu'en serait-il de Jaxton ?

Je déglutis avec difficulté, et repoussai ces pensées. Je ne pouvais pas me laisser aller à réfléchir. Je m'y refusais, parce que j'avais peur de souffrir plus encore que maintenant.

— Tes protections sont toujours en place. Mais si ça éloigne les revenants du reste de la ville, ça signifie aussi que les autres membres de nos alliances ne pourront pas nous aider, dit calmement Ash en regardant Rowen.

Je grimaçai au ton de mon frère, pas parce qu'il avait l'air de juger, même si c'était le cas, mais parce qu'il essayait de se rendre utile. Il n'était plus doué en matière de sentiments, et c'était quelque chose que je détestais.

Rowen lui jeta un regard noir et claqua des doigts pour faire tomber les protections, envoyant une douce décharge de douleur contre ma peau.

— Il faut qu'on les garde à l'écart de la vue des humains qui sont dans les parages.

— Il n'y a plus autant de touristes, soupirai-je.

Sage hocha la tête.

— C'est comme s'ils savaient qu'ils doivent garder leurs distances.

Le bruit des combats résonnait dans la ruelle qui menait à la forêt, et je continuais de me battre, frappant ceux qui s'avançaient vers nous.

D'autres faucons et ours arrivèrent, ainsi qu'Aspen, le chef des faë. Ses alliés purent repousser les vingt et quelques revenants qui arrivaient vers nous.

Je cherchai au loin qui pouvait bien les contrôler. Le

nécromancien en chef devait être proche pour en gérer un si grand nombre.

Seulement, je ne pouvais pas voir qui c'était.

— Il faut que nous trouvions la sorcière noire, dit Rowen, faisant écho à mes pensées.

Je hochai la tête fermement.

Un jaguar fendit les airs au-dessus de moi, et j'esquivai un revenant qui s'avançait. Mais Frank le transperça. Le jaguar mordit la carotide de l'homme avant de passer à un autre.

Cela faisait bien longtemps que je ne l'avais pas vu bouger aussi vite, mais je fis de mon mieux pour ne pas le regarder, en essayant de me concentrer sur ce qui se passait devant moi. Plus j'étais distraite, plus j'étais susceptible de faire des erreurs.

Puis Frank poussa un glapissement, retomba au sol, et du sang jaillit de son flanc. Je me précipitai vers lui, me mettant à genoux pour couvrir sa blessure de ma main et exercer une pression.

— Tout va bien. Nous allons te guérir.

Il leva les yeux vers moi, et ma magie se libéra quand je vis la douleur dans ses yeux.

Comment osaient-ils faire du mal à cet homme ? Ce gentil jaguar, qui n'était là que pour nous protéger.

Il prenait rarement sa forme animale, car il était le seul jaguar ici, et n'aimait pas se sentir seul. Il ne se transformait que pour faire la course avec Jaxton et voir lequel des deux était le plus rapide. Et je savais que Jaxton le laissait gagner.

Parce que le vieil homme était gentil, un peu fêlé avec nous, un peu grincheux, mais c'était un battant.

Et ce revenant venait d'essayer de le tuer.

Mes flammes léchèrent mon épée, alors même qu'elles me brûlaient la chair de l'intérieur. Jaxton fut à mes côtés en un instant, toujours dans son corps de faucon alors que nous abattions le revenant le plus proche. Puis il me scruta avant de me survoler pour aller s'attaquer au prochain mort-vivant.

Notre groupe fut en mesure d'abattre le reste des assaillants. Je titubai à côté de Rowen, qui soignait maintenant Frank avec Sage. Du sang s'écoula de mon nez, et Jaxton se trouva devant moi, à genoux, nu, me regardant fixement. Il prit mon menton entre ses doigts et me demanda :

— Pourquoi as-tu utilisé la magie ? Tu sais que tu n'es pas censée le faire.

— Va te faire voir ! marmonnai-je alors que le sang s'accumulait dans ma bouche.

Il jura encore, puis quelque chose se mit à palpiter entre nous.

J'écarquillai les yeux, et je compris.

C'était le début du lien, celui que nous avions voulu créer avec le rituel. Ce lien dont je pensais qu'il ne pourrait pas se nouer du tout. Mais il était là, à ses prémices.

Il l'utilisa pour m'envoyer de l'énergie, et je fis de mon mieux pour m'entourer de ma magie. Et si mes flammes dansaient le long du lien et le brûlaient ?

Jamais je ne pourrais me le pardonner.

Il envoya davantage de magie, et je sentis mon pouvoir augmenter, pas pour attaquer, mais pour guérir.

Cela faisait si longtemps que je n'avais pas ressenti cela que je ne savais pas ce que j'étais censée faire. Alors, je me penchai en avant lorsque Jaxton s'agenouilla devant moi, et je me contentai de retenir mes larmes.

Il me guérissait, mais je ne pouvais rien faire pour lui.

— Tu l'as vue ? demanda Rome en s'avançant, nu puisqu'il venait de quitter son corps d'ours.

Mon regard passa d'un homme à l'autre avant que je secoue la tête.

— Qui donc ?

— La femme aux cheveux blonds, avec un masque noir sur les yeux.

— La nécromancienne ? demanda Rowen, qui soulageait les blessures de Frank.

— Je crois que oui.

— Alors, il y en a une autre. C'est officiel. Ce n'était pas Oriel.

Je soupirai et m'éloignai juste un peu de Jaxton, sachant que j'avais besoin de respirer, de m'écarter de lui. Mais je ne pouvais pas. Pas encore. À la place, j'étais assise là, seule. Jaxton me regardait comme s'il essayait encore de me guérir, mais je le bloquai. J'ignorai la douleur dans son regard, je ne voulais pas lui en prendre plus.

J'en avais déjà trop pris.

Et désormais, avec une autre nécromancienne dans les parages, il avait besoin d'un maximum de force et de pouvoir. Tout ce qu'il pouvait glaner.

Et je ne voulais pas être celle qui faisait barrage à ceux qu'il devait protéger.

Frank avait failli mourir aujourd'hui pour me protéger, et les autres avaient voulu m'encercler, mais il fallait qu'ils se concentrent sur eux-mêmes, pas sur moi. S'ils n'avaient pas été affaiblis par le rituel, personne n'aurait été blessé du tout. À la place, ils avaient employé une partie de leur pouvoir à me protéger pour essayer de briser cette malédiction. Et nous étions là, affaiblis, couverts de sang et dominés. Dépassés.

Je ne pouvais pas recommencer. Je ne pouvais pas les laisser tout perdre à cause de moi.

Soit j'étais capable de trouver un moyen de guérir et de survivre par moi-même. Soit je n'y parvenais pas.

Je ne laisserais pas mes amis mourir à cause de moi.

Je regardai Jaxton.

Je n'allais pas laisser mon compagnon mourir à cause de moi.

CHAPITRE
SIX
JAXTON

LE NETTOYAGE après l'attaque ne prit pas longtemps. Ariel, l'ours bêta, avait emmené Frank dans le repaire, où il pourrait guérir entouré de métamorphes. Il avait beau être un jaguar solitaire et savourer le temps qu'il passait seul, il guérirait plus vite en compagnie d'autres métamorphes et oursons qui ne demandaient qu'à démontrer à quel point ils aimaient leur oncle Frank.

Rome et Sage avaient suivi, l'alpha et sa compagne avaient besoin de passer du temps avec leur meute après tous ces changements.

Ash s'était éloigné je ne sais où après s'être assuré que Laurel allait bien. Je ne savais pas si elle pouvait se considérer comme *indemne* alors qu'elle avait failli mourir et qu'elle savait que son essence était limitée dans le temps, mais elle n'avait pas d'autre choix pour l'instant.

Rowen jeta un coup d'œil à son magasin et fit sortir tout le monde. Je proposai de l'aider à nettoyer, sachant que ce ne serait pas facile pour elle de le faire seule, mais elle me mit à la porte avec les autres. Elle se fichait que ce soit mon travail de prendre soin d'elle comme elle s'occupait de nous.

69

Rowen voulait nettoyer le bazar laissé par ces ordures toute seule.

Je passerais plus tard pour m'occuper de ce qu'elle n'aurait pas pu faire. Si elle m'y autorisait, bien entendu. Mais il faudrait qu'elle fasse avec. Je n'étais peut-être pas membre du cercle, et elle ne faisait peut-être pas partie de mon aile et de ma tribu, mais elle *était* ma famille. Dans notre esprit immatériel, cela signifiait que nous étions tous une famille.

Tout le monde étant occupé ailleurs, je restai seul pour raccompagner Laurel chez elle. Je voulais aller chez moi pour voir si les membres de mon aile allaient bien, et je le ferais, mais d'abord, il fallait que je m'assure que la femme qui devait être ma compagne rentre saine et sauve chez elle.

J'avais toujours besoin de m'assurer que Laurel respirait. Qu'elle était toujours avec nous et qu'elle ne souffrait pas à un point insupportable. Cependant, à présent que quelque chose s'était créé entre nous au-delà de ce contact initial et des désirs que j'avais toujours ressentis en sa présence, nous devions gérer la situation.

Mais je savais qu'elle ne voulait pas en entendre parler.

— Merci de m'avoir raccompagnée, mais je vais bien, maintenant.

— Je vais t'accompagner à l'intérieur.

— Tu n'y es pas obligé.

— Je vais vérifier tes fenêtres, les portes, m'assurer que tu es guérie et que tu pourras gérer.

— Quand as-tu gagné le droit de me dire ce que je devais faire ? me demanda-t-elle alors que nous entrions.

Je fis ce que j'avais dit. Je vérifiai les fenêtres et la fixai.

— Quand j'ai tenu ton épaule et que j'ai senti ce lien palpiter entre nous.

— Nous ne sommes pas liés, Jaxton. Tu sais que c'est impossible.

Je me tournai brusquement vers elle, entraîné par mon faucon.

— Parce que tu l'as décidé ?

Je vis sa lèvre inférieure trembler, et je me détestai pour ça.

— Parce que c'est ainsi que ça doit être. Nous ne sommes pas des âmes sœurs, Jaxton.

— Parce que tu allais être la compagne de Trace ?

ELLE SECOUA LA TÊTE, alors que la douleur se répandait dans mon corps à l'idée de la signification de mes mots.

— Ce n'est pas ce que je dis, murmura-t-elle.

— Trace me manque autant qu'à toi, Laurel. Tu ne comprends donc pas ? Il m'appartenait, tout comme il était à toi.

Elle détourna un instant la tête, avant de me regarder à nouveau.

— Il est parti. Il ne reviendra jamais.

Je laissai échapper un soupir.

— Je sais. Et je n'aurais aucune envie qu'il revienne. Pas après ce dont nous avons été témoins.

Des larmes emplirent ses yeux, et elle se mit à faire les cent pas devant moi.

— Comment cette garce a-t-elle osé le ramener ? Il aurait dû pouvoir mourir en paix. À la place, elle a fait de lui un revenant. Et nous avons dû le regarder mourir une seconde fois. Peuvent-ils recommencer ? Peuvent-ils le ramener encore et encore ? m'interrogea-t-elle, sa voix se brisant à mesure qu'elle parlait.

J'aurais voulu la prendre dans mes bras, mais je savais que je n'en avais pas le droit. Même pas en tant qu'ami.

— Ils ne peuvent pas faire ça. Tu sais que nous avons protégé sa dépouille. Son âme.

— Je ne sais pas. Sommes-nous assez puissants pour le faire ?

C'est alors que je la regardai et ressentis sa douleur.

— Nous devons le croire. Sinon, quel est l'intérêt de tout ça ?

Elle fit un grand geste de ses mains.

— C'est ma question. À quoi bon, Jaxton, alors que je ne suis même pas certaine de survivre au-delà de l'instant présent ? Comment sommes-nous censés être assez forts pour affronter Oriel et ses semblables si nous ne sommes pas à même d'enrayer une malédiction ?

Je ne savais pas par où commencer. Parce que si je me laissais aller, je grognerais comme Rome et je tailladerais quiconque s'approcherait de Laurel avec mes serres. Mais comme je ne pouvais pas le faire, il fallait que je trouve une logique. C'était le seul moyen pour moi de me concentrer.

— Tu veux parler de cette malédiction qui est dans ta famille depuis des générations ? Évidemment que ça prendra du temps !

— Je n'en dispose pas. Tu ne comprends pas ça ? Je meurs un peu plus à chaque respiration. Et d'un coup, je suis censée trouver un moyen d'être d'accord avec un nous ?

— Tu me demandes *à moi* d'être d'accord avec ça ? D'accepter de te perdre ?

Je pris son visage entre mes mains, m'intimant de me calmer et de ne pas m'engager dans cette voie. Seulement... Pourquoi attendais-je ?

Si c'était vraiment la fin, si elle devait bientôt me quitter, il fallait que je le lui dise. Elle devait pouvoir le sentir, pourtant nous n'étions pas vraiment liés. Nous ne serions peut-être jamais liés par le destin, la foi et le temps.

Et il faudrait que j'apprenne à le gérer.

J'avais besoin d'elle, de cette connexion qui n'était pas vraiment là. Pourtant, je pouvais en sentir les prémices, rien qu'une petite braise avant qu'elle ne se transforme en une grande flamme.

— Laurel.

— Non, Jaxton.

J'encaissai le coup. Je savais qu'elle se protégeait, ou plutôt, elle pensait me protéger. Parce qu'une fois que j'aurais prononcé ces mots, je ne pourrais pas les retirer. Il faudrait qu'elle fasse avec, tout simplement.

— Je t'aime, Laurel. Je t'aime depuis des années. Nous avons tourné autour de ce que nous pourrions être l'un pour l'autre, et de *la manière* dont nous pourrions être ensemble. J'aime ta force, ton esprit, ton âme, ta beauté. J'aime absolument tout de toi. Même ton maudit entêtement à repousser tous ceux que tu aimes, parce que tu as cette fausse impression de devoir nous protéger. Et pourtant, notre seul moyen de nous protéger, c'est de prendre soin de toi et d'être à tes côtés.

— Jaxton.

Je secouai la tête, me penchai en avant et posai mes lèvres sur les siennes. J'avais besoin de son goût. J'avais toujours eu une folle envie de la goûter.

Nous n'étions pas nouveaux l'un pour l'autre. Nous nous étions aimés auparavant, même si nous avions caché ce que nous voulions, ce dont nous avions besoin, ce que nous désirions et ce dont nous avions envie.

Elle avait un goût de cendre, de flamme, de douceur et... de Laurel.

Je l'avais aimée autrefois, et ce serait toujours le cas. Nous étions trop jeunes la première fois que nous nous étions embrassés, nous ne savions sincèrement pas qui nous pouvions être l'un pour l'autre. Quand la malédiction avait pris effet, et plus tard quand mon père était mort, nous nous étions éloignés. Il fallait que je prenne le poste de leader ailé, et elle avait eu besoin de découvrir qui elle était.

Et durant tout ce temps, Trace avait été à nos côtés. Il ne nous appartenait pas, pourtant il était tout *à nous*.

J'embrassai Laurel plus fort, tant son goût m'attirait. Quand je compris que jamais je ne m'arrêterais si je continuais, je me retirai, et posai le front contre le sien. Il fallait que je respire.

— Jaxton. Pourquoi as-tu fait ça ?

— Pourquoi tu ne m'as pas arrêté ?

J'entendis les larmes dans sa voix, en dépit de sa colère qui aurait pu être dirigée contre le monde à ce moment-là.

— Tu ne peux pas m'aimer, Jaxton. Tu sais que je vais disparaître. Je vais brûler et mourir, et tu resteras coincé avec un morceau d'un lien d'accouplement, et rien d'autre. Tu ne peux pas miser sur moi. Tu n'as jamais pu.

— Tu ne peux pas faire ce choix pour moi.

— Bien sûr que si ! grogna-t-elle avant de se retirer et de recommencer à faire les cent pas.

Son ancre se déploya en bleu sur son corps, descendant le long de son cou. En temps normal, elle reposait sur sa hanche ou entre ses seins, mais là, l'ancre voulait que je la voie.

Des flammes dansaient dans ses yeux, et je savais qu'elle souffrait, les plaies sur son corps s'intensifiant à chaque mouvement. Mais je ne lui demandai pas d'arrêter.

Jamais je ne pourrais donner l'ordre à Laurel de faire quoi que ce soit. J'aurais beau essayer, j'échouerais toujours.

— Je vais mourir. Cette malédiction va m'emporter, et je

ne pourrai pas sauver cette ville ni faire quoi que ce soit pour le cercle. Et je refuse d'être aussi la raison de ta mort.

— Donc, tu penses que si nous sommes liés et que tu meurs, je mourrai en même temps que toi ? Ce n'est pas ainsi que fonctionnent les liens d'accouplement.

Elle était tellement frustrante, alors même que je savais qu'elle avait peur !

— Je pourrais te faire du mal. Je pourrais arracher des morceaux de toi. Et tu dois être fort, non seulement pour ton aile, mais aussi pour ta famille et cette ville. Ils auront besoin de toi quand je laisserai tomber le cercle. Tu ne comprends pas ?

— Ce n'est pas toi qui vas laisser tomber. C'est la malédiction qui s'acharne sur toi depuis si longtemps. Elle s'est attaquée à ta famille et a enfoncé ses griffes en toi, s'accrochant sans jamais te laisser de répit.

— Parce qu'une sorcière est tombée amoureuse de mon ancêtre. Et comme elle n'a pas pu l'avoir, elle a craqué.

Je détestais cette satanée histoire, cette malédiction qui nous menaçait tous, nous entourant de sa prophétie.

— Elle ne l'a pas fait exprès.

— Je sais. C'est ce que je répète sans cesse à Sage. Pour autant, je ne pense pas qu'elle me croie.

— Tu y crois ?

— Je crois que comme mes tantes et mon arrière-grand-mère, je vais être réduite en cendres, et je ne reviendrai pas.

— Elles n'ont pas brûlé, pas comme tu ne cesses de répéter que tu vas le faire.

— Non, leurs organes internes ont juste fondu parce qu'elles ne pouvaient pas supporter la magie. Et j'ai encore plus de pouvoir qu'elles n'en avaient jamais rêvé. Je pourrais détruire la ville si je n'y prends pas garde.

Je jurai à mi-voix.

— Ça n'arrivera pas. Nous ne laisserons pas une telle chose arriver.

— Et que vas-tu faire, Jaxton ? Nous avons déjà essayé tout notre arsenal. Le rituel que nous avons tenté aujourd'hui était notre dernière tentative. Nous allions créer un lien avec mon frère, qui ne peut en créer avec personne d'autre à cause de sa malédiction. Et *toi*. Tu t'es avancé et tu t'es déclaré mien alors que nous n'avions pas fait ce choix.

— Nous l'avons fait il y a longtemps dans ce champ. Ce n'est pas parce que nous nous sommes éloignés ensuite que nous ne pouvons pas revenir en arrière.

— Ah bon ? Tu es parti parce que ton père est mort, et je le comprendrai toujours. Il fallait que tu sois le leader ailé, et nous étions trop jeunes pour comprendre ce qu'étaient des compagnons. Je croyais que nous avions plus de temps.

— C'était le cas.

— Et maintenant, nous n'en avons plus. Trace est parti.

Je retins un grognement, pas de jalousie, mais parce que Trace m'appartenait aussi.

— Il est parti, mais il est toujours avec nous.

— Tu dis ça, mais c'est moi qui le rejoindrai à ma mort.

— Cesse de dire ça, grondai-je.

— Je ne sais pas quoi dire d'autre. Je ne peux pas être avec toi. Tu ne comprends donc pas ? Parce que quand je ne serai plus là, ça t'enlèvera quelque chose. Le lien que nous partageons se brisera et t'attaquera. Il se déchaînera. Et si les flammes s'avancent le long du lien et te brûlent ? Et si je blessais ton faucon, ou tes liens avec ton aile parce que nous sommes connectés ? Je n'arrive pas à gérer la magie, Jaxton. Je ne peux pas faire partie du cercle. Je ne peux pas protéger cette ville. Je ne peux pas être avec toi. Comprends-le.

— Laurel, chuchotai-je, le cœur brisé en mille morceaux que j'essayais de recueillir un à un comme pour les préserver pour un futur qui n'aurait jamais lieu.

Je fis un pas en avant et effleurai sa joue du dos de la main.

— Je t'en prie, va-t'en. Je n'arrive pas à réfléchir quand tu es là.

— Je n'arrive à réfléchir que quand je pense à toi.

— C'était une réplique stupide, marmonna-t-elle, et je ricanai.

La tension commença à s'estomper entre nous, mais pas assez. Ce n'était jamais suffisant.

— Je t'aime, Laurel. Le fait que tu me repousses maintenant parce que tu as peur n'y changera rien.

— Je ne serai pas ta meurtrière.

— Je ne te demande pas non plus d'être ma sauveuse, murmurai-je avant de l'embrasser à nouveau.

Elle se laissa aller contre moi, des larmes ruisselant sur ses joues. Je m'inquiétai de les voir se changer en vapeur dès qu'elles touchaient sa peau, mais d'un autre côté, j'étais perpétuellement inquiet pour Laurel. Je m'inclinai, l'embrassai encore, puis me retirai.

— Nous n'en avons pas terminé.

— Nous n'aurions jamais dû commencer.

— Je ne considérerai pas ça comme une attaque, murmurai-je. Parce que je t'aime. Et que nous allons trouver un moyen de traverser cette épreuve. Le destin ne t'éloignera pas de moi.

— C'est le destin qui a emporté Trace.

Je serrai les dents.

— Peut-être que dès le départ, Trace ne nous appartenait pas.

— Alors peut-être que moi non plus, je ne t'appartiens pas.

Je secouai la tête et m'en allai, attendant qu'elle verrouille la porte derrière moi. Quand elle le fit, je me transformai, laissant mes vêtements derrière moi dans son potager, j'avais besoin de voler. De m'élever. C'était simple de passer à ma forme d'oiseau en un souffle grâce à ma puissance. Le vent battait sous mes plumes, et je pris un courant porteur, laissant la puissance de la ville et la magie qui nous entourait s'infiltrer dans mes os.

Laurel m'appartenait. Et il était hors de question que je laisse une foutue malédiction, ou un nécromancien, ou les ténèbres, ou quoi que ce soit la prendre.

Trace avait été notre meilleur ami, et même si nous avions plaisanté en disant qu'il était notre troisième, peut-être qu'il ne l'avait pas été. Peut-être n'avait-il été que la personne qui nous avait mis en relation.

Je n'en savais rien. Dans tous les cas, nous n'avions aucun moyen de le ramener. Il était parti.

Et il était hors de question que je laisse quelque chose me la prendre. J'atterris à ma volière, y entrai, et enfilai un survêtement. Certes, cela ne me dérangeait pas de me promener nu, mais il y avait toujours un temps et un lieu pour cela.

Aiden, mon second, frappa à la porte à la seconde où je me jetais de l'eau sur le visage. Je savais qu'il m'attendait, probablement à l'affût. J'ouvris la porte et il entra, l'air renfrogné.

— Qu'est-ce qui ne va pas ?

— Les anciens se disputent.

— Pourquoi ? demandai-je, même si j'avais le sentiment de savoir de quoi il s'agissait.

— Eh bien, ils sont heureux que Nelle soit partie car ils refusent que notre communauté ne soit plus de sang pur.

Je grognai.

— Vraiment ? Ça fait des années, et ils en ont toujours après ma petite sœur parce qu'elle ne se transforme pas en faucon ?

Le mien remonta à la surface, et ma colère irradia.

Mon second secoua la tête.

— Je n'ai pas dit que j'étais d'accord avec eux. Tout ce que je dis, c'est que les anciens sont en train de se monter la tête. C'est le genre de choses qu'ils font. Ils aiment que leurs us et coutumes soient gravés dans le marbre. Le fait que ta mère ait épousé le roi du peuple sirène ne leur convient pas et ne leur conviendra jamais. Mais qu'ils aillent se faire voir !

— Ça me convient. Ignorons-les. Peut-être que le problème disparaîtra.

Il croisa mon regard.

— Tu sais que le problème ne disparaîtra jamais, Jaxton.

Je me passai une main dans les cheveux et me dirigeai vers ma cuisine pour trouver quelque chose à manger.

— Non. Parce que ma petite sœur ne s'en ira jamais.

— Ça ne fera qu'empirer les choses quand elle s'accouplera enfin avec le roi des faë.

J'agrippai le bord du réfrigérateur.

— Ne parlons pas de ça. Je n'ai pas assez de force en moi pour assumer cette image.

— C'est juste. Ils ruminent aussi sur le fait que tu passes beaucoup de temps avec le cercle et avec une certaine sorcière qu'ils refusent de fréquenter.

Je me tournai vers lui.

— Ils ont dit quelque chose à propos de Laurel ? La femme qui a protégé cette aile autant que moi ?

— Ils ont peur que tu la choisisses elle plutôt qu'eux.

— Tu sais pourquoi je le ferais. Et tu sais pourquoi elle ne me laissera jamais faire.

— Je suis au courant, eux aussi, et ce sont des bigots. Cependant, ils ont peur. Personne ne sait ce qui se passe avec ces nécromanciens. Et même si nous savons que tu consacres toute ton âme et ton énergie à protéger cette ville et l'aile, ils sont aussi avides et égoïstes. Et ils te veulent pour eux seuls. C'est pour ça que tu es le leader ailé. Ils te veulent.

— Alors, ils devront apprendre à partager. Parce que Laurel est à moi.

— Vous avez complété le lien ? me demanda Aiden, s'avançant, les yeux écarquillés.

Je secouai la tête.

— Pas exactement. Mais ça va arriver. Je vais la sauver. Nous allons sauver cette ville. Et les anciens devront admettre que nous ne sommes plus au XIXe siècle. Beaucoup d'ailes, de repaires et de meutes ont des membres diversifiés. Nous n'avons jamais été de sang pur, et ils doivent s'en rendre compte.

Mon second acquiesça.

— D'accord, alors. Cependant, il faut quand même que tu viennes avec moi.

Je fronçai les sourcils, pris un morceau de fromage et commençai à mâcher.

— Pourquoi ? grognai-je.

— Parce que ta tante a besoin d'un câlin.

Je jurai à mi-voix, je n'avais plus besoin de manger. Je remis tout dans le frigo et m'appuyai dessus.

— William est parti depuis combien de temps ?

— Assez longtemps pour qu'on sache qu'il ne reviendra pas. Il est mort, Jaxton. Tu as senti le lien se briser.

— Mais on n'a jamais retrouvé son corps.

Je savais qu'à ce stade, ce n'était qu'un maigre espoir, mais je ne pouvais me résoudre à penser qu'il était mort. C'était mon problème, ces jours-ci.

— Je crois que j'ai trop peur de remonter la piste et de me rendre compte que ce sont les nécromanciens qui l'ont.

Je reculai et me retournai.

— Tu as raison. Très bien. Je déteste que mon cousin soit parti. Que quoi qu'il se soit passé, ce soit arrivé sans que nous soyons au courant. Mais le lien est rompu. Je ne le sens pas dans l'aile. Ma tante a besoin d'un câlin ? Alors, c'est ce que je vais faire. Parce que je suis le foutu leader ailé. Si mon peuple a besoin de moi, je serai là.

— Tu n'as pas besoin de me le dire. Je sais que tu nous feras toujours passer avant toi. Et il est temps que tu aies quelqu'un sur qui te reposer quand tu le feras.

Je le regardai partir avant de le suivre, sachant que je ne faisais que parler, du moins pour l'instant. Parce que je ne savais pas si Laurel me laisserait la garder. Si elle me laisserait l'avoir.

Pourtant, je devais essayer. Je devais faire quelque chose.

Mon monde était en train de s'effondrer autour de moi, et je ne savais pas vraiment comment le réparer. Tout ce dont j'étais certain, c'est que j'aimais une femme qui, je *le savais*, m'aimait en retour, mais qui avait peur de ses sentiments.

Peu importait. Je la protégerais. Je protégerais tous ceux que j'aimais.

Ou je mourrais en essayant.

CHAPITRE

SEPT

LAUREL

J'ÉTAIS ASSISE en tailleur dans la maison de Rowen en me disant que c'était tout à fait normal, que je n'étais pas en train de perdre une partie de moi.

Trois jours s'étaient écoulés depuis l'attaque et le rituel. Je ne me sentais toujours pas moi-même, mais je n'étais pas certaine de l'être un jour, pas alors que je savais que nous n'avions plus d'option.

Nous lier n'avait pas fonctionné, et notre sort n'avait pas rassemblé la force nécessaire. J'aimais à penser que nous trouverions un moyen de faire en sorte que cela suffise, mais je ne voyais pas comment cela pourrait se produire.

— D'accord, parlons, me dit Rowen en roulant ses épaules en arrière.

— On ne va pas parler de ma malédiction, si ? Parce que je crois que je n'ai plus la force de le faire.

Rowen me jeta un regard, puis secoua la tête avant de se tourner vers Sage.

— Nous allons nous entraîner à utiliser différents sorts

pour créer des liens au sein du cercle. Par pour ta malédiction, mais pour nous maintenir ensemble.

— Et si je ne peux pas aider ? lui demandai-je, ravalant la boule qui m'obstruait la gorge, ignorant la douleur.

Cette fois, ce n'était pas seulement un coup physique, mais aussi un coup émotionnel, car je ne pouvais pas aider Sage dans ce nouveau monde de magie et d'émerveillement. Je n'étais pas en mesure de lui montrer la bonté et la pureté qui accompagnaient ce nouvel univers. Au lieu de cela, j'étais celle qui restait pour lui montrer la douleur et la colère qui venaient avec.

— Tu peux regarder, commença Rowen. Tu n'es pas obligée de te joindre à nous. En fait, je ne veux pas que tu le fasses, à moins que tu te sentes parfaitement à l'aise.

— D'accord, alors je suppose que je peux passer en revue ce que je sais. Du moins du point de vue de la douleur. Et des émotions.

— Ce serait utile, répondit Sage en fronçant les sourcils. J'apprécierai toute l'aide que tu pourras m'apporter pour que je sois certaine d'apprendre ce qu'il faut pour aider à protéger la ville et le cercle.

— Je suis navrée de ne pas pouvoir vous aider plus.

Sage me regarda d'un air renfrogné, et c'était tellement inhabituel chez elle que je réfrénai un sourire.

— Tu m'apprends à me battre, à être forte, à être courageuse. Arrête de te rabaisser parce que ta magie est différente de la nôtre.

— J'aime quand tu fais preuve de cran, lui répondis-je en riant, et Sage leva les yeux au ciel.

— Je suis accouplée à un ours. Évidemment que j'ai appris à être forte et à avoir du cran !

Rowen haussa un sourcil.

— Tu en avais avant même de mettre le pied à Ravenwood, et tu le sais.

Elle laissa échapper un soupir alors que Sage souriait, et je me réchauffai intérieurement. Et cela n'avait rien à voir avec le feu en moi.

— Ça va être un simple sort d'invocation, pour faire naître un nouveau jour et trouver la force dont nous avons besoin pour surmonter les obstacles qui se présentent à nous. Le sort que nous apprendrons ensuite nous permettra de repousser les forces extérieures qui menacent d'obscurcir nos esprits.

Alors, je regardai Rowen, et tous ces moments où nous avions pratiqué ces sorts et ces entraînements quand nous étions enfants me revinrent. Elle avait toujours été la leader du cercle, le *Ravenwood*. J'étais une Christopher, l'une des familles fondatrices, comme Sage était une Prince, mais les Ravenwood étaient les fondateurs originels, ceux qui lui avaient donné son nom. Rowen avait toujours été la plus puissante, même si elle en perdait la plus grande partie pour assurer notre sécurité.

J'avais toujours admiré sa force, sa manière de foncer tête baissée sur les obstacles. Et ces deux sorts étaient ceux que j'avais appris à ses côtés.

Ils apportaient l'équilibre au cercle et aux sorcières.

Je n'aurais pas à faire appel à ma magie élémentaire pour aider. Je ne savais pas si Rowen l'avait fait exprès, mais la connaissant, c'était possible.

Nous nous assîmes en cercle sur le sol, les mains tournées vers le haut alors que nous fermions les yeux. Rowen se mit à parler.

— *Force du jour, force de la nuit, donne-nous la puissance, prête-nous la lumière. Un nouveau jour à l'aube, la nuit derrière, renforce nos pouvoirs et ouvre nos esprits. D'un quar-*

tier à l'autre et d'une rive à l'autre, que la persévérance s'étire à jamais ! Nous sommes une jeune fille, une mère, une vieille fille. C'est notre volonté, qu'il en soit ainsi !

La magie tourbillonna autour de nous, la chaleur, le feu et la stabilité s'infiltrant dans mes pores. Sage hoqueta légèrement, un infime halètement surpris, et je souris, sachant qu'elle trouvait un point d'ancrage dans son monde. C'était une chose que je recherchais au quotidien.

Les flammes s'intensifièrent au creux de moi. Je les ignorai, et me racontai que c'était facile. Tant que je repoussais le feu et que je ne faisais pas appel à la magie élémentaire en moi, je pouvais continuer.

— On dirait un pouvoir à part entière. Comme une purification, presque.

J'ouvris les yeux et vis Rowen afficher un sourire de maman fière devant Sage.

— Exactement. Ce n'est pas chose aisée, mais tu trouveras le moyen de rassembler l'énergie nécessaire pour une journée. Nous pouvons aussi faire des sorts de purification, mais pas aujourd'hui. Surtout parce qu'il nous faut un peu plus de préparation, à cause des... circonstances que nous rencontrons.

Je n'étais pas certaine qu'elle parle de moi et de mon incertitude quant à ma capacité à aider. Elle ne dit rien, et je ne l'y forçai pas. Pour faire un sort de purification, il fallait repousser ses éléments, car ils nous traversaient pour aider le pouvoir. Comme je ne pouvais pas compter sur le feu, il fallait que j'évite certains sorts. Mais malheureusement, ceux qui protégeaient la ville et aidaient Rowen à ne pas se tuer en s'en servant trop n'utilisaient que cet élément. Ce qui signifiait que quoi que je fasse, ce ne serait jamais suffisant pour protéger ma meilleure amie. Pour protéger qui que ce soit. J'ignorai la douleur parce qu'il le fallait. Il ne fallait pas que je me concentre sur ce que je ne pouvais pas sauver. À la place, je tirai toute l'énergie que je pouvais et me concentrai sur le prochain sort.

— *Bannissez maintenant avec le sort et la volonté. Bannissez maintenant avec la grâce de l'esprit. Bannissez maintenant avec le pouvoir de la magie tout ce qui est mauvais et déplacé.*

Cette fois, ma magie me picota plus qu'elle n'aurait dû, et je me rendis compte que je ne m'étais pas concentrée. Je laissai échapper un sifflement : mon feu s'intensifiait. Je l'étouffai.

Rowen jura et se rapprocha de moi en me prenant la main.

— Respire quand tu as mal. Tout va bien.

— Je vais bien, mentis-je.

— Tu ne vas pas bien. Tu te concentres trop sur les flammes, et maintenant, elles sont venues te trouver.

— Elles me trouvent toujours. Elles sont toujours là. C'est ça, le problème.

Je fis sortir mon pouvoir, remplissant ma part du sort de bannissement, et soufflai.

— Je suis désolée.

Rowen fit claquer sa langue. On aurait dit feue sa grand-mère, et pas elle.

— Ne sois pas désolée. Tu te débrouilles bien. Tu fais plus que ce que tu as fait en quelques années.

Je lui jetai un regard triste. Pendant des années, j'étais restée loin d'elle et de notre cercle, parce que cela coûtait bien trop à Rowen de me stabiliser. Oui, cela m'avait fait souffrir. Oui, j'avais l'impression de perdre à chaque respiration. Que si je continuais à jeter ces sorts, je mourrais. Mais j'étais vraiment restée à l'écart pour protéger ma meilleure amie. Parce que Rowen aurait tout donné pour nous protéger, et je ne pouvais pas la laisser se sacrifier pour moi.

— Tu vas bien ? me demanda Sage, qui se pencha en avant et me prit la main.

— Écoute, je ne suis pas encore en train de mourir, Sage. Tu n'as pas à t'inquiéter pour moi.

Rowen me jeta un regard noir.

— Ne dis pas de telles choses. Tu n'aurais pas dû avoir à tirer sur ton feu pour terminer ce sort. Pourquoi tu as fait ça ?

Je lui adressai un sourire triste.

— Ma magie, *c'est* mon feu. C'est bien là le problème. Tu as énormément de pouvoir avec l'air, mais tu peux séparer les deux parce que tu ne ressens pas cette douleur sans fin. Je n'ai pas cette facilité. Tout m'est douloureux, Rowen. Et c'est bien ça, mon problème. Je vais gérer. Je l'ai fait jusqu'à présent. Mais je ne crois pas être capable d'aider le cercle comme je l'aurais voulu. Je ferai ce que je peux, mais je risque d'être plus un obstacle qu'autre chose.

— Arrête. Tu n'es pas un obstacle. Tu ne l'as jamais été, insista Sage.

— Ah oui ? Ou n'est-ce pas simplement ce que nous avons envie de croire ? Tu as besoin du pouvoir des trois pour protéger cette ville des ténèbres. C'est ce que la prophétie a toujours dit. Que notre ville est maudite par ceux qui viendront s'en prendre à nous. Notre ville va perdre ses protections, son pouvoir, ses habitants si nous ne faisons pas attention. Voilà ce qui a toujours pesé sur nos dons. Et pourtant, nous nous défendons. Nous faisons de notre mieux. Mais je ne suis pas persuadée de devoir en faire partie. Je ne crois pas en être capable.

Sage essuya une larme et je déglutis fort, ignorant la vapeur qui s'élevait de ma peau.

— Il faut que j'y aille, murmurai-je.

— Tu fais partie de ce cercle. Tu es notre sœur. Nous sommes si près de trouver une manière de vous sauver, cette ville et toi ! Nous ferons en sorte que ça arrive.

Je regardai Rowen et secouai la tête.

— On peut essayer, et on peut espérer, mais ça ne fonctionne pas toujours.

Ensuite je me levai et m'éloignai, les mains tremblantes alors qu'une odeur de fumée s'échappait derrière moi.

Je sortis en chancelant de la maison de Rowen, faisant fi de l'impression que j'avais de tout laisser derrière moi. Tout avait changé, tout était perverti, et j'aurais voulu qu'il y ait un moyen de réparer les choses. Seulement je n'étais pas sûre de savoir comment.

— Laurel ?

Je levai les yeux vers Jaxton.

— Tu m'attendais ?

Il haussa les épaules.

— Peut-être.

La chaleur et la colère se répandirent en moi, et je les repoussai toutes les deux pour ne pas enflammer ma magie.

— Vraiment ? Tu ne crois pas que je suis capable de gérer ?

— Je suis ici parce que je savais que tu travaillais sur un sort aujourd'hui. Du moins, c'est ce que Rowen a dit. Je ne savais pas si tu voulais avoir quelqu'un sur qui t'appuyer en sortant.

— Pourquoi es-tu si gentil avec moi ? Je suis horrible avec toi.

Il se pencha en avant et posa la main sur ma joue.

— Ce n'est pas vrai. Tu es une bonne personne, Laurel. C'est juste que tu ne te fais pas confiance.

— Peut-être que je n'ai pas de raisons de le faire. Pourquoi es-tu comme ça, Jaxton ? Tu pourrais être blessé. Je ne veux pas que tu souffres.

— Je ne serai pas blessé. Mais je serai à tes côtés. Toujours, laissa-t-il échapper dans un souffle. Allez, laisse-moi te raccompagner chez toi.

Je soupirai et me laissai aller contre lui. Je me détestais pour cela, parce que j'avais toujours été comme ça avec Jaxton. J'essayais de m'éloigner parce que j'avais peur de ce qui pourrait arriver si je me laissais trop aller. Il s'était toujours montré doux, attentionné, et même grognon quand le besoin s'en faisait sentir. Il protégeait ceux qui l'entouraient. Il *me* protégeait. Mais qui le protégeait *lui* ?

Avant, Trace s'en chargeait. Et Rowen. Et je faisais de mon mieux, mais je ne voulais pas être un boulet. Que ma magie se retourne contre lui et le blesse au lieu de le protéger.

— Tu ne peux pas miser sur moi. Tu le sais, Jaxton.

— Oh que si, je mise sur toi, alors il va falloir que tu t'en remettes ! Je ne te laisserai pas partir, Laurel.

Je soupirai et me calai à nouveau contre lui tandis qu'il me raccompagnait chez moi. Je sentis les regards de Rowen et Sage dans mon dos pendant que nous partions, et je savais qu'il faudrait que je leur dise ce qui se passait plus tard. Je n'étais pas certaine de ce que je devais faire. Pour l'instant, je me concentrais sur ce que je pouvais : la magie en moi et le faucon à mes côtés.

Il me raccompagna chez moi, à quelques pas de chez Rowen. La proximité de mon amie m'avait toujours plu, même lorsque nous étions enfants, car nous pouvions sortir en douce et rendre visite à l'autre. Alors que Jaxton et Trace étaient devenus mes amis à l'adolescence et plus encore depuis que nous découvrions qui nous étions l'un pour l'autre, Rowen avait toujours été là.

Et lorsque les pleins effets de la malédiction m'avaient frappée et que j'avais cru avoir tout perdu, Rowen avait toujours été là, en dépit des frictions et de l'inévitable douleur.

Jaxton me raccompagna à l'intérieur, et je le regardai repousser ses cheveux de son visage.

— J'aimerais que les choses soient différentes.

— Nous les rendrons différentes. Il est hors de question que je te laisse mourir maintenant, Laurel.

Cela me fit sursauter, je souris.

— J'essaie de ne pas mourir ! Pourquoi crois-tu que j'aie pris l'épée ? Pourquoi crois-tu que je continue d'essayer ? Je veux que Sage soit aussi puissante qu'elle le pourra, pour que Rowen ne soit pas seule.

— Rowen n'est pas seule. Elle a Ash.

— Nous savons tous les deux qu'elle ne peut pas avoir Ash. Les métamorphes sont assez forts pour protéger les leurs, mais peut-être pas tout le monde. Peut-être pas la ville.

— Les oracles ont toujours dit qu'elle avait besoin du pouvoir du cercle de sorcières, mais je ne crois pas qu'elle ait prévu la deuxième couche de malédiction par-dessus.

— Je ne te mets pas à l'écart. Jamais je ne le ferai.

Il se pencha et m'embrassa, tandis que je me collais à lui, détestant ressentir de telles choses.

— Je ne veux pas te faire de mal, chuchotai-je.

— Alors, ne m'en fais pas.

Il m'embrassa à nouveau et je l'entourai de mes bras, car j'avais besoin de lui.

— Nous ne pouvons pas créer un lien d'accouplement, lui murmurai-je.

— Nous n'en créerons pas. Permets-moi de t'aimer,

Laurel, murmura-t-il, et je me laissai aller contre lui, sachant que je ne pouvais pas dire non.

Je n'avais jamais été capable de dire non à Jaxton, et c'était peut-être une partie du problème.

Il avait toujours fait partie de moi, corps, esprit et âme. Je l'avais repoussé quand j'avais peur, et j'avais *toujours* peur. Au plus profond de mon être. Mais je ne pouvais pas simplement lui demander de partir. Pas alors que ce pouvaient être mes derniers instants. La fin était de plus en plus proche. Nous étions tous confrontés aux forces extérieures qui nous attendaient.

Mais rien qu'une minute, j'avais envie de me montrer égoïste. Juste un instant.

Alors, je me laissai faire.

— Tu es sûr ? chuchotai-je, et j'entendis la peur dans ma voix, mais il était trop tard.

Il m'embrassa encore.

— Évidemment ! Je te veux, Laurel. Tu m'appartiens. Laisse-moi juste t'aimer, répéta-t-il.

Je hochai la tête contre lui et le serrai plus fort.

Il posa les lèvres sur ma mâchoire qu'il commença à embrasser et caresser avant de me faire avancer lentement jusqu'au canapé, où il me hissa sur le dossier. Je soupirai, puis m'affalai contre lui alors qu'il m'embrassait et me mordillait les lèvres. Ses mains se posèrent sur l'ourlet de mon t-shirt et le soulevèrent par-dessus ma tête. Je ne portais plus que mon jean et mon soutien-gorge. Il se lécha les lèvres en me regardant fixement.

— Tu as toujours été trop belle.

— C'est ce que tu dis toujours.

— Eh bien, c'est parce que tu me coupes toujours le souffle.

Il posa la main sur mon flanc et caressa tendrement le

bord de mes brûlures. Elles guérissaient rapidement puisqu'elles étaient magiques, et les baumes et crèmes que Rowen me fournissait aidaient. Mais elles revenaient sans cesse. Parfois à des endroits différents. Cette fois, c'était sur ma hanche gauche. Je secouai la tête quand Jaxton posa les yeux dessus.

— C'est bon. Tu ne peux pas me faire de mal.

— Je ne sais pas si c'est vrai, murmura-t-il avant de m'embrasser dans le cou, puis sur la mâchoire, puis de descendre entre mes seins.

Je hoquetai, car son contact envoyait de la magie à travers mon corps. Mais cette fois, ce n'était pas chaud. Ce n'étaient pas des flammes. C'était de la chaleur, et pourtant, c'était tout à fait Jaxton, l'homme que j'avais toujours désiré, et dont je savais qu'il pouvait m'appartenir. Mais aussi l'homme que je savais ne jamais pouvoir posséder.

Mon ancre glissa autour de mon corps, se connectant à sa main avant que son faucon ne vole au-dessus de son bras, autour de son cou, puis sur son autre main posée sur ma hanche.

Je gloussai, et il sourit.

— Tu crois que toutes les ancres fonctionnent comme les nôtres ? demandai-je.

Il secoua la tête.

— Je crois que nous sommes spéciaux. Elles s'apprécient, tout comme moi, je t'apprécie.

— Tu dis toujours des choses gentilles.

J'enroulai les jambes autour de sa taille et le rapprochai de moi, de sorte que son sexe engoncé dans son jean se pressait contre ma chaleur. Nous gémîmes tous les deux, puis il me mordit la lèvre avant de dégrafer mon soutien-gorge. Mes seins retombèrent lourdement dans ses paumes ouvertes, et il caressa mes mamelons du bout de ses pouces.

Je gémis à nouveau quand il se pencha et posa les lèvres sur un pic turgescent. Il se joignit à moi à cette sensation, et je sentis la moiteur m'envahir, j'avais besoin de lui en moi.

Cela faisait une éternité que je ne l'avais pas eu. Depuis que je m'étais autorisée à vivre. Et pourtant, c'était comme si c'était la première fois. Comme si nous avions tous deux attendu ce moment.

Je ne savais pas comment c'était possible. Comment avais-je pu le désirer autant sans savoir qui il pouvait être ? Qui nous pourrions être ensemble ?

Il joua avec mes seins, les modelant, les suçant, puis il déposa des baisers sur mon ventre, mon jean, avant de relever les yeux vers moi en souriant.

La vue de ses cheveux bruns entre mes jambes me fit gémir, et je l'aidai à me retirer mon jean alors qu'il m'enlevait ma culotte en même temps. Je m'assis sur le bord du canapé, agrippée au dossier tandis qu'il m'écartait les jambes et me fixait.

— Bon sang, tu es tellement belle !

— C'est à moi que tu parles, ou à mon sexe ? le taquinai-je, et il sourit avant de se pencher et de me lécher.

Je vis des étoiles, et tout mon corps se mit à trembler alors qu'il suçait mon clitoris et m'écartait devant lui. Il me lapait, prêtant une attention toute particulière à chaque partie de moi. Et quand il me transperça de deux doigts, je jouis autour de lui, et ma magie s'enflamma.

Mais là encore, ce n'était pas le feu. C'était mon autre essence, la partie de moi qui était une sorcière Christopher, pas celle qui manipulait les éléments. Ma magie s'étendit vers celle de Jaxton, et avec son pouvoir élémentaire, son faucon s'avança lui aussi vers moi. Il continua de me sucer, m'accordant un plaisir exquis avant de se lever et se déshabiller. Je tendis la main entre nous, saisissant la base de son membre épais et long, et nous gémîmes tous les deux.

— J'ai besoin de toi. Je t'en prie.

— Jamais tu n'auras à me supplier, Laurel, tout ce que tu as à faire, c'est me regarder pour que je te désire.

— D'accord, alors, viens en moi.

Il me sourit et m'embrassa encore.

— Nous ne nouerons pas le lien. Pas ce soir, m'assura-t-il, même si j'entendais le désir dans sa voix.

Il faisait écho à mon propre désir. Nous ne pouvions pas le faire. Pas ce soir. Pas alors que nous ignorions ce qui allait arriver.

J'ignorais pourquoi je m'étais voilé la face si longtemps. Probablement parce que je savais que je devais le faire. Si je me laissais aller à le désirer, ce serait trop pour nous deux.

Je n'avais aucune idée de ce qui se passerait s'il était lié à moi quand cette malédiction finirait par m'emporter. Je le regretterais pour le restant de ma vie passée dans les abysses si je le blessais comme la malédiction m'avait blessée.

Donc, ce soir, il n'y aurait pas de lien, même s'il était évident que nous en avions envie tous les deux.

Je pris une profonde inspiration et m'agrippai à lui alors que nos regards se croisaient. Il glissa lentement en moi, centimètre par centimètre.

Il était massif, à tel point qu'il m'étirait, et le mal qui me prit n'était pas celui de la magie, mais celui de l'homme et du désir. Il laissa échapper un gémissement et me mordit le cou, mais sans me marquer comme sa compagne. Au lieu de cela, il laissa simplement échapper une respiration tremblante, et nous nous accrochâmes l'un à l'autre tandis que je m'ajustais lentement à lui.

— J'avais oublié à quel point tu étais étroite, marmonna-t-il, et je ris.

— Oh ! Eh bien, je suis ravie que tu essaies de te souvenir exactement de ce qu'était notre première fois, avec nos mains maladroites et nos bouches bien trop humides.

— Il n'est pas question de tâtonner, aujourd'hui, murmura-t-il avant d'agripper ma hanche droite.

Il posa son autre main sous mon sein gauche, et bougea.

Je poussai un cri aigu et me cambrai contre lui alors qu'il me pénétrait, et le canapé se mit à bouger à chacun de ses coups de reins. Cela aurait pu être comique, mais je n'arrivais à penser qu'à lui. Je ne me souciais de rien d'autre.

Mes pouvoirs s'arrimèrent aux siens, le revendiquant d'une certaine manière, mais pas entièrement. Nous savions tous les deux ce qui se passerait si nous le faisions, alors nous gardions nos sentiments enfermés. Et pourtant, je ne parvenais qu'à respirer, *être*.

Je ne pouvais pas me permettre de l'aimer. Je ne pouvais m'autoriser à croire que c'était déjà le cas. Je pouvais être avec lui maintenant et peut-être l'instant d'après encore. Et quand je contractai mes muscles intimes et qu'il gémit mon nom, murmurant des mots doux qui représentaient tout au creux de mon oreille en jouissant, je le respirai, et ma magie s'intensifia sans me causer de souffrance.

D'aussi loin que je me souvenais, pour la première fois de ma vie, ma magie était pure et sans douleur.

Parce que c'était Jaxton, mon compagnon.

Le seul homme que je ne pourrais jamais avoir.

CHAPITRE
HUIT

ORIEL

ORIEL SCRUTA du regard sa salle à manger, satisfait des
derniers ajouts.

Contrairement à certains membres de sa famille, il avait
été élevé pour apprécier les bonnes choses de la vie. Que ce
soit l'art en lui-même ou la manière de l'obtenir. Cette pièce
en particulier, au-dessus de la cheminée, était un Monet
perdu par quelqu'un que d'autres avaient tué pour le posséder... Il avait lui-même fait une bonne partie du travail.
Cependant, il ne s'était pas trop sali les mains pour celui-ci,
ce n'était pas utile, car il avait des personnes pour s'en
charger à sa place.

À présent que sa salle à manger était complète, et alors
qu'il savourait son steak bien cuit et ses accompagnements,
il se dit qu'il était temps de voir ce qu'il convenait de faire
au sujet d'un certain membre de la communauté de Ravenwood. Il fallait qu'il détruise le cercle. Il devait s'assurer que
la prophétie se réalise, du moins de son côté. Et pour ce
faire, il était impératif d'éliminer un joueur clé. Il lui avait
fallu bien plus de temps qu'il ne l'aurait pensé pour découvrir qui était cette personne.

97

Faith, cette chère Faith, s'était trompée dans son résumé de l'identité de la personne. Même si éliminer Trace était essentiel pour Oriel, ce n'était pas suffisant.

Non, le métamorphe avait joué un rôle important dans la communauté et dans la meute, mais ce n'était pas le pivot qu'Oriel recherchait. Mais maintenant, grâce à une bataille très convaincante, lui-même et son équipe savaient qui ils recherchaient.

— Veux-tu que je m'en occupe ? demanda Renee, et Oriel leva les yeux sur son lieutenant.

Elle s'assit à côté de son compagnon, tous deux affichant des sourires froids. Leurs steaks étaient un peu plus saignants que les siens, mais il n'y avait rien de tel qu'un filet mignon bien cuit. Il ne supportait pas la vue de la chair dans son assiette. Il fallait que ce soit cuit. C'était la seule façon de manger un filet.

Il était un bon chef et laissait ses lieutenants manger ce qu'ils voulaient, au lieu de les obliger à se nourrir comme lui l'entendait. Du moins pour l'instant. Il pourrait changer d'avis plus tard.

— Une fois que nous aurons éliminé cette personne, il sera plus facile de se débarrasser du cercle, dit-il au bout d'un moment.

Renee acquiesça, et son compagnon le regarda comme s'il n'avait pas d'avis sur la question. Oriel n'était pas certain que l'autre homme en ait jamais eu, mais il serait primordial dans cette partie précise de la bataille, alors il ne se plaindrait pas. Bientôt, il s'occuperait du type. Ou peut-être ferait-il en sorte que Renee s'en charge, ce serait probablement mieux. Tuer son compagnon serait une véritable preuve de sa loyauté.

Mais d'abord, ils avaient besoin que le métamorphe fasse ce qu'Oriel voulait et s'occupe de leur petit problème.

— Faites en sorte que ça ressemble à une embuscade. Peut-être venant de quelqu'un en qui il a confiance ?

Renee acquiesça.

— On peut s'en occuper. Il a plus d'ennemis qu'il ne veut bien l'admettre.

Le compagnon de Renee s'exprimait enfin.

— Les dissensions dans les rangs sont suffisantes pour qu'on n'ait pas l'impression que ça vient de toi, mais plutôt de ceux qu'il a fâchés avec ses prédilections actuelles.

Oriel hocha la tête, un sourire se dessinant sur son visage.

— Bien.

Ils avaient besoin de le mettre hors-jeu pour pouvoir s'occuper du cercle. Et alors, Rowen serait à lui.

Il leva son verre de bordeaux, et les autres firent de même. Un sourire cruel se dessina sur les lèvres de Renee alors que son compagnon jetait un regard noir à Oriel, mais pas par colère. C'était simplement son expression habituelle.

— À la fin de celui qui se trouve dans nos rangs, et à Ravenwood et à notre création.

— À Ravenwood, approuvèrent-ils avant de boire leur vin.

Des images de Rowen envahirent l'esprit d'Oriel et un petit sourire apparut. Le cercle était à sa portée.

Ceux de Ravenwood avaient osé prendre ce qui appartenait à Oriel, et à présent, ils allaient payer.

Mais d'abord, ils devaient connaître ce qu'était la vraie douleur.

Ils sauraient ce qu'ils avaient causé.

Chapitre

NEUF

JAXTON

Je m'enroulai autour de Laurel, la serrant contre moi, feignant de croire que c'était ainsi que se déroulerait notre journée. Que nous n'aurions pas à nous lever ni à faire autre chose que ce que nous faisions en ce moment. Que nous pourrions rester ici jusqu'à la fin des temps, à respirer, à faire comme si c'était notre vie.

Tout ce que je savais, c'était que la réalité pouvait s'insinuer à tout moment, et qu'il n'y aurait pas de retour en arrière.

Laurel se frotta contre moi, toujours endormie, et je réfrénai un gémissement. Son petit corps ferme, avec son petit derrière musclé pressant contre mon sexe déjà durci, n'était pas vraiment un moyen pour moi de rester sain d'esprit aujourd'hui, mais je ne voulais pas que cela s'arrête.

Tout ce dont j'avais envie, c'était de soulever sa cuisse et de nous réveiller tous les deux de la meilleure façon possible. Je savais qu'elle avait besoin de dormir. Et que faire l'amour encore une fois ne serait bon pour aucun de nous. Parce que Laurel s'en irait. Je savais qu'elle le devait. Elle voulait me protéger, et peut-être même se protéger elle-même. Et cela signifiait que je devais soit la garder, soit la laisser partir.

— Tu réfléchissais tellement fort que tu m'as réveillée, grommela-t-elle, et je déglutis avec difficulté.

Je me disais que tant que je restais immobile, elle ne pourrait pas lire les émotions sur mon visage une fois qu'elle se serait retournée.

Peut-être que je me mentais, mais je n'avais jamais été bon pour cacher des choses à Laurel. C'est pourquoi nous étions dans cette situation.

— Désolé. J'ai beaucoup de choses auxquelles penser.

Elle se retourna dans mes bras, nos jambes s'entremêlant tandis que ses seins nus se pressaient contre ma poitrine.

— Je crois que nous avons tous les deux beaucoup de choses auxquelles penser.

Je jurai à mi-voix, puis repoussai ses cheveux de son visage et posai la main sur sa joue.

— Laurel.

— Je sais. Je sais.

Elle se pencha en avant pour m'embrasser tendrement. Même si je voulais faire comme si ce n'était que le début de quelque chose de bien meilleur pour nous deux, je savais que ce n'était pas le cas. Je savais que c'était probablement un adieu. Peut-être qu'il y aurait toujours un au revoir.

— N'aie pas l'air si triste, me murmura-t-elle.

— J'ai l'impression que c'est moi qui te dis ça, d'habitude.

— Tu devrais y aller. Nous devons retrouver le cercle plus tard.

— On ne va pas parler de ce qui s'est passé, alors ? lui demandai-je en m'asseyant, me passant une main dans les cheveux.

La couverture redescendit sur ma taille, nous laissant tous les deux torse nu.

— Je suis désolée.

— Tu ferais mieux de ne pas être désolée de ce qui s'est passé, grognai-je avant de sortir du lit et d'enfiler mon pantalon.

— Je sais. Je voulais dire que je suis désolée de tout faire foirer et de ne pas savoir ce que je fais. Je pensais être meilleure que ça. Meilleure *à* ça. Et maintenant, tout est emmêlé, et j'ignore comment m'en sortir. Comment sommes-nous censés trouver une échappatoire alors que nous ne savons même pas qui nous attaque ou qui vient vers nous ? Ou même comment briser cette malédiction ? Ça n'a presque aucun sens pour moi, et pourtant, je suis sûre que ça en a forcément un. Parce que je déteste te faire du mal. Je déteste te voir t'éloigner.

Je me tournai vivement vers elle.

— Tu es celle qui s'éloigne toujours, Laurel. C'était toujours comme ça, même quand on était avec Trace.

Et nous y étions. *Nous.*

Parce que nous avions tous les deux pensé que Trace nous appartenait, et nous avions eu tort.

Tellement tort, bon sang !

— Je pensais aussi qu'il était à nous, mais ce n'était pas le cas. Il n'était que notre tremplin. Non, c'est horrible de dire une telle chose. Je ne voulais pas dire ça.

Elle porta un instant les mains à sa bouche avant de les laisser retomber.

Je fis le tour du lit et pris son visage dans mes paumes avant d'écraser ma bouche sur la sienne. Elle se laissa aller contre moi.

— Je sais. Je sais que tu ne voulais pas le dire comme ça. Mais Trace *faisait* partie de notre passé, et je pensais qu'il ferait partie de mon futur. Je croyais que ce serait votre cas à tous les deux.

— Et maintenant, je suis en train de mourir, moi aussi, dit-elle d'une voix dure, et je réfrénai le cri de rage qui me montait dans la gorge.

Trace n'était pas à nous, même si nous aurions voulu qu'il le soit. J'abaissai la tête vers la sienne, essayant de reprendre mon souffle.

— Et parce qu'il n'était pas à nous, nous devons d'une manière ou d'une autre aller de l'avant et trouver notre vie sans lui.

— Je ne veux pas que tu aies à te débrouiller sans moi.

— Alors, arrête de dire ça. Nous trouverons un moyen.

— Comment ? demanda-t-elle en se levant et en allant se rhabiller. Comment exactement allons-nous nous en sortir ? Nous n'y sommes pas encore parvenus. J'ai failli vous tuer, mon frère et toi, en essayant de le découvrir, et ça n'a pas encore marché.

— Nous ne pouvons pas abandonner.

— Tu crois que je n'essaie pas ? Si j'abandonnais, je n'aurais qu'à déclencher ma magie et me laisser brûler. Mais je ne l'ai pas fait. Je suis assise ici, et je me bats. J'essaie de protéger cette ville. Toi. Tout le monde. Tu sais, si les choses étaient différentes, je ne m'enfuirais pas comme je le fais d'habitude. Et je ne ferais pas autant d'efforts.

— Si les choses étaient différentes, nous n'aurions pas l'impression que cette malédiction nous concerne en particulier, et pas seulement la ville.

Elle me jeta un regard, et je soupirai.

— Je ne veux pas que tu sois blessée davantage. Je veux que tout revienne à une certaine normalité. Mais ensuite, je me rappelle que cette foutue normalité n'existe pas pour nous.

— C'est vrai. Et je ne sais pas quand ça va changer. J'ai besoin de temps, Jaxton.

Je soufflai en la regardant.

— Et si nous ne disposions pas de ce genre de temps, Laurel ?

Je la vis blêmir et regrettai mes paroles aussitôt prononcées.

— Laurel, recommençai-je.

— Non, tu as raison. Nous n'avons pas ce genre de temps. Mais j'en ai quand même besoin. Je... Je tiens à toi, Jaxton.

Je détestais cette phrase, mais je savais qu'elle ne pouvait pas dire qu'elle *m'aimait*, pas alors que nous étions dans une incertitude totale quant à ce qui allait se passer ensuite. Alors, il fallait que je la laisse s'en tirer avec ça.

Pour l'instant.

— Je vais te donner du temps, Laurel, murmurai-je. Mais pas trop.

Elle sourit doucement, et je me penchai en avant pour l'embrasser tendrement.

— Je ne prendrai pas trop de temps.

Je récupérai le reste de mes affaires et m'en allai, sachant qu'elle avait besoin d'espace. Et peut-être que moi aussi. Nous n'avions pas couché ensemble depuis des années, même si nous nous étions tourné autour pendant ce qui semblait être nos vies entières. Je l'avais aimée à chaque instant, même si cet amour avait commencé sous une forme et avait évolué vers une autre. Je l'avais aimée quand je croyais qu'elle appartenait à Trace, et quand je pensais qu'elle était à moi.

Et je l'aimerais jusqu'au jour de ma mort.

Je ne savais pas ce que j'étais censé faire sans elle.

Un cri au-dessus de moi me tira de mes pensées

moroses, et je levai les yeux sur l'un des membres de mon aile qui se laissait tomber vers moi avant de traverser la ville. Je le reconnus. Il n'était pas en patrouille aujourd'hui. Il était juste sorti pour un vol.

Je réfrénai un sourire et repris le chemin de la maison, sachant que j'avais d'autres choses à faire. J'avais besoin de me concentrer sur mon aile, ma famille et la ville.

Mon téléphone vibra. Je le tirai de ma poche et répondis sans consulter l'écran.

— Ici Jaxton.

— C'est Rome, grommela mon meilleur ami.

— Comment vas-tu ?

— L'une des touristes métamorphes, une louve, a fait une sieste, et ses trois ados ont décidé de faire un carnage dans Main Street.

Je faillis trébucher en imaginant trois loups adolescents sous leur forme animale en train de courir au milieu de la ville et d'essayer de brûler Ravenwood. Je me mis en alerte, le cerveau rempli de divers scénarios sur la manière dont cela pouvait être relié à Oriel et aux nécromanciens.

— Ont-ils détruit quelque chose ?

— Désolé, le mot « *carnage* » est un peu abusif. J'aurais dû dire « idioties ». Ils étaient sous leur forme humaine, mais sont encore en phase d'apprentissage de leur force, l'un d'eux pourrait devenir un alpha. Du moins, c'est ce que pense la maman-louve. Ils ont accidentellement cassé une fenêtre en fermant une porte et quelques autres trucs simplement parce que ce sont des ados. Ils font de leur mieux pour nettoyer le désordre, et ils vont payer pour les dégâts, mais ils auraient besoin de ton aide pour apprendre à réparer une fenêtre.

Je jurai, soulagé.

— Fais attention aux mots que tu emploies, mec !

— Désolé, j'ai passé la journée à nettoyer. Je suis coincé au repaire, je dois gérer une situation avec deux de mes aînés. Tu as du temps ?

— Oui. Je m'en occupe. Ensuite, il faudra que j'aille à ma volière.

— C'est un bon plan.

— Je gère, dis-je en prenant la direction de Main Street.

Les gens circulaient, ceux qui étaient au courant du surnaturel me firent un signe de tête et m'indiquèrent l'endroit où se tenaient les trois adolescents. Les humains qui n'avaient aucune idée de ce qui les entourait ne prenaient même pas la peine de jeter un coup d'œil sur le verre brisé ou sur l'ours sous forme animale qui passait devant eux.

Avec l'aide de Sage pour les protections de la ville, apparemment, même ce genre de magie pouvait se cacher au grand jour.

Je souris à cette idée, puis observai l'ours métamorphe, qui se contenta de hausser les épaules. Apparemment, Rome testait les limites, sinon cet homme se serait un peu plus caché. C'était bien de savoir ce qu'on pouvait et ne pouvait pas faire. La prochaine fois que les chefs des métamorphes se réuniraient, nous allions devoir passer en revue les découvertes de Rome.

Je secouai la tête et me dirigeai vers les trois adolescents.

— Comment ça se passe, ici ? leur demandai-je en adoptant mon ton de leader ailé.

Les gamins me regardèrent en clignant des yeux.

— Oh, bonjour ! dit le plus jeune avant de baisser la tête.

L'aîné lui donna un coup de coude, puis croisa mon regard une minute avant de baisser à nouveau la tête. Apparemment, celui-ci dégageait le parfum d'un alpha. Ils n'avaient pas l'intention de me défier ni quoi que ce soit, et c'était agréable, mais ils en avaient la force, sans nul doute.

— Tout va bien ? demandai-je.

Le dominant hocha la tête.

— Nous sommes vraiment désolés. Nous ne voulions rien casser.

— Parfois, nous ne réalisons pas notre propre force, ajouta celui du milieu, le regard toujours baissé.

— Tout va bien. Ça arrive. Alors comme ça, vous accordiez une pause à votre mère ?

Tous trois baissèrent la tête en rougissant légèrement.

— Nous sommes triplés. C'est un peu difficile, parfois.

Ce devaient être des faux puisqu'ils ne se ressemblaient pas, mais tout comme les triplés qui étaient courants dans les familles d'ours, les multiples n'étaient pas rares.

Ils n'étaient pas non plus inhabituels dans notre aile, mais cela faisait quelques années que cela n'était pas arrivé. La dernière fois, c'étaient des quadruplés, presque cinq ans plus tôt.

— Nous sommes vraiment désolés, répéta l'un des garçons, et je hochai la tête.

— Je le sais bien. Maintenant, je vais vous montrer comment nettoyer ça sans magie, et ensuite, l'une des sorcières viendra s'assurer que nous faisons du bon travail.

— Nous aimons cette ville, dit le plus jeune.

Je souris. Celui-ci devait être un oméga. C'était sa manière de suinter l'émotion, de vouloir apaiser ceux qui l'entouraient. Je les aimais déjà. Je n'étais pas certain pour celui du milieu, je l'appréciais, mais je ne savais pas quel pouvoir il pouvait avoir. Mais il en avait.

Pas étonnant que Maman-Louve ait eu besoin d'une sieste.

— D'accord, allons-y. Et j'aime cette ville aussi. Nous prenons soin les uns des autres.

— Nous ne faisions que passer, mais maman aime bien cet endroit. Nous sommes à la recherche d'une meute.

Je me figeai en voyant les deux autres regarder le plus petit en fronçant les sourcils. Je m'éclaircis la gorge.

— Nous n'avons pas de meute de loups, ici. Mais nous avons des ours.

— C'est ce que maman a dit. Mais quand nous avons dû quitter notre autre meute, nous sommes venus ici juste pour nous reposer. Mais nous sommes en recherche.

— Daymond, grommela l'aîné.

— Non, c'est bon. Rome sait-il pourquoi vous êtes ici ? m'enquis-je avec précaution.

— L'alpha des ours ?

Celui à l'odeur d'alpha hocha la tête.

— Oui. Tout comme les quelques loups ici. Ils ont dit qu'ils allaient parler à Jaxton. C'est toi, n'est-ce pas ? L'alpha, non... attends, le leader ailé des faucons.

— Apparemment, quand ils sont venus me parler, je n'étais pas de service. Mais oui, c'est moi. Jaxton.

— Oh, salut ! dit celui qui pouvait devenir oméga avec un sourire. Ravi de te rencontrer.

L'autre loup s'éclaircit la gorge.

— Bref, on a juste besoin d'aide pour nettoyer, je pense.

Il y avait quelque chose là-dessous. Sûrement une histoire que je n'allais pas aimer. Mais en consultant mon téléphone, je me rendis compte que j'avais *effectivement* manqué quelques appels quand j'étais avec Laurel. Apparemment, ces loups fuyaient quelque chose. Je ne savais pas ce que c'était, mais j'espérais qu'ils seraient capables de le découvrir. Avec la force de l'aîné des loups, même s'il s'agissait de triplés, les choses pourraient devenir intéressantes.

J'aidai les jeunes à réparer ce qu'ils avaient abîmé et à réparer la fenêtre quand Rowen arriva. Elle sourit et claqua des doigts, déclenchant un sort avec lequel elle nettoya les derniers résidus de magie. Elle agita ses doigts en guise d'au revoir, et les trois loups adolescents la fixèrent, bouche bée.

Je retins un ricanement et me présentai à Maman-Louve quand elle arriva. Je compris immédiatement que cette louve soumise devait supporter beaucoup de choses.

C'était une louve forte en termes de courage, mais très soumise avec trois garçons plutôt dominants et en l'absence de meute.

Rome et les autres aideraient comme ils le pourraient. Mon travail consistait à veiller à ce que la paix demeure.

Avant de pouvoir faire tout ça, je devais me concentrer sur mon aile.

Je leur fis un signe de tête, aidai quelques personnes supplémentaires, puis rentrai finalement chez moi.

Mon peuple avait besoin de moi. Je finirais bien par avoir du temps pour réfléchir à ma situation. Pour être, tout simplement.

Mais cela n'arriverait pas de sitôt.

J'envisageai de me transformer, mais décidai finalement que j'avais besoin de marcher. Je prendrais mon envol plus tard, je sentirais le vent sous mes plumes et mes ailes.

Je souris à cette idée, même si je n'avais pas vraiment beaucoup de raisons de le faire ces derniers temps. Soudain, je me figeai en captant une odeur familière dans le vent.

— William ?

C'était l'odeur de mon cousin, mais c'était impossible.

Il était parti. Non ?

Je me retournai et plongeai, des flammes jaillissant au-dessus de ma tête.

— Tut, tut, tut ! Tu es tout seul, petit faucon ? Que vas-tu faire quand tes plumes brûleront ? murmura dans un sourire la nécromancienne devant moi.

Mon cousin, l'homme que je croyais mort, ou du moins disparu depuis longtemps, se tenait derrière elle. Il avait la main posée sur sa hanche, et je sentis leur lien d'accouplement. Mon cœur s'emballa à l'idée de ce que cela impliquait.

— William ? m'écriai-je en remontant, esquivant une autre lancée de flammes.

— Mon cousin, tu n'as pas envie de t'en prendre à ma compagne, Renee. Elle est plus forte que toi. Plus forte que l'aile entière.

— C'est quoi, ce bordel ? lui demandai-je en essayant de comprendre ce qui se passait.

William était-il accouplé à la nécromancienne ? Cela signifiait qu'il avait quitté l'aile de son plein gré.

Je n'avais plus le temps de réfléchir. Renee envoyait des flammes les unes après les autres, avec un bon contrôle, comme Laurel aurait dû le faire, mais la joie perverse dans ses yeux m'effrayait.

C'était une sorcière, une nécromancienne, et les revenants pouvaient arriver à tout moment. Lorsque William s'approcha de moi, lançant ses serres, je compris que j'étais en infériorité numérique. Et je ne pouvais pas appeler à l'aide.

Ensuite, Renee murmura un sort que je ne pus entendre, et des flammes dansèrent sur ma chair. Ma peau brûla, mes os hurlèrent, et il n'y eut plus rien.

Rien que des griffes sur mon ventre, comme des couteaux qui s'enfonçaient en moi, et l'odeur de la chair brûlée qui emplit mes narines.

CHAPITRE

DIX

LAUREL

— Je ne vois pas pourquoi nous ne pouvons pas simplement essayer, demanda Ash, la voix dépourvue d'émotion, comme d'habitude.

Je me pinçai l'arête du nez, et pris une profonde inspiration avant de relâcher l'air.

J'aimais mon frère, je le chérissais, je le respectais et je l'appréciais.

Mais depuis que la malédiction avait pris le dessus, c'était comme s'il était devenu une personne différente. Certaines parties de lui restaient inchangées, mais d'autres continuaient à se modifier.

Il ne comprenait pas bien les conséquences de certaines de ses actions. Non pas qu'il ait envie de mettre les autres en danger. Mais il ne se rendait pas compte qu'il le faisait avant qu'il ne soit trop tard.

Ou peut-être qu'il s'en fichait. Je ne connaissais pas le fonctionnement de sa malédiction, parce qu'il ne me disait rien. De mon côté, je ne lui disais pas tout de la mienne, alors je ne pouvais pas vraiment lui en vouloir.

— Ash, je t'aime, mais non, on ne peut pas essayer ça.

113

— Ils sont déjà morts. Ce n'est pas comme si on pouvait leur faire du mal.

— Nous n'allons pas prendre un revenant pour voir comment inverser la magie et l'arrêter à une plus grande échelle. Si tu parles de cette idée à Rowen, elle risque de te lancer une nouvelle malédiction pour te punir.

— Je pense que punir, châtier et maudire sont des actes assez similaires, répliqua-t-il sèchement, et je lui fis un doigt d'honneur.

— Tu es un tel crétin !

— Je suis ton grand frère. Tu m'aimes.

Je ricanai.

— Bien sûr, si tu le dis.

— Quant aux revenants, je ne propose pas de faire des expériences sur eux, mais aucun d'entre nous ne sait grand-chose de la nécromancie, car c'est une pratique interdite. Nous devrions essayer *quelque chose*.

— Tu sais que quand tu te mets à penser de cette manière, tu es à deux doigts de passer du côté obscur ; il faut que tu sois fort. Plus que n'importe lequel d'entre nous, il faut que tu sois fort, Ash.

Alors, il me regarda, et j'eus un aperçu de ce frère que j'aimais.

Celui qui souriait avec moi et m'enseignait la magie aux côtés de nos parents. Le frère qui riait et avait toujours un mot gentil ou une blague pour les autres.

L'homme qui était tombé amoureux de Rowen et avait rendu ma meilleure amie plus légère et plus heureuse qu'elle ne l'avait jamais été.

Sauf que Rowen était partie. Tout comme lui.

— Tu n'as jamais trouvé bizarre que maman et papa m'appellent Ash, « cendre », alors que c'est toi qui as le feu ? me demanda-t-il doucement.

Je clignai des yeux, me demandant une fois encore si c'était mon frère, ou juste celui qui me manquait.

— Si, mais je pensais qu'ils avaient fait preuve d'ironie. Après tout, maman disait qu'il y avait du sang de sorcier dans notre famille.

— Peut-être. Ou peut-être qu'elle pensait que ce serait moi qui hériterais du feu.

— Peut-être. Mais tu as la terre. Tu fais partie de tout ça, Ash. Même si tu t'en vas.

— Je ne crois pas que je vais repartir, Laurel. Je pense que c'est terminé pour moi.

Sa manière de le dire ne donnait pas l'impression qu'il allait rester pour de bon. Seulement qu'il ne partirait jamais.

C'étaient deux notions très différentes.

— Nous n'allons pas faire ça, Ash. Tu me comprends ?

— Oui, même si ça rend la chose un peu difficile à digérer. Nous y allons à l'aveuglette au sujet d'Oriel et de ce qu'il cherche.

— Il veut Ravenwood. Il veut le pouvoir détenu par le cercle, même s'il est limité. Il a une histoire et une valeur, et des racines profondément ancrées dans la ville. Si Oriel vient pour Ravenwood, il voudra toute la magie que des siècles de Prince, Ravenwood et Christopher y ont placée.

— Et que se passera-t-il quand il s'en emparera ?

— Nous périrons tous, murmurai-je. Il faut que je passe en revue quelques cartons d'inventaire. Tu veux rester un peu ?

Ash haussa les épaules, puis remonta ses manches et se mit au travail. Mon frère était un milliardaire. Il excellait dans le domaine de l'immobilier et de la finance, et travaillait comme un dingue. Il ne volait pas. Il ne trichait pas. Il ne se servait pas de sa magie. Il était juste doué en matière d'argent et n'avait pas besoin de failles pour faire avancer les choses.

Il m'avait également chargée de trouver des moyens non maléfiques d'employer cet argent.

Cela dit, mon frère n'était plus techniquement milliardaire. Il en avait donné suffisamment pour perdre ce statut. Et c'était mon travail de faire en sorte que cela se produise.

Ash avait une équipe entière qui gérait cela à sa place, une entreprise qui ne comprenait pas pourquoi il avait besoin de donner une telle proportion de ses gains. Mais d'un autre côté, une partie de lui savait qu'il devait conserver cet aspect de lui-même.

Et j'y veillais pour lui.

Ça, et je travaillais à la librairie de Tante Penelope. Même si maintenant, j'en étais propriétaire. Seulement, parfois, j'avais l'impression que tout cela était futile, surtout si l'on tenait compte du fait que tout pouvait brûler ou exploser à tout moment si les revenants arrivaient.

Combien de fois avions-nous réparé des fenêtres, réapprovisionné et remplacé des sols et des cloisons en raison d'attaques magiques, de transformations accidentelles ou de revenants ?

Bien trop.

Nous avions parfois l'impression de ne faire que cela, colmater les trous en attendant la prochaine attaque, la prochaine fin.

Ash travaillait à l'arrière, ses écouteurs sur les oreilles, tandis qu'il discutait avec son assistant et son personnel de quelques détails professionnels. Je le laissai faire et m'occupai de l'approvisionnement de la zone avant. Nous étions fermés pour le moment, parce qu'il était très tard dans la journée. Nos horaires différaient de ceux que nous aurions eus si nous avions été une ville non magique.

L'endroit marchait bien, et je ne pensais pas faire faillite de sitôt. Mais j'avais toujours l'impression de faire du surplace et de garder la place de Pénélope, même si elle ne revenait jamais.

J'aimais les livres, la sensation entre mes mains, leur odeur. J'aimais aussi les e-books. Et les livres audio. J'aimais lire, tout simplement. J'aimais avoir l'impression de pouvoir me projeter dans n'importe quelle histoire ou n'importe quel monde et de faire comme si le mien n'était pas aussi mauvais que cela. Je vivais dans un monde de magie et d'inconnu, mais c'étaient les livres qui me menaient véritablement à cet endroit. Et c'est pour ça que j'aimais la romance plus que tout. Parce que peu importait où vous alliez, quel que soit le chemin qu'on vous faisait prendre, quelle que soit la douleur qu'on vous envoyait au visage, vous saviez toujours ce qui allait se passer. C'était au moins un aspect de l'histoire. Que l'amour que vous chérissiez, espériez, celui pour lequel vous suppliiez finirait par arriver. Il y aurait ce « et ils vécurent heureux... », même si vous vous retrouviez au milieu d'un brasier.

Cela n'arrivait pas dans la vraie vie. Et tandis que mon pouvoir fluctuait en moi, me brûlant la peau, je savais que ça ne m'arriverait pas.

Mais c'était quand même agréable de faire semblant.

Du moins pour le moment.

Quelqu'un frappa la porte, qui s'ouvrit à la volée. Je fis volte-face, le feu au bout des doigts. Ma magie pulsait alors que je portai la main à mon épée, me rappelant seulement à cet instant que je l'avais laissée avec Ash.

— Toi ! cria Aiden, le second de l'aile, avant de se précipiter vers moi plus vite que jamais.

Un instant plus tard, il avait une main autour de ma

gorge, l'autre me clouant au mur alors qu'il se penchait en avant.

— Où est-il ?

— Mais de quoi tu parles ? haletai-je.

— Où est-il ?

Je le repoussai, essayant de l'écarter de moi, mais Aiden était second pour une bonne raison. Je n'arrivais pas à me libérer de son emprise.

— Où est qui ? demandai-je en toussant alors qu'il serrait mon cou plus fort.

Je ne parvenais plus à respirer, et je le griffai pour essayer de me dégager. Mais je lui aurais fait du mal, ainsi qu'à tous ceux qui se trouvaient à proximité, si je m'étais servi de ma magie. Il me fallait mon épée. J'avais besoin de la seule chose que je *pouvais* contrôler.

— Laurel.

Ce n'était pas un cri ou un hurlement. Ce n'était pas un grognement.

Mais c'était Ash.

Il tendit la main et marmonna un sort à mi-voix en projetant Aiden au loin. Le faucon roula brutalement sur le sol tandis que je glissais le long du mur, me frottant la gorge en aspirant des bouffées d'air.

Mon frère me jeta mon épée. Je l'attrapai, ravie qu'il ne me l'ait pas jetée au visage.

Certains jours, j'avais l'impression que mon frère n'était pas tout à fait humain. Parfois, j'avais peur qu'il oublie ce dont j'étais capable.

— Alors, tu déclares la guerre au cercle ? demanda Ash à Aiden, inclinant la tête en le dévisageant. Parce que tu ne seras pas à la hauteur, petit faucon. Tu n'es même pas le plus fort de ton espèce, et tu penses venir ici et blesser ma sœur ? Tu oses faire du mal à une sorcière ?

— Vous êtes peut-être tout-puissants, vous, les Christopher, mais notre aile peut vous abattre. Et nous le ferons si vous ne nous dites pas où est notre chef.

Je me figeai, glacée au point d'éteindre mon feu.

— Attends, où est Jaxton ? demandai-je en me relevant, l'épée à la main.

Ash pencha la tête pour étudier Aiden.

— Pourquoi as-tu attaqué ma sœur si tu as perdu ton alpha ?

— Mon leader ailé, cracha Aiden. Et tu le sais. Cesse d'essayer de m'énerver. Tu es la dernière personne qu'on ait vue avec Jaxton. Bon sang ! Mais où est-il ?

Je déglutis avec peine, les mains tremblantes.

— Pourquoi crois-tu que je l'aie ? Où est-il allé ?

— C'est ce que je suis en train de te demander. Tu as de la chance, c'est moi qui suis venu. Les anciens veulent t'étriper.

Je savais que les membres de l'aile ne m'aimaient pas. Ils ne m'avaient jamais aimée. Ils voulaient que leur précieux leader ailé s'accouple avec un gentil petit faucon, qu'ils aient de mignons petits faucons, et qu'il reste dans leur belle petite aile.

Mais ce n'était pas ainsi que fonctionnait le monde. Jamais je ne serais assez bien pour eux. Et à présent, ils pensaient que je lui ferais du mal ? Que je pourrais le tuer ? Un sentiment de trahison me transperça et une boule se forma dans ma gorge, mais je fis semblant que tout allait bien. Que je n'avais pas l'impression de suffoquer, comme si on m'étranglait.

Après tout, c'était ce qu'Aiden venait de faire. Je sentais encore la pression de ses mains autour de ma gorge.

— Où est-il ? demandai-je alors que des flammes dansaient sur mon épée.

Ash jura à mi-voix.

— Arrête d'utiliser ta magie !

Je l'ignorai.

— Pourquoi as-tu pensé que j'avais quelque chose à voir avec ça ?

Les yeux d'Aiden étaient sombres quand il me répondit.

— Parce que tu es la dernière à l'avoir vu. Je te l'ai dit.

— Nous sommes au milieu d'une ville maudite avec des nécromanciens et des revenants qui s'en prennent à nous, et tu penses que c'est moi ? Pourquoi crois-tu que j'oserais faire une chose pareille ?

Les épaules d'Aiden s'affaissèrent, et j'eus l'impression qu'il luttait intérieurement.

— Les anciens m'ont chargé de t'interroger. Ils se sont servis du pouvoir de l'aile sur elle-même pour m'y contraindre. Je suis désolé.

Il soupira en tremblant.

— Laurel, s'il te plaît, aide-nous à le retrouver.

C'est alors que je l'entendis, la peur. Parce que ceux qui l'entouraient croyaient que c'était moi, mais c'était lui qui était chargé de le découvrir. Il aurait pu me tuer en un instant, me briser le cou, ou me ramener à la tribu comme si c'était moi qui avais fait du mal à Jaxton.

Personne n'aurait pu me trouver parce qu'Aiden était très fort. Il paraissait aussi partagé que moi.

— Personne ne l'a vu depuis qu'il a quitté ma maison ?

J'ignorai le regard que me jeta Ash, et le fait que les gens savaient que Jaxton était chez moi. Il n'y avait pas moyen de le cacher. Il n'y en avait jamais eu.

Jaxton était à moi, tout autant que je n'étais pas à lui.

Dans cette partie tordue de mon cerveau, du moins.

— Nous ne savons pas où il est. Tout ce que nous savons, c'est que nous avons senti du sang. Ensuite, la piste s'est éteinte. Mais nous savons que c'était magique. C'est la magie qui l'a éloigné de nous.

La peur me tenailla le ventre, et je jetai un regard noir à Aiden.

— Ça aurait pu être un nécromancien. Tu le sais, n'est-ce pas ? Jamais je ne ferais de mal à Jaxton.

Un regard douloureux traversa le visage du faucon.

— Nous savons tous les deux que ce n'est pas vrai, même si tu n'en as pas l'intention. Nous savons que ce n'est pas vrai.

Ash s'avança, et je l'arrêtai d'un regard.

— Ash !

— Tu vas le laisser te parler comme ça ?

— Je vais découvrir où est Jaxton.

Ash secoua la tête.

— On peut lancer un sort. Ou je peux m'en charger.

— Je sais qu'on peut le faire. Alors, on va le faire.

— Je ne vais pas te laisser lancer un sort, petite sœur.

— Je te défie d'essayer de m'arrêter, lui rétorquai-je avec un regard furieux.

Puis je levai les mains, fermai les yeux, et me mis à chuchoter.

— *Flamme de feu, faisceau de lumière, apportez-moi le don de seconde vue. Trouvez ce que je cherche, montrez-le-moi, bénissez-moi maintenant pour voir clairement.*

Les flammes s'abattirent sur moi, mes mains se mirent à trembler, et la bile me monta à la gorge. Un filet de sang s'écoula de mon nez, et je l'ignorai. Je n'avais pas le choix.

Pour mon frère, il fallait que je sois plus forte que ça. Jaxton en avait besoin aussi. Je repoussai l'idée de la douleur et de ce qu'elle pouvait signifier, et je *cherchai*.

— Que crois-tu être en train de faire ? me demanda Rowen en entrant.

Je tombai à genoux, le sort toujours en marche. Je levai les yeux vers ma meilleure amie et Sage, qui se tenaient dans l'embrasure de la porte, l'air et l'eau flottant tout autour d'elles.

— Il faut que je le trouve.

Le désespoir dans ma voix donnait l'impression qu'on était en train de me traîner sur du verre brisé, mais je ne pouvais pas m'en empêcher.

— C'est bien beau, tout ça, mais tu ne peux pas te servir d'un tel sort sans nous, et il est hors de question que tu le fasses toute seule !

Rowen s'avança vers moi, jeta un regard noir à Ash, puis s'agenouilla devant moi.

— J'ai toujours su que tu étais une sacrée idiote. Je n'avais pas réalisé que tu avais aussi envie de mourir.

— Arrête ça, chuchota Sage entre nous. Raconte-nous ce qui se passe et laisse-nous t'aider.

Elle s'agenouilla à son tour devant moi et essuya le sang sur mon visage.

— Tu sais que tu ne devrais pas jeter des sorts comme ça toute seule.

— Elle nous aide à trouver Jaxton, répondit Aiden près de moi, et mon frère et Rowen lui jetèrent des regards aussi noirs l'un que l'autre.

Cela aurait pu être comique si les souvenirs de ce qui n'avait pas été n'étaient pas si douloureux.

— Pardon ? Tu te prends pour qui ? Je vois les bleus autour de sa gorge, et même si Ash a beaucoup de défauts, jamais il ne ferait ça à sa sœur. J'en déduis que c'est toi qui as blessé ma sœur du cercle ? l'interrogea Rowen, lançant une bouffée d'air qui envoya Aiden contre le mur.

Quelques livres tombèrent et je soupirai.

— Ne détruisons pas toute la librairie, d'accord ?

J'avais mal au corps, à l'âme, et je savais que ma tentative d'humour était tombée à plat.

— Parle, petit faucon, gronda Rowen.

Je dus retenir un sourire. Rowen ressemblait tellement à Rome à cet instant ! Jamais elle ne se servait de ses pouvoirs pour faire du mal. Mais apparemment, Aiden avait franchi une ligne.

Le faucon baissa la tête, comme s'il reconnaissait n'être pas le dominant dans cette pièce.

Et ce n'était aucun de nous.

Aiden secoua la tête.

— L'aîné a dit que c'était elle. Qu'il fallait que j'obtienne des informations de sa part, à n'importe quel prix.

— Les anciens sont des idiots, grognai-je. Tu le sais tout autant que moi.

— Ils sont mon peuple. Fais attention à ce que tu dis.

Son ton n'avait rien de chaleureux.

— Et c'est ma sœur que tu as essayé de tuer, cracha Ash.

Aiden plissa les yeux.

— Je n'allais pas la tuer.

— Elle avait le souffle coupé, alors on ne se mettra pas d'accord sur ce point-là, rétorqua mon frère.

— Assez ! dis-je alors que le sort palpitait toujours en moi. Je le sens.

— Oh, tu le sens ? Ça veut dire que tu es sur le point de comprendre ce qui se passe en ce moment ? Et où est-il ? Tu peux faire ça toute seule ?

Rowen plissa les yeux en parlant, et son ton sarcastique était tranchant.

— Rowen, contente-toi d'aider.

— Que crois-tu que j'essaie de faire, petite ?

Elle m'appelait rarement comme ça. Lorsqu'elle se pencha et prit mon menton entre ses doigts et que Sage me prit la main, la magie s'empara de moi et je pus respirer à nouveau. Ce qui était douloureux avant ne l'était plus autant, et je soufflai.

— Je le sens.

— D'accord, alors, suis le chemin. Nous t'insufflerons ce que nous pouvons. Mais ne refais jamais ça, tu m'as bien comprise ? Ne refais jamais ça !

Je hochai la tête, sachant qu'elle avait raison. Je me rendis compte que j'aurais pu me tuer en recherchant Jaxton. Je fis de mon mieux pour ne pas y penser ni à l'endroit où il pouvait se trouver.

— Tu dis qu'il a simplement disparu ? Sans laisser de trace ?

— Il y avait du sang, des signes d'attaque, mais on ne sentait que la magie et le feu.

Mon sang se figea, et Ash avança, les mains tendues. Rowen s'interposa devant lui comme pour l'empêcher de blesser le faucon. Je ne pouvais pas lui en vouloir, car nous ne voulions pas avoir à gérer ça en plus, mais nous n'en étions pas loin.

Rowen leva la tête.

— Le feu, donc une magie semblable à celle de la nécromancienne ?

— Nous n'étions pas au courant qu'elle avait du feu. Jaxton ne nous dit pas grand-chose, ces jours-ci.

— Mais Nelle était là. Avez-vous écouté Nelle ? Non ! crachai-je. Parce que vos précieux petits aînés n'écoutent jamais personne d'autre qu'un faucon. Et même dans ce cas, il faut que le faucon soit d'accord avec eux.

Il leva les mains et voulut parler, mais je l'en empêchai d'un geste.

— Non, on ne va pas faire ça. Pas maintenant. Nous

discuterons plus tard de la façon dont vos précieux petits aînés te déçoivent en permanence.

— Tu ne sais pas de quoi tu parles, chuchota-t-il.

— J'en sais beaucoup trop, dis-je en me frottant la poitrine. Il est proche.

— Bien, alors, nous allons le trouver.

— Trouver mon frère ? demanda Nelle depuis la porte, et je jurai encore.

Apparemment, tout pouvait arriver, aujourd'hui.

Aspen, le roi des faë aux yeux mystérieux et à la peau presque lumineuse, se tenait à côté de la sirène, la main autour de sa taille. Je réprimai l'envie de dire quelque chose. Parce que, bon sang ! c'était quand même quelque chose, non ?

— Nous trouverons ton frère, lui promit Rowen.

Nelle releva son menton pointu.

— Vous feriez mieux, ou vous aurez affaire à moi.

— Tu auras affaire à *nous tous,* murmurai-je. Il est vivant. Mais je ne sais pas pour combien de temps, précisai-je alors que le sort me secouait.

Ash croisa mon regard.

— Alors, nous le trouverons. Ensemble.

Je me relevai, épuisée par la magie alors que le sang continuait de s'écouler de mon nez et sur mon visage. Mon cercle se tenait autour de moi, et il fallait que je garde l'espoir que mon compagnon était toujours en vie. Que ce n'était pas la fin.

Que je n'allais pas tout perdre avant même d'avoir eu la chance de le revendiquer.

ONZE

LAUREL

·

Mon pouls martelait mes tempes, mais je l'ignorai, tout comme la douleur, et je me concentrai sur ce que je pouvais faire. Nous devions trouver Jaxton, et la seule façon d'y arriver avant que je ne m'évanouisse était de travailler en équipe.

— Je capte l'odeur du sang, marmonna Rome à côté de moi.

Je déglutis et me tournai vers l'endroit que pointait le gros ours métamorphe.

— C'est celui de Jaxton ? demandai-je à voix basse.

Nelle et Aspen s'avancèrent, le chef des faë s'agenouillant à côté de Rome, qui acquiesça fermement.

— C'est lui. Cependant, ce n'est pas la mort que je sens.

Nelle laissa échapper un petit gémissement, et Aspen se leva et la serra contre lui.

— Par ici, murmurai-je alors que mon énergie s'amenuisait.

Sage et Rowen se tenaient de part et d'autre de moi, leurs mains sur mes épaules tandis qu'elles aspiraient une partie du sortilège. J'avais été stupide de ne pas les attendre, mais je n'avais pensé qu'à une chose, trouver Jaxton de la seule manière que je connaissais.

J'aurais dû me servir d'un métamorphe pour le localiser. Au lieu de cela, j'avais utilisé un sort, sachant que ce pourrait être mon dernier. Mais je n'en avais cure, car il s'agissait de lui.

— Il sera bientôt là. Je le sens.

Mais j'avais aussi l'impression que quelque chose cherchait à me bloquer.

— La nécromancienne n'est pas proche, mais ils étaient là, dit Rowen dans un souffle. Je ne sais pas comment ils continuent à passer à travers les protections, surtout avec tout ce que nous essayons de faire pour les renforcer. Ça m'inquiète.

— Nous allons trouver une solution.

Je me tournai vers mon frère alors qu'Ash faisait tout son possible pour ne pas regarder Rowen. Ils faisaient de leur mieux pour ne pas se retrouver dans le champ de vision de l'autre. Et pourtant, ils ne cessaient de le faire, de pénétrer l'espace de l'autre.

C'était comme si toute la ville était à la recherche de Jaxton ou s'efforçait de maintenir les protections de Ravenwood. Mais s'ils n'étaient pas en train de rechercher le leader ailé, ils tournaient autour de la ville, de leurs repaires, de la volière, ou assuraient la sécurité des gens, même si les humains et les mondains n'avaient pas conscience de ce qui se passait autour d'eux.

Jaxton était fort, rapide et brillant. Personne n'était capable de prendre l'ascendant sur lui, et pourtant, quelqu'un l'avait fait. D'une manière ou d'une autre, ils l'avaient fait. À présent, nous devions découvrir de quelle manière.

— Par ici, criai-je, et je manquai de tomber à genoux lorsque nous arrivâmes près d'un arbre tombé, qui avait été carbonisé.

Je faillis crier. Jaxton ! Je me penchai en avant et posai les mains sur son visage en faisant de mon mieux pour ne pas pleurer.

Rowen aboya des ordres.

— Rome, Ash, Aspen, occupez-vous de l'arbre. Nous allons nous occuper de Jaxton.

— Je vais m'assurer que l'aile sache qu'il est ici, annonça Nelle en se mordant la lèvre, avant de se tourner vers l'un des autres faucons.

— Si vous devez pratiquer un sort, vous ne pensez pas que vous aurez besoin de moi ? demanda Ash, et je levai les yeux vers mon frère quand Rowen secoua la tête.

— Nous n'avons pas besoin de la terre pour ce sort. Dans le cas contraire, je m'en chargerai. Je te le promets. Pour Jaxton, je le ferais, répéta-t-elle, et mon cœur se brisa un peu plus pour eux.

Mais je laissai cela de côté, car Jaxton était blessé. Il était très froid et ne bougeait pas, mais il *respirait*. Il fallait que je garde en tête que c'était suffisant. Pour l'instant.

— À trois, grommela Rome, et Ash se déplaça pour aider le chef faë et l'alpha des ours.

Un gémissement se fit entendre, puis le bois qui éclatait, et je perçus l'odeur de la fumée dans l'air alors que d'autres faucons avançaient, nous encerclant tandis que les trois hommes traînaient le grand arbre.

Rowen prit une main de Jaxton, et Sage l'autre. Soudain, je me retrouvai dans un cercle autour de la silhouette étendue de mon compagnon.

La leader de notre cercle leva le menton.

— Nous allons lancer le sort.

— C'est notre leader ailé. Tu ne le toucheras pas, lança l'un des anciens des faucons à côté de moi.

Je me tournai vers eux, mes flammes brûlant dans mes yeux en dépit de la terrible souffrance qui me déchirait.

— Nous *allons* le sauver, et vous *allez* reculer. Votre guérisseuse n'y pourra rien. C'est une nécromancienne qui a fait ça.

Il cracha à mes pieds, et je lui jetai un regard noir.

— C'est une sorcière qui l'a fait. Maintenant, c'est une sorcière qui va arranger ça ? Non, ce n'est pas comme ça que ça marche !

— Tu vas cesser et les laisser le guérir. Vous savez qui est Laurel pour lui, chuchota Aiden.

Mon cœur se serra à ces paroles, et une douleur me traversa.

— Elle ne sera jamais assez bien pour lui, lança l'aîné.

Ignorant la gifle verbale, je jetai un regard furieux à Ash, avertissant mon frère de ne pas commettre de bêtises comme arracher la tête d'un certain faucon. Il pouvait le faire, et il *l'aurait fait* pour moi. Cependant, nous nous efforcions de ne pas être des épines dans leur pied. Les assassiner n'était probablement pas la meilleure méthode.

— Laurel, avec moi, commença Rowen, et je poussai un soupir, fermant les yeux et me concentrant sur les mots que je devais prononcer, et sur mon compagnon à mes pieds.

Avec ce sort de lumière rayonnante, nous réparons ce qui a été blessé et redressons les torts. Envoyez de l'énergie pour purifier et guérir, nos intentions sont claires, la manifestation est réelle. Remettez Jaxton d'aplomb, nous le décrétons. C'est notre volonté, qu'il en soit ainsi !

Je rouvris les yeux quand le corps de Jaxton eut un soubresaut, et je pris une grande inspiration. Je m'en voulais d'avoir laissé mes émotions prendre le dessus. Le sang se remit à couler de mon nez, mais je le laissai tomber, sachant que le sang magique avait aussi un but.

— Laurel, ça ne suffit pas.

Jaxton ne s'était pas réveillé, et mon cœur se brisait à chaque instant. Je n'avais pas besoin des mots de Rowen pour le comprendre.

— Tu peux lancer un autre sort, dit Ash en s'agenouillant à côté de nous et en regardant Jaxton gisant dans mes bras.

— Elle n'est pas assez forte.

Rowen n'avait aucune intention de me contraindre, seulement, elle avait peur.

Je jetai un regard furieux à mon amie.

— Quelle que soit la chose à laquelle tu penses, dis-je, les mains tremblantes, je trouverai le moyen de me montrer assez forte pour le faire.

Ash expira et tendit les mains, faisant glisser un poignard dans sa paume. Je n'avais même pas réalisé qu'il avait une lame sur lui. Les métamorphes et les faë autour de nous laissèrent échapper des grognements ou des gémissements aigus.

— Prévenez-nous avant de vous mettre à saigner, murmura Rome.

— Tu sais ce qu'il faut faire.

Je hochai la tête et levai la main. Quand Ash la coupa, j'ignorai la douleur. Je souffrais déjà tellement que mon esprit enregistra à peine la coupure. Rome continua de gémir, l'air de vouloir sauver Sage de tout ça. Je secouai la tête et joignis les mains avec mon frère.

— C'est le sang des Christopher. Je ne ferai pas de mal à ton compagnon.

Rowen se mit à marmonner tout bas, mais je ne me concentrai pas sur elle. Je me focalisai sur ce dont j'avais besoin, et me mis à chanter.

— *En ce jour et en cette heure, nous faisons appel à la puissance des Christopher. Terre et feu, nous nous unissons pour ramener celui qui est à moi. En cet instant, nos vies sont liées, changeant une vie perdue en retrouvée. Qu'elle revienne à moi telle qu'elle doit être, c'est ma volonté, qu'il en soit ainsi !*

Des larmes glissèrent sur mes joues alors que la douleur déchirait mon corps de ses griffes, et que les flammes me brûlaient sous ma chair. Mon âme se consumait, le feu envahissait mon essence même. Et pourtant, ce n'était pas suffisant. Ce ne serait jamais assez.

Je baissai les yeux et laissai échapper un sanglot.

— Jaxton.

Je me penchai et posai les lèvres sur les siennes alors qu'il souriait.

— Je savais que tu me trouverais, râla-t-il.

— Leader ailé, murmura l'aîné en s'agenouillant près de moi. Qui a fait ça ?

— Nous savons tous qui l'a fait, Elijah, rétorqua sèchement Rowen. Laisse-le tranquille. Laisse-leur de l'espace à tous les deux.

— Tu n'appartiens pas à notre aile. Tu ne comprends pas.

Je regardai l'autre homme. Mes flammes n'avaient qu'une envie, l'atteindre. Mais je savais que ce n'était ni le moment ni l'endroit pour cela, et je n'en avais pas l'énergie, pas après trois sorts consécutifs.

— Tu vas me laisser de l'espace avec mon compagnon. Tu sais quel sort je viens de faire et combien j'ai besoin de lui près de moi. Vous êtes peut-être son aile, mais moi, je lui appartiens. Tu ne devrais pas l'oublier.

Il connaissait le coût de ce qui venait d'être pris.

Elijah ricana.

— Vous n'avez pas de lien d'accouplement. Tu n'as aucune autorité sur l'aile. Tu devrais t'en souvenir, ma fille, avant de le tuer avec tous ceux que tu envoies en enfer.

— Ça suffit ! Si tu ne veux pas avoir à gérer un incident qui franchira toutes les limites de la ville, tu lui laisseras de l'espace.

Je levai les yeux sur Aspen, me demandai pourquoi il s'interposait pour moi. Puis j'y réfléchis. Aspen et Nelle se rapprochaient. Et considérant qu'elle avait ses propres problèmes avec l'aile, et pas son frère, c'était logique que tout semble « trop » à cet instant.

— Je vais bien, Elijah, dit Jaxton en secouant la tête et en se redressant.

Je m'assis à côté de lui et le serrai contre moi, alors même qu'il jetait des regards noirs aux autres qui nous entouraient.

— Nous devons discuter de beaucoup de choses.

— Qu'as-tu vu ? lui demanda Elijah, et je laissai échapper un autre grognement.

— Sérieusement ? Il vient juste de dire qu'il avait besoin de temps.

Jaxton me serra la main et se releva, m'entraînant avec lui. Avec tous les sorts que nous avions utilisés sur lui, il serait complètement rétabli dans l'heure. J'étais celle qui était affaiblie et avait besoin d'aide. Je m'appuyai contre lui, détestant que les gens me voient dans cet état de faiblesse, mais je ne pouvais pas me retenir pour le moment.

— Renee s'en est prise à moi.

— Renee ? C'est le nom de la nécromancienne ? l'interrogea Rowen, qui s'avança.

— Oui. Renee. C'est une sorcière du feu, une nécromancienne, et d'un niveau supérieur, d'après ce que j'ai pu voir.

Je jurai à mi-voix.

— Ce qui veut dire qu'elle est capable de ramener des ombres. Pas seulement les revenants.

— Ça, c'est ton domaine d'expertise. Mais d'après ce que j'ai vu, elle est plus forte que Faith.

— Ce qui signifie qu'Oriel n'est pas le nécromancien du feu. Du moins pour autant que nous le sachions.

— Non, en effet.

— Elle s'en est simplement prise à toi ?

Jaxton balaya les environs du regard, tandis que le battement reprenait de plus belle dans mes tempes.

— Je rentrais chez moi après avoir aidé ces trois loups, commença-t-il.

Devant mon air confus, il rapporta l'histoire des trois adolescents sans meute, et Rome hocha la tête comme si tout le monde comprenait ce qui se passait. Ce n'était pas mon cas. D'un autre côté, je n'étais pas une métamorphe. J'étais à peine une sorcière. Et nous n'avions pas assez de temps devant nous pour que je continue de poser des questions.

— Donc, je n'étais pas la dernière personne que tu as vue avant que ça n'arrive ? demandai-je, les yeux rivés sur Aiden et les autres.

— Pourquoi crois-tu ça ? s'enquit Jaxton avant de cligner des yeux et de regarder les bleus sur mon cou.

— Qui t'a blessée ? marmonna-t-il en détachant soigneusement chaque mot.

— Je vais bien, Jaxton. Je m'en suis occupée.

— Je l'ai aidée, ajouta Ash.

Jaxton se tourna et jeta un regard furieux à son aile.

— Vous l'avez agressée ? Vous pensiez qu'elle m'avait

fait quelque chose ? Laurel ! Entre tous, vous pensiez que *Laurel* m'avait fait quelque chose ?

— Tu n'as pas toute ta tête quand tu es près d'elle, leader ailé, murmura Elijah.

— Nous en parlerons plus tard. Je n'ai pas de temps à consacrer à ta réaction ni à la manière dont tu traites ma compagne.

Je mis de côté ce que je ressentis quand il m'appela sa compagne, surtout que je lui avais donné le même nom. Nous semblions sauter des étapes, comme si nous nous revendiquions l'un l'autre, sachant qu'il n'y aurait pas de fin heureuse. Parce qu'avec ces sorts, je savais que je n'avais plus beaucoup d'énergie.

Jaxton ne serait pas en mesure de me sauver, mais nous pourrions nous appeler mutuellement « âmes sœurs », si jamais cela avait du sens.

— Elle t'a trouvé. C'est tout ce qui compte, murmura Aiden.

— Non, je ne pense pas que ce soit le cas. Mais nous en rediscuterons. Dans tous les cas, ce n'est pas elle qui nous a trahis ni qui m'a attaqué. Tu sais qui c'était ? lança-t-il avant de marquer une pause, les épaules tremblantes. C'était notre cousin, murmura-t-il, et Nelle inspira brusquement.

Je cillai.

— Votre cousin ?

— William. Celui qu'on croyait mort. Apparemment, il est accouplé à Renee, la sorcière du feu noire. Et il était là. C'est lui qui a fait ça.

Jaxton souleva sa chemise en lambeaux, et je laissai échapper un juron, tenant ma main au-dessus de sa chair fraîchement guérie.

— Je croyais que ce n'étaient que des brûlures.

Il secoua la tête en me regardant.

— Non, des blessures infligées par ses serres aussi. Ton sort, quoi que tu aies fait, et nous reparlerons plus tard du fait que tu t'es servie de la magie, ne semble pas les avoir guéries, ajouta-t-il.

— Tu vois ? Notre guérisseuse aurait pu l'aider ! cracha Elijah.

Cette fois, ce fut Rowen qui fit volte-face vers lui.

— Ça suffit, vieil homme ! Tu crois peut-être aider, mais tu ne fais que créer des tensions dans nos rangs. Qui est ce William ? demanda-t-elle à l'attention de tous.

— C'est notre cousin. Il a quitté l'aile il y a plus d'un an maintenant, et nous pensions tous qu'il était mort.

Jaxton se frotta le cœur avec le poing.

— Le lien s'est rompu, et il était juste... parti. Nous avons tous cru qu'il était mort. Mais ce n'était pas le cas.

— Tu es sûr de ne pas avoir vu des choses à cause d'une foutue magie de sorcière ? s'enquit Elijah.

Cette fois, Aiden l'arrêta. Pas avec un mot, mais avec un poing. L'ancien tomba, et je grimaçai quand il haleta. Cependant, avec son comportement, et étant donné que nous n'étions pas humains, je ne pouvais en vouloir à personne dans une telle situation.

— Je ne sais pas ce qu'ils veulent, mais ils avaient besoin que je sois hors-jeu. Ils ne m'ont pas dit pourquoi. Ils ont simplement attaqué. Et entre la magie qu'elle possède et William qui est presque aussi fort que moi, je n'ai pas pu les en empêcher.

Je tendis la main pour la poser sur le visage de Jaxton.

— Tu as survécu.

— À peine. Mais tu m'as retrouvé, et nous sommes en dehors des limites de la ville.

Je n'avais même pas remarqué. Cependant, au vu de la

tension du corps de Rowen, je savais qu'elle s'en était rendu compte.

— Tu peux rester aussi longtemps en dehors des protections de la ville ?

Ma sœur sorcière secoua la tête.

— Non, je dois rentrer bientôt. Avec les fluctuations de pouvoir et d'énergie, c'est mieux pour moi d'être proche. Je peux rester éloignée, mais pas en utilisant autant de magie.

Ce qu'elle disait n'était pas un secret, mais je savais qu'elle détestait révéler ses faiblesses.

— Viens, alors. Je vais m'assurer que tu rentres saine et sauve, insista Ash.

Rowen releva le menton.

— Je vais bien. Je connais le chemin.

— Tu ne devrais pas y aller seule, ajouta Sage. Mieux vaut être par deux. Surtout avec tout ce qui vient d'arriver.

— Parce que nous ne savons toujours pas ce qui se passe, ajoutai-je à mon tour. Nous ne savons pas ce qu'ils cherchent à obtenir, en dehors de notre ville et de notre pouvoir. S'ils entrent et nous attrapent, s'ils trouvent le nœud de l'énergie de notre ville, qui sait ce qu'ils feront ? Et ça ne concerne pas que les sorcières, indiquai-je à l'intention des métamorphes. C'est ainsi que le sang et l'énergie de notre ville prospèrent, grâce aux faë, aux métamorphes, aux sirènes et à toutes les connexions que nous avons. Sans la ville, nous mourrions. Sans nous pour protéger la ville, n'importe qui pourrait utiliser cette énergie pour servir ses propres desseins.

— Si nous ne faisons pas preuve de prudence, nous perdrons plus que la ville. Plus que les gens qui la composent. Nous perdrons notre âme et notre existence même.

Je déglutis en entendant les paroles de Jaxton, alors même que je savais qu'il disait la vérité.

— Nous devons les arrêter. Quoi qu'il en coûte.

Jaxton se pencha et m'embrassa comme si personne ne regardait, même s'il y avait beaucoup de témoins.

— Nous allons protéger cette ville et *toi aussi*. Parce que c'est un prix que je ne suis pas prêt à payer.

Elijah grommela tout bas, mais j'ignorai le vieil homme. J'avais failli me tuer pour protéger Jaxton, et je savais qu'il en ferait de même pour moi.

— Nous avons une checklist, marmonna Rome. Trouver William, trouver Renee, trouver Oriel. Découvrir comment briser les malédictions, protéger la ville, et organiser un mariage. On gère.

Je le regardai et clignai des yeux à ses derniers mots.

— Vraiment ? Vous allez simplement associer un mariage à ça ?

— Nous avons besoin de bonheur, et les mariages en sont un bon pourvoyeur. Et ils ne sont pas du tout stressants. Et si je dois faire semblant de le prévoir au lieu d'avoir à gérer la magie et les métamorphes et toutes ces choses complètement inconnues pour moi il y a un an, alors, je gérerai.

Je les regardai, ainsi que Jaxton, puis le dos d'Ash et Rowen, qui étaient partis sans un mot, puisque je savais que cette dernière devait rejoindre rapidement les frontières de la ville. Et que nous n'avions pas beaucoup de temps.

Nous pouvions toujours penser connaître les motivations de Renee, mais elle avait fait quelque chose. Elle avait fait une erreur.

Elle avait osé faire du mal à mon compagnon, et désormais, j'étais déterminée à le lui faire payer dès que je la croiserais. Quitte à risquer ma vie.

Ce qui, compte tenu de la manière dont la magie palpitait en moi, ne tarderait pas à arriver, en dépit de tous les sorts que mon cercle de sorcières pourrait vouloir trouver et essayer pour moi.

DOUZE

JAXTON

Bien que nous n'ayons pas de lien d'accouplement entre nous, je sentais quand même quelque chose palpiter entre Laurel et moi. Je n'étais pas sûr de ce que c'était, mais c'était là. Elles avaient dit que les sorts qu'elle avait utilisés nous reliaient d'une certaine manière, et apparemment, elles étaient dans le vrai. Simplement, je ne m'étais pas attendu à ressentir cela.

Je la sentais. Je la ressentais.

Je savais que si elle partait, j'aurais l'impression qu'on m'arrachait le cœur. Était-ce à cela que ressemblait un lien d'accouplement ? Je n'étais même pas sûr de vouloir savoir.

— Tu devrais t'asseoir, dit Laurel, et je me tournai vers elle depuis l'avant de la librairie.

Je cillai et secouai la tête.

— C'est toi qui devrais t'asseoir. Tu t'es servie de ton énergie pour me protéger. Moi, je vais bien, alors que toi, tu souffres.

Elle haussa les épaules.

—Je vais m'en sortir. Le cercle m'a aidée.

— À la fin, pas au début, répliqua Rowen à côté de nous, et je cillai devant la férocité de son ton.

— Vous deux, je vais bien.

Je n'étais pas sûr de croire Laurel.

— Si tu allais bien, nous ne serions pas constamment en train d'essuyer sur ton visage le sang qui coule de ton nez.

Mon regard se porta sur le sien, et je faillis grogner.

— Combien de fois as-tu saigné du nez ?

— Ça suffit ! répéta sèchement Rowen.

Ma compagne releva le menton.

— Il fallait que je te retrouve. Ne t'en prends pas à moi. Je devais te retrouver. Alors, je l'ai fait.

— Effectivement. Pourtant, tu aurais pu mourir en le faisant. Il faut que tu arrêtes de faire ce genre de choses pour les autres, Laurel. Tu aurais dû demander de l'aide ou faire autre chose. Tu n'avais pas besoin de te faire du mal pour moi.

Elle plissa les yeux en me regardant. Si elle avait pu me tuer d'un regard, j'aurais été réduit en flaque au sol.

— Je ferai tout ce qu'il faut pour m'assurer que tu sois sain et sauf. Tu dis toujours la même chose de moi. Alors, voilà où nous en sommes. À essayer de nous protéger les uns les autres. Et c'est ce que nous ferons. Essayer de nous protéger les uns les autres.

— Je suis désolé, murmurai-je.

— Moi aussi, je suis désolée.

Le regard de Rowen passa entre nous, et elle soupira.

— Vous devriez vous reposer, tous les deux. Jaxton, avec les sorts de guérison et ceux pour te retrouver dont nous nous sommes servis, tu vas avoir l'impression que rien ne s'est passé, pourtant, ça a eu lieu. La nécromancienne et un faucon ont failli te tuer.

— Tu n'as pas besoin de me le rappeler. J'étais là.

J'avais failli mourir. Je me souvenais très clairement du visage de mon cousin qui me souriait, avec une expression que je ne lui connaissais pas, et de la sensation de ses serres lorsqu'elles avaient pénétré ma chair.

— Cependant, c'est Laurel qui devrait se reposer, ajoutai-je.

— Elle devrait, mais c'est Laurel, donc elle ne le fera pas.

— Je suis juste là. Je vais aider à ranger le désordre causé par les sorts, et ensuite, je vais nettoyer mon épée. Tout en veillant à ce que Jaxton n'en fasse pas trop.

— Tu as entendu Rowen. Je vais bien. C'est toi qui as utilisé trop de magie pour le sort.

— Ce n'est pas ce que Rowen a dit. Tu projettes.

— Eh bien, si vous continuez à vous battre sans vous dire ce que vous ressentez, je vais aller là-bas et travailler dans mon magasin. Je serai là si vous avez besoin de moi.

Rowen s'avança, prit mon visage dans ses mains, et m'embrassa doucement sur la bouche.

Je lui souris en secouant la tête.

— Toi, tu vas me causer des problèmes, murmurai-je.

— Je suis heureuse que tu sois sain et sauf, mon frère. Reste ainsi, et veille sur notre amie.

Rowen jeta un regard noir à Laurel, puis retourna à son magasin de sortilèges.

Sage et Rome étaient déjà repartis chez elle, car quelqu'un devait s'occuper de la boulangerie.

Je ne savais pas combien de temps encore ces trois-là allaient pouvoir garder leurs boutiques ouvertes avec les attaques de revenants et de nécromanciens auxquelles nous devions faire face, mais peut-être pourraient-elles trouver un moyen. Elles étaient douées pour ça.

— Tu vas bien ? demandai-je à Laurel, inquiet.

— C'est moi qui devrais te poser la question.

— Alors, je vais répondre. Je vais bien. Ce que tu as fait, quoi que ce soit, a aidé. Je t'en serai éternellement reconnaissant.

Je fis une pause, me demandant comment aborder le sujet.

— Ce lien que je ressens entre nous, il va s'estomper ?

Laurel croisa mon regard, et je la vis déglutir.

— C'est possible. C'est probable. Mais ça ne disparaîtra peut-être pas complètement comme pour n'importe qui d'autre.

Mon faucon me frappa de ses serres, et je le fis reculer.

— J'espère que tu ne ressentiras jamais ça avec quelqu'un d'autre.

Ses lèvres se retroussèrent en un sourire.

— Dis donc, on est possessif ?

— Avec toi ? Toujours.

Elle soupira et secoua la tête.

— Nous devrions retourner à la librairie. Il est temps de faire comme si ce n'était pas la fin du monde.

Je saisis sa main et l'attirai vers moi. Quand j'écrasai ma bouche sur la sienne, elle n'offrit aucune résistance. Au lieu de ça, elle se laissa aller contre moi comme si c'était la chose la plus naturelle au monde.

— Laurel. Nous serons plus forts que ça. Tout ça. Tu vois bien ce qui se passe quand on travaille ensemble. Nous trouvons des réponses.

— J'aimerais que ce soit le cas. Mais c'est difficile d'avoir la foi quand tout est douloureux.

Je me renfrognai et la tirai à l'intérieur, l'obligeant à s'asseoir derrière le bureau.

— Travaille, fais quelque chose. Je vais m'occuper de l'avant.

— Vraiment ? Tu ne devrais pas aller retrouver ton aile, ou je ne sais quoi ?

— Je devrais.

Un sentiment de culpabilité m'envahit, mais il me fallait un moment pour respirer, réfléchir.

Parce que mon peuple avait essayé de lui faire du mal. Ils lui *avaient fait* du mal. À cause d'Aiden, elle avait encore des ecchymoses sur le cou. Mon second avait eu de la chance que Laurel me retienne d'agir à ce sujet.

La porte s'ouvrit avec un tintement de clochette quand Aspen et ma sœur entrèrent. La sirène vêtue de cuir et le roi faë vêtu de la même manière m'adressèrent un signe de tête, et je plissai les yeux.

Ils avaient passé beaucoup de temps ensemble, mais j'avais réfréné ma curiosité et mes instincts de grand frère. Ce n'était pas le roi des faë avec tous ses pouvoirs mystérieux qui m'inquiétait. Non, c'était ma sœur.

Les sirènes pouvaient être vicieuses, surtout quand on ne s'y attendait pas ou qu'on n'y était pas préparé.

— On voulait juste voir comment tu allais.

Nelle s'avança vers moi et lâcha la main d'Aspen pour venir m'embrasser sur la joue. Je l'entourai de mes bras et la serrai contre moi. Elle se laissa aller à mon étreinte, ma petite sœur s'accrochait à moi.

— J'ai cru que tu étais mort, murmura-t-elle.

— Honnêtement, j'ai cru l'être aussi.

Elle laissa échapper un petit bruit, qui fit écho à celui de Laurel.

Je regardai par-dessus la tête de Nelle et vis ma compagne qui s'avançait, faisant fi de mon ordre de s'asseoir. Non pas qu'elle m'ait jamais écouté quand je lui donnais un ordre.

— Vous êtes tous les deux en train de vous reposer et de guérir, alors ? demanda Aspen en nous étudiant.

Je plissai les yeux en le regardant, et il se contenta de sourire. Ce n'était pas le rictus d'un homme qui avait envie de mourir aujourd'hui, mais de quelqu'un qui semblait croire qu'il savait à quoi je pensais. Je ne lui en voulais pas. Apparemment, il fréquentait ma jeune sœur, et je voulais savoir pourquoi personne n'en parlait, même si tout le monde semblait en avoir envie.

— Cesse de jeter des regards noirs à Aspen.

Je baissai les yeux vers Nelle.

— Y a-t-il une raison pour laquelle je *ne devrais pas* jeter des regards noirs à l'homme qui a osé toucher ma petite sœur ? la taquinai-je.

Elle me poussa et un sourire apparut sur mes lèvres quand Laurel éclata de rire.

— Oh, bien ! Inquiétons-nous de toi, Nelle, pour qu'il arrête de rôder autour de moi.

— Je ne rôde pas.

— Je dirais que c'est plutôt un vol stationnaire, intervint Aspen, impassible.

Je lui jetai un regard sombre.

— Soit tu es de mon côté dans cette affaire, soit tu es celui qui touche ma petite sœur. Fais ton choix.

— Vraiment, Jaxton ? Tu vas vraiment balancer une telle réplique ? Le grand frère maussade qui a une fascination bizarre pour les fréquentations de sa sœur ?

— Je tenterais bien un « *ah ah ! Tu sors avec lui* », mais ce point semble discutable à ce stade.

— Bien sûr que nous sommes ensemble, dit-elle en levant les yeux au ciel.

Aspen laissa échapper un lourd soupir.

— Je n'ai pas ressenti le besoin de demander ta permission, leader ailé. Mais s'il le faut pour apaiser la tension entre nos peuples, je peux le faire.

Je faillis sourire, et Laurel éclata de rire en passant les bras autour de ma taille, se collant à moi. Cela me parut... normal. Comme si nous aurions dû le faire depuis longtemps.

— Tu n'as pas à t'inquiéter de moi, Aspen.

— Non, nous n'avons à nous préoccuper que des anciens, marmonna Nelle.

— Je m'occuperai d'eux sous peu, dis-je au bout d'un moment, alors que mon faucon planait en moi.

— Tu ne devrais pas avoir à le faire. Les gens devraient te respecter et suivre tes choix. Ils ne vont pas te rendre responsable pour William, si ? demanda Nelle, les yeux écarquillés.

Je secouai la tête.

— Non, ils ne m'en voudront pas. Mais quand bien même, il faut que j'y aille bientôt et que je gère les conséquences. Mais j'ai passé près de deux heures avec eux plus tôt dans la journée, à essayer de trouver un semblant de paix. Nous ne fonctionnons pas comme les ours. Nous ne nous roulons pas en boule pour faire des câlins. Nous sommes des solitaires. C'est ainsi que nous marchons.

Les faucons métamorphes étaient différents des autres espèces métamorphes. Peut-être que d'autres oiseaux de proie étaient semblables à nous, mais nous n'en savions rien. Nous ne gardions pas le contact avec eux, car nous étions différents.

C'était là le nœud du problème. Quand les choses devenaient difficiles, nous ne nous accrochions pas à notre aile. Nous vivions en vase clos, et mon travail consistait à trouver des moyens de nous connecter sans imposer de liens qui entraveraient notre capacité à nous élever et à voler.

D'où l'insistance des anciens. Même si j'étais le plus fort, le leader, je devais quand même répondre de certaines choses.

Parfois, je pensais qu'il serait plus facile d'être un ours. D'être comme Rome. Puis je me souvenais de la douleur qu'il avait dû endurer avec Alden. Je me disais alors qu'il n'existait pas de moyen simple d'être un métamorphe, ou même de faire partie de Ravenwood.

— Le fait que je reste à l'écart a aidé ? demanda Laurel, et je jurai.

— Honnêtement, j'allais demander la même chose, dit Nelle avec un haussement d'épaules.

Cette fois, ce fut Aspen qui jura. Il la serra contre lui comme je le faisais avec Laurel, et le roi des faë et moi échangeâmes un regard.

Oh, il y aurait un châtiment ! Simplement, je n'étais pas sûr de la manière dont nous allions nous y prendre.

Aspen se figea et inclina la tête sur le côté au moment où les poils de ma nuque se hérissaient.

— Des revenants ! s'écria Laurel en dégainant son épée. Je commence à en avoir assez de cette Renee et de sa capacité à ressusciter les morts !

— Tu n'es pas la seule, répondit Nelle en sortant une dague.

— Je ne crois pas, non, dit Aspen en la repoussant derrière lui. Tu sais que tu n'es pas encore prête.

— Tu m'as formée.

— Je pensais t'avoir entraînée à te battre, marmonnai-je alors que mes serres sortaient au bout de mes doigts.

Ma sœur plissa les yeux.

— Vous l'avez fait tous les deux. Et je vais me battre. Pour ma famille et pour cette ville.

— Tu ne seras pas seule, dit Rowen depuis l'embrasure de la porte, alors que Sage et elle entraient. Ash et Rome n'étaient pas en vue, mais c'était sûrement pour le mieux. Ils devaient être en ville pendant que nous étions à l'intérieur de la petite librairie, à gérer ce qui nous arrivait, quoi que ce soit.

Ensuite, nous n'eûmes plus le loisir de parler.

Le premier revenant défonça la fenêtre, et Laurel poussa un grognement avant d'attaquer. J'arrivai à ses côtés, plongeant mes serres dans le monstre le plus proche tandis qu'elle lui tranchait la tête.

Nous reproduisîmes le même schéma, travaillant en tandem comme si nous l'avions fait toute notre vie.

C'était peut-être le cas, en un sens. Je sentais le lien qui nous unissait, et dans une certaine mesure, nous ne faisions qu'un. Je ne savais pas si la vie ressemblerait à cela une fois le lien d'accouplement complété, mais j'en avais envie.

Je voulais ce que nous ne pouvions pas avoir.

— Il nous faut le sortilège ! cria Rowen en regardant dans la ruelle à l'arrière de la boutique. D'autres arrivent. La forêt en est remplie !

— As-tu assez d'énergie pour un sort ? m'enquis-je, inquiet.

Laurel me regarda et hocha la tête.

— Si tu me tiens la main, ça ira, car nous sommes connectés.

Une idée jaillit au fond de mon esprit. Une réponse. Mais qui s'évanouit aussi vite qu'elle était venue.

— Vite, procède au bannissement, dit calmement Aspen en avançant. Je vais les tenir éloignés de vous pendant que vous restez tous les quatre dans votre cercle avec le sort.

— Et je serai à tes côtés, dit Nelle en lançant une dague droit dans la tête d'un revenant.

Elle glissa entre ses yeux, et le monstre tomba. Ma sœur s'élança, récupéra la dague et continua de la lancer.

Elle était bien meilleure combattante que le mois précédent, et tout le mérite en revenait à Aspen, puisque j'avais la tête dans le guidon, à m'occuper de Laurel.

— Venez, maintenant, joignez les mains.

Nous nous tînmes en ligne, moi à un bout, serrant la main de Laurel. J'aurais encaissé n'importe quel feu, n'importe quelle douleur pour elle. J'aurais tout fait pour sauver ma compagne.

— *Terre, air, eau, feu, apportez-nous ce que nous désirons. Arrêtez ce mal, purgez ce fléau, bannissez cette mort dans la nuit la plus sombre. Seigneur et Dame, ancêtres aussi, prêtez-nous votre force pour ce que nous devons faire. Emportez ces ténèbres afin que nous puissions être libres. C'est notre volonté, qu'il en soit ainsi !*

Le feu se répandit sur mes bras. Je ne le voyais pas, mais je le sentais. Laurel cria et faillit tomber à genoux avant que je ne la rattrape, la rapprochant de moi.

Je récupérai son épée dans sa main quand elle tomba, et je frappai le revenant le plus proche.

Il ouvrit la bouche comme pour crier, mais aucun son n'en sortit.

Et d'un coup, les revenants étaient partis, le bruit sec des corps heurtant les arbres alors qu'ils les traversaient résonnant dans mon cerveau.

Je tombai, l'épée cliquetant à côté de moi tandis que Laurel grimpait sur mes genoux.

— C'était plus fort qu'avant, dit Sage en titubant contre Aspen.

Celui-ci tenait les mains de Nelle tout en maintenant Sage debout, et je regardai Rowen.

Elle semblait plus forte qu'elle ne l'avait jamais été, comme si elle était en mesure de respirer, maintenant, de ne pas insuffler autant de son âme et de son énergie dans la ville.

Elle ressemblait à une déesse.

À une Ravenwood.

— Je crois que nous sommes finalement en train de devenir un cercle.

Baissant les yeux sur Laurel, je la vis recroquevillée sur elle-même, et me demandai ce qu'il lui en coûtait. Elle s'était presque tuée pour me sauver, créant par la même occasion ce lien temporaire entre nous.

Un lien d'accouplement pourrait-il résoudre ce problème ? Ou nous tuerait-il tous les deux avant même que nous ayons eu une chance de commencer ?

TREIZE

LAUREL

— Je suis heureuse que nous fassions ça. Nous n'avons pas passé beaucoup de temps ensemble, ces derniers temps. Ne serait-ce que pour respirer.

Je levai les yeux vers Sage à ces paroles et lui souris doucement.

— Tu as raison.

— Nous nous sommes concentrés sur la défense, les accouplements, les malédictions et la ville, mais pas vraiment sur nous. Il est peut-être temps de nous y consacrer. Et je suis tout aussi coupable, si ce n'est plus que vous.

Je secouai la tête en regardant Rowen.

— Nous sommes tous également coupables d'ignorer une partie de nos responsabilités. Ou peut-être que c'est parce que nous essayons de tout faire. Et si tu veux vraiment désigner un coupable de tout ça, ce pourrait être moi. Sachant que je me voile la face sur ce qu'on pourrait faire depuis... combien de temps ?

— Si tu as fini de te flageller alors que tu viens de dire à Rowen de ne pas le faire sur le même sujet, on pourrait peut-être se consacrer à notre moment entre filles ? me demanda gentiment Sage en battant des cils.

Je ricanai et secouai la tête.

— Tout ce que je dis, c'est que c'est agréable d'être ici.

La maison de Rowen était dans sa famille depuis des générations. Elle était située sur les terres des premiers colons et avait été érigée peu après que les enfants des membres fondateurs avaient décidé de s'agrandir. Le temps avait modifié une partie de la structure, mais l'ossature de cette magnifique construction était restée inchangée. Je ne vivais pas dans le logement d'origine des Christopher. En fait, personne n'y habitait, car il avait brûlé dans un accident de sortilège du temps de mes grands-parents.

La malédiction pesait sur l'âme des Christopher, et je savais que tant qu'Ash et moi n'aurions pas trouvé un moyen de nous débarrasser de nos maléfices particuliers, tous les enfants susceptibles de naître dans notre lignée en seraient également porteurs. Non pas que je m'imaginais que nous aurions bientôt des descendants. Ash n'aurait jamais d'enfant, pas avec ce poids sur son cœur et son corps. Et moi, je ne pouvais pas. Je ne vivrais pas assez longtemps pour cela. Et de toute manière, je n'étais pas convaincue que mon corps puisse survivre à une grossesse. Que feraient les flammes et la puissance du feu sur un fœtus ?

Je frissonnai à cette pensée et Rowen me regarda d'un air inquiet.

— Qu'est-ce qui ne va pas ?

— Je suis en train de penser à quelque chose dont je préférerais ne pas parler.

— Nous sommes ici pour une soirée entre filles. Nous devrions parler de tout. Qu'est-ce qui ne va pas ? demanda Sage.

— Honnêtement ? Je pensais à ce qui se passerait si je tombais enceinte. Avec la malédiction.

La bouche de Rowen se pinça en une fine ligne, et je sus que ce n'était pas de la colère ni un reproche, mais le regret de ne pas pouvoir m'aider. Durant toute notre vie, elle avait tenté de le faire, en vain. Rowen était la sorcière la plus puissante que je connaisse. Elle avait la force, la beauté, la grâce et le talent pur.

Pourtant, elle était incapable d'arranger ça.

Elle n'essayait pas seulement de me libérer moi ou la ville. Ash était l'autre face de ma pièce maudite, et elle ne pouvait pas non plus le sauver.

Je savais que cela devait la briser bien plus que tout ce qui pouvait m'arriver, mais je ne voulais pas le lui dire. Non pas que j'aie eu envie de dire ceci à qui que ce soit.

— Je suis navrée, murmura Sage. Certes, le fait que je le dise n'aide pas vraiment.

Je haussai les épaules et jouai avec le pied de mon verre à vin. Nous étions assises dans le salon de Rowen sur des méridiennes et des canapés ouvragés mais confortables, et j'avais envie de prendre une autre gorgée de mon verre, mais je savais qu'il aurait le goût de la cendre et du néant. Pas à cause de la magie de la malédiction, mais plutôt parce que je n'étais pas certaine de vouloir goûter quoi que ce soit à ce moment-là.

— Je sais qu'on va arranger ça. La ville ne périra pas, tu n'auras plus ta malédiction, et Jaxton et toi aurez des petits bébés sorciers métamorphes, et nous serons tous heureux.

Je regardai Sage et entendis le désespoir et la détermination dans sa voix.

— Ce serait merveilleux si c'était vrai. Mais est-ce le cas ?

— Tu crois que vos enfants auraient de l'ADN de métamorphe ou de sorcière ? demanda Sage, arborant un petit sourire.

Nous allions faire semblant, et cela me convenait, parce que pour l'instant, j'en avais besoin.

— Connaissant Jaxton et son côté dominant, ce seraient probablement tous des petits faucons métamorphes.

En toute honnêteté, j'aurais adoré, mais je ne pouvais me laisser aller à rêver.

— L'aile approuverait-elle ça ? s'enquit Rowen, en tapant des doigts sur le bureau.

— Tout ça est hypothétique, bien évidemment ?

— Bien sûr, répondit Rowen, sachant que cette conversation était un peu trop poussée pour moi, mais je savais où elle voulait l'emmener.

— Je pense que l'aile aura des problèmes avec quiconque n'est pas un pur faucon. Nelle et le temps que Jaxton passe avec moi les chagrinent déjà. Je ne suis pas fan de ces anciens, mais il y a *vraiment* des gens bien dans l'aile, ceux pour qui un accouplement en dehors du clan ne pose aucun problème.

— Comme avec les ours. S'ils ne voulaient pas se mêler aux autres créatures magiques et aux humains, alors, pourquoi vivre dans une ville magique qui en est pleine ?

— Exactement, ajouta Rowen. En tant que leader des sorcières ici, même celles qui ont un petit pourcentage de sang magique, nous savons que le mélange des populations n'est pas problématique. Les seuls qui y trouvent à redire sont les anciens, ou ceux qui essaient de grappiller un semblant de pouvoir. Et nous savons tous ce qui est arrivé à Alden quand il a tenté.

Sage plissa les yeux.

— C'est exact, et comme les ours, les faucons vont se rendre compte de ce qu'ils font. Jaxton est quelqu'un de bien. Comme la plupart des gens de son peuple. Nelle peut penser qu'ils ne l'accueillent pas correctement, mais ils l'aiment. Elle est très douée avec les bébés faucons et les petits ou quel que soit leur nom, ajouta Sage avec une grimace. Avant, j'avais un certain talent pour apprendre de nouvelles choses. Maintenant, j'ai l'impression de faire du rattrapage avec tous ces termes magiques. Je ne peux que lire un certain nombre de choses dans des livres pour comprendre exactement ce que je rate parce que ça ne fait pas plus de vingt ans que je vis dans le monde magique.

— D'abord, en tant que libraire, tu peux tout trouver dans un livre.

— C'est bien possible.

Rowen sourit.

— Deuxièmement, les bébés sont appelés des petits. Et parfois, même les adolescents, les oisillons sont appelés petits lorsqu'ils se comportent comme tels. Nelle participe à de nombreuses coutumes et routines de l'aile, mais pas toutes. Cependant, la communauté des sirènes la chérit.

— Parce que son père est le roi ? demanda Rowen.

Je secouai la tête.

— Ils l'aiment pour elle. Cependant, son frère est le leader ailé, et sa mère est la compagne du précédent. On pourrait penser que ce serait la même chose qu'avec les faucons, mais les sirènes comprennent.

— Aussi, elles ont des connexions dans le monde entier, plutôt que de rester figées dans leur petite volière, dit Sage, haussant les épaules devant mon regard. Je ne dis pas que c'est parfait, ou qu'elles sont parfaites puisque je ne connais pas vraiment d'autres sirènes que Nelle, mais peut-être que le fait d'être relié à une si grande partie du monde aide.

— Peut-être, soupirai-je. De toute façon, je ne vais pas avoir d'enfants avec Jaxton.

— Tu ne crois pas que vous soyez véritablement des âmes sœurs ? me demanda Sage, les yeux remplis de curiosité et d'espoir.

Je me mordis la lèvre et baissai les yeux sur mes mains.

— Si, nous le sommes, murmurai-je. Mais si nous créons un lien au-delà de celui qui sert à guérir et qui s'estompe déjà entre nous, il pourrait brûler en même temps que moi lorsque la malédiction finira par m'emporter.

— Nous ne laisserons pas une telle chose se produire, me promit Sage. Et quand nous briserons la malédiction, tu t'accoupleras avec lui ?

Les larmes me brûlèrent les yeux, et je déglutis.

— Si je suis capable de briser cette malédiction et d'avoir un avenir dans cette ville et dans le monde, je m'accouplerai avec lui dans l'instant. Il est à moi. Il l'a toujours été, même si je ne me laissais pas aller à le penser.

Le simple fait de prononcer ces mots fit peser un nouveau poids sur mes épaules. C'était un but, ou peut-être une promesse.

Je n'en savais rien. Et j'avais peur de trop m'y attarder parce que si je le faisais, je me rendrais compte de ce que je manquais une fois que tout serait terminé.

— Parlons de choses moins sérieuses, comme ce duo qui ne cesse d'attaquer notre ville, dit Rowen en vidant son verre de vin.

Je ricanai, puis fis de même avec le mien, et me levai pour récupérer la bouteille de champagne dans le seau à glace posé sur la table. J'en versai à chacune de nous, puis mis un cube de fromage dans ma bouche.

— J'adore le Havarti, marmonnai-je, la bouche pleine.

— Je sais. Je m'en suis procuré plus pour toi.

— Ajoutez du gouda fumé et du brie, et je crois que j'aurais l'impression de mourir au paradis du fromage à pâte molle.

Rowen sourit, mais la tension était encore visible dans son regard.

— J'ai ajouté quelques fromages durs pour nous toutes, parce qu'ils sont bons aussi.

— Ils sont excellents avec ces viandes fumées que vous avez, dit Sage en dansant sur sa chaise, empilant de la nourriture dans sa petite assiette.

Je souris et fis de même. J'étais constamment affamée, car mon corps brûlait plus d'énergie que les autres. Avec la quantité de nourriture que je devais consommer pour tenir le coup face à la malédiction et à mon pouvoir de feu, je mangeais autant qu'un métamorphe. Je n'étais pas certaine de ce qui arriverait si nous brisions la malédiction. Peut-être que je pourrais manger moins. Mais pour le moment, je mangeais autant qu'un ours, et j'avais pourtant encore du mal à tenir le coup. Si les flammes cessaient de tout brûler en moi, je pourrais peut-être manger un seul hamburger au lieu de quatre au cours d'un même repas.

Je mis un autre cube de fromage dans ma bouche, souris au goût du gouda fumé, puis soupirai en me rappelant la question de Rowen.

— William est le cousin de Jaxton.

— Et il a trahi l'aile. S'il travaille avec une nécromancienne, s'il est *accouplé* avec elle, son âme sera aussi sombre et tordue que la sienne.

Même si je comprenais ce que Rowen disait, je ne voulais pas le croire. Surtout quand on parlait d'âmes. Ma famille avait une idée bien précise de la manière dont on pouvait altérer, utiliser ou perdre une âme.

— On ne sait même pas où ils vivent.

Rowen secoua la tête en entendant les mots de Sage.

— Non, les métamorphes ont envoyé des traqueurs et des éclaireurs, de même qu'Aspen et ses faë. Et j'ai beau avoir lancé des sorts, quelque chose nous bloque. C'est peut-être Oriel.

— Je veux savoir qui est cet Oriel. Pour qui il se prend. Parce que s'il veut la magie qui se trouve au cœur de la ville, il devra passer par nous. Et je me rends compte que c'est exactement ce qu'il fait, mais nous sommes plus forts ensemble.

Je ne savais même pas que j'allais prononcer ces mots jusqu'à ce que le sourire de Rowen s'élargisse.

Ma sœur du cercle se pencha en avant.

— Bon sang, oui ! Il ne pourra pas nous abattre. Mais j'ai peur qu'il ne blesse les plus faibles en chemin. Vous avez déjà vu ce qu'il a été capable de faire en infiltrant ses hommes en ville et en laissant ses revenants entrer. Il voulait que Jaxton soit hors-jeu pour une bonne raison, mais laquelle ?

Elle me regarda avec insistance, et je déglutis, sachant où elle voulait en venir.

— Je ne vois pas dans quelle mesure Jaxton pourrait être celui qui m'aiderait à briser la malédiction. Peut-être que ce n'est pas du tout ça. Peut-être qu'il s'agit d'éliminer un leader ailé, ou de le tuer et de me briser pour que je ne sois plus capable d'assumer mon rôle au sein du cercle.

— Ce pourrait être tout ça, répondit Sage.

Alors qu'était-on censés faire ? Nous n'arrivions pas à mettre la main sur cet Oriel. Nous ne trouvions pas ses hommes de main, et pourtant, ils s'en prenaient à nous. Notre cercle était censé être le plus puissant qui soit, mais nous ne pouvions rien faire. J'avais peur que ce soit à cause de moi, de mon pouvoir. Parce que mon lien avec Jaxton, bien que provisoire, m'octroyait plus de force et de stabilité pour offrir davantage de pouvoir au cercle. Avec ses nouvelles capacités, Sage pouvait aussi aider, de sorte que tout ne reposait pas sur Rowen. Nous devions toutes les trois nous montrer fortes et déterminées à faire fonctionner le cercle, comme la prophétie l'avait toujours dicté.

Le problème, c'était moi. Et je le savais.

Cependant, avant que je n'aie pu dire quoi que ce soit à ce sujet, je sentis quelqu'un derrière moi et me retournai sur les hommes qui entraient.

Ces trois-là étaient une unité, comme s'ils l'avaient toujours été, comme lorsqu'ils étaient plus jeunes. Tout ce qui leur manquait, c'était Trace. Je savais que même si c'était douloureux de songer à son absence, je ne me brisais plus en y pensant.

Rome arriva le premier, les yeux rivés sur sa compagne. Il se pencha, la souleva de son siège, et l'embrassa sur la bouche, de manière beaucoup plus profonde et intime que ce qui se fait normalement devant un groupe.

Jaxton vint à moi, je me redressai et le regardai, un sourire en coin sur mon visage tandis qu'il regardait Rome et Sage. Il leva les yeux au ciel, écarta mes cheveux de mon visage et m'embrassa tendrement.

— Bonjour, toi.

— Salut, soufflai-je, me sentant idiote. J'étais incapable de réfléchir ou de parler quand il était là.

Nous évitâmes tous de regarder Rowen pendant qu'Ash s'asseyait sur le canapé en face de moi, l'endroit le plus proche de ma meilleure amie, mais sans la toucher.

Évidemment qu'il ne la touchait pas ! Il ne la regardait même pas. Mais nous savions tous que nous représentions le cœur des six. Comme cela aurait toujours dû l'être.

Si les Christopher n'avaient pas été frappés par la malédiction de la ville, cela nous aurait conduits à la partie suivante de la prophétie pour protéger Ravenwood. Mais ce n'était pas le cas.

Parce que mon frère et moi n'avions pas le futur que nous aurions dû avoir.

La malédiction annonçant que la ville tomberait un jour dans les ténèbres si le cercle de sorcières ne se renforçait pas n'était qu'une partie de nos soucis.

Je regardai Ash, et j'aurais pu jurer avoir eu un aperçu de l'homme qu'il avait été. La douleur de ce que nous avions perdu se lut dans ses yeux, mais elle disparut en un éclair, comme s'il ne pouvait rien ressentir.

Ce n'était pas mon frère. Il était devenu de plus en plus froid et dangereux au fil des mois, et j'avais terriblement peur qu'en dépit de tous nos efforts pour nous sauver, lui et moi, nous ne soyons pas assez solides.

Nous allions perdre ce que nous avions ou ce que nous aurions pu avoir. J'allais m'enflammer, et Ash se changer en glace, et nous nous briserions.

Ensuite, la ville tomberait.

C'était compliqué de garder espoir. Même en regardant Sage et Rome et leur manière de surmonter tous les obstacles, c'était dur.

Je me servais de mon épée, serrais les dents sur ma douleur et me battais.

Je n'abandonnais pas.

En regardant Jaxton et en voyant l'amour dans ses yeux, en percevant ce sentiment qui s'éveillait en moi, le désir de ce lien qui ne pourrait jamais exister, je n'eus plus envie de renoncer.

Et sans doute était-ce un vœu que je me devais de faire, un vœu que je romprais si le destin avait son mot à dire.

CHAPITRE

QUATORZE

JAXTON

LE LENDEMAIN, nous avions l'impression que notre moment de bonheur et de calme relatif pouvait prendre fin à tout moment. Je m'approchai de ma compagne et l'embrassai tendrement. Elle ouvrit sur moi ses yeux noisette et me sourit. Je ne vis ni la flamme derrière ses iris, ni la chaleur, ni la douleur. À cet instant, elle m'appartenait. Comme moi je lui appartenais. Qu'elle puisse avoir ce moment de clarté et de paix me mit presque à genoux.

— Bonjour, murmura-t-elle avant de remuer un peu et de grimacer.

Elle avait dû tirer sur les plaies de brûlure sur son flanc. Je m'abaissai pour embrasser son épaule doucement, au-dessus de la nouvelle morsure du feu. Elle guérirait bientôt, ses blessures s'estompaient toujours, même si elles étaient de plus en plus fréquentes et horribles.

Elle était prise dans le cycle sans fin d'une malédiction que j'étais incapable de briser, mais elle était quand même à moi, et je pourrais mourir pour la protéger, même si elle ne voulait pas me laisser faire.

163

— Quelle heure est-il ? s'enquit-elle en étirant ses bras au-dessus de sa tête.

Je gémis à la vue de ses seins qui se pressaient contre moi, et me penchai pour lécher l'un de ses mamelons. Elle gémit à son tour, glissant une main dans mes cheveux tandis que je suçais doucement l'extrémité perlée.

— Assez tôt pour que j'aie envie de te réveiller à ma façon.

Elle écarta les jambes et je me glissai entre ses cuisses accueillantes. Puis je me concentrai sur son autre mamelon, que je mordis doucement. Elle se cambra contre moi, sa bouche s'entrouvrit alors qu'elle faisait courir ses doigts le long de mon dos couvert de sueur.

Après avoir quitté la maison de Rowen, où nous avions tous fait le maximum pour élaborer un plan de rotation des quarts de garde et des autres sorts à utiliser pour retrouver Oriel, nous étions allés chez moi plutôt que chez elle. J'avais besoin d'être près des miens et nous avions décidé, sans le dire, de passer la soirée ensemble.

Nous n'étions pas encore accouplés, et je ne savais pas si elle se laisserait aller, mais j'en avais envie. Je voulais qu'elle ait assez confiance en notre destin pour que cela arrive.

Seulement, avec la douleur au fond de ses yeux alors même que j'embrassais et mordillais doucement ses seins, je n'étais pas sûr que le destin soit aussi clément avec nous.

— Tes yeux viennent de devenir sombres et inquiets.

Je dissipai la tension en clignant des paupières, puis l'embrassai à nouveau sur les lèvres avant de déposer doucement une autre série de baisers sur son corps.

— Chut, il faut que je prenne mon petit déjeuner.

Elle gémit, laissant échapper un doux rire alors que j'embrassais son ventre et ses hanches avant de m'installer entre ses cuisses ouvertes.

— Tu es déjà si humide pour moi !

— Il semblerait que ce soit plutôt fréquent quand je me rapproche de toi. Même quand nous sommes supposés travailler et discuter de choses dangereuses, ma culotte est trempée, et tout ce dont j'ai envie, c'est que tu sois en moi.

Je suivis du bout des doigts le contour de ses lèvres intimes, sondant délicatement son entrée. Elle laissa échapper un halètement surpris avant de soulever légèrement ses hanches vers mon visage.

— Je suppose que je vais devoir remédier à ça. Évidemment, penser à toi, humide devant moi, alors que je ne peux rien y faire signifie que je vais rester raide comme un tuyau de plomb jusqu'à la fin de mes jours.

— Oh, pauvre de toi ! Ce membre épais, tout beau et dur, rien que pour moi. Que devrais-je faire ?

Je lui souris avant de m'abaisser pour poser tendrement ma bouche contre la sienne. Elle gémit et déplaça ses mains vers ses seins, où elle joua avec ses mamelons. Cette vision manqua de me faire basculer.

Elle était splendide, ses cheveux brun-roux formant un halo de feu sur l'oreiller. Ses cheveux devenaient plus rouges ces temps-ci à mesure qu'elle se servait de ses pouvoirs, et j'aimais ça. Elle était tout en sensualité, l'ancre de son tatouage se déplaçant autour de son corps dans de douces flammes, comme mon ancre volait autour de mon dos, savourant la sensation de toucher notre compagne.

Je la dévorai jusqu'à plus soif, léchant, suçant et donnant du plaisir à chaque centimètre de son corps, tout en accordant une attention particulière à son clitoris.

Sa respiration se fit haletante alors qu'elle se rapprochait de la délivrance. Lorsque je l'ouvris davantage pour qu'elle reçoive mes attentions et soufflai doucement de l'air frais sur elle, elle laissa échapper un hoquet surpris. Elle y était presque, alors je me remis à la suçoter, j'introduisis un doigt dans son sexe, tandis que mon pouce sondait délicatement l'entrée arrière. Elle se figea un instant, puis je me servis de sa moiteur pour introduire mon pouce à l'intérieur. Je me délectai de la manière dont elle se contracta partout autour de moi.

— Jaxton, susurra-t-elle.

— Tu es à moi.

Alors, j'appuyai plus profondément, en mordant son clitoris, et elle jouit. Son sexe et son derrière se contractèrent autour de moi alors que je la léchais, avide de cet orgasme.

Quand elle jouit à nouveau, ce second orgasme succédant au premier si rapidement qu'il se fondit en un seul énorme orgasme qui lui fit cambrer le dos et répandit une bouffée de chaleur ardente sur tout son corps, je me penchai, me plaçai au-dessus d'elle et la transperçai d'un seul coup de reins. Sa bouche s'ouvrit et un cri silencieux résonna dans mon cerveau. J'abaissai ma bouche contre la sienne, j'avais besoin de son baiser, j'avais besoin d'elle.

Elle me rejoignit à chaque coup de reins alors que nous bougions tous les deux, nous cambrant l'un contre l'autre. Puis je roulai sur le dos. Je savourai sa manière de me chevaucher telle la déesse de feu qu'elle était. Elle posa les mains sur ses seins. Ses cheveux retombèrent en arrière, et elle ferma les yeux, se contractant autour de mon sexe. J'avais une main sur sa hanche, et j'avais passé l'autre autour d'elle pour la poser contre ses fesses à nouveau. Elle ouvrit un œil et me fit un sourire en coin, mais ne me demanda pas d'arrêter. Alors je sondai son entrée, la laissant se pencher pour m'offrir un meilleur angle, et je la pénétrai par-derrière avec mon doigt, mon sexe profondément enfoui dans son intimité.

Quand elle jouit à nouveau, je l'embrassai, puis nous fis rouler de sorte qu'elle soit de nouveau sur le dos, et je glissai hors d'elle. Elle poussa un gémissement, je la retournai sur le ventre et la pénétrai vigoureusement par derrière, les mains agrippées à ses hanches alors qu'elle me rendait coup pour coup. J'écartai ses fesses, jouai encore avec son entrée arrière, et continuai de la pilonner. Et quelque chose se produisit, un changement.

Je me penchai pour mordiller son cou, et quelque chose s'enclencha entre nous. C'était un cordon de flammes rouges et bleues qui s'accrochait à nos cœurs, reliant nos poitrines.

Le lien d'accouplement s'enroula autour de mon âme et de la sienne, et je ressentis... tout. Sa douleur, son avenir, son désir, son passé. Son plaisir, sa chaleur, son tout.

Elle était mienne jusqu'à la fin des temps, et pourtant, je savais que celle-ci pourrait arriver bien trop tôt.

Elle était ma compagne, celle que le destin avait choisie pour moi.

Je restai au-dessus d'elle à la fin de mon orgasme, son dos toujours appuyé contre ma poitrine, ses mains agrippées au drap.

— Jaxton, murmura-t-elle.

— Je t'aime, chuchotai-je en embrassant son cou, puis sa joue.

J'embrassai ses larmes, dont la température était bien trop élevée pour un humain normal. Elle était ma sorcière de feu, et nous venions de nous accoupler.

Je me glissai hors d'elle, l'embrassai tendrement, et sans rien dire, nous nous nettoyâmes et nous douchâmes. Elle ramena ses cheveux bouclés sur le dessus de sa tête tandis que nous nous préparions pour notre soirée. Nous avions des projets, et pourtant, nous avions besoin de parler de ce qui venait de se passer.

— Laurel, je ne t'ai pas contrainte, si ? lui demandai-je, inquiet plus que tout au sujet de ce qui était arrivé.

Je ne pouvais même pas me réjouir du fait que j'étais maintenant accouplé à cette femme. Pas encore.

Parce que le destin avait décidé pour nous, pourtant, je sentais encore sa malédiction tirer sur notre lien d'accouplement.

Il n'était pas complet, il manquait quelque chose, et j'avais peur que ce soit parce que le destin avait décidé à notre place.

Elle secoua la tête, les yeux à nouveau remplis de larmes alors qu'elle se hissait sur la pointe des pieds. Elle prit mon visage entre ses mains et m'embrassa doucement.

— Le destin a choisi. Mais je t'ai tué, Jaxton. Tu ne comprends donc pas ? Je viens juste de te tuer. Je t'ai tué. Je t'ai tué, répétait-elle en boucle.

Je secouai la tête et l'embrassai tendrement à mon tour.

— Non, c'est faux. C'est nous. Nous pouvons le faire.

Une douce et béate souffrance me déchira l'âme. Je voulais que ce soit mieux. Je voulais que les choses changent, mais je ne savais pas comment m'y prendre.

Elle était ma compagne, mon tout, et pourtant, c'était le destin qui avait décidé de qui nous serions ensemble.

— Je t'ai tué, murmura-t-elle.

— Merde ! Peut-être que c'est la chose qui peut tout changer. C'est peut-être pour ça que mon cousin et la nécromancienne s'en sont pris à moi. Parce que je suis l'élément qui peut te changer. Je peux peut-être nous aider.

Alors, elle posa sur moi son regard empreint d'un espoir triste.

— Ne me déteste pas parce que je t'ai tué.

— Je t'aime. Bordel, je t'aime, Laurel Christopher ! Ne fais pas ça. Ne me déteste pas parce que tu es ma compagne. Tu ne vas pas mourir. Moi non plus. Le destin ne peut pas être aussi cruel avec nous en permanence. Il faut que j'y croie.

Elle se hissa sur la pointe des pieds et m'embrassa une fois encore.

— J'espère que tu as raison. J'espère vraiment que tu as raison.

Alors, elle me serra contre elle. Je me détestai, car c'était le moment que j'avais espéré. J'avais prié pour qu'il arrive.

Et l'on nous avait retiré le choix, on nous l'avait imposé. Je ne voulais pas qu'elle me déteste pour le peu de temps qu'elle pensait qu'il nous restait.

QUINZE

JAXTON

DANS CET INSTANT de paix que nous eûmes en feignant d'aller bien, nous organisâmes un pique-nique avec ma sœur et Aspen. Je n'étais toujours pas certain des intentions du roi des faë concernant ma sœur, et je faisais de mon mieux pour ne pas trop y penser.

Si les choses devaient passer à l'étape suivante entre eux, je me disais que ma sœur m'en informerait. Cependant, j'étais surpris qu'elle ne m'ait encore rien dit. Cette relation semblait être bien plus sérieuse que celle avec son précédent petit ami du royaume des sirènes. Elle n'était jamais sortie avec un faucon, et j'avais le sentiment que ce n'était pas parce qu'elle avait peur de le faire, mais parce qu'elle n'avait trouvé personne. Mais elle *avait* trouvé Aspen.

Nelle souriait en étalant les couvertures et en s'asseyant à côté de Laurel sur le sol. Cela paraissait surréaliste que nous soyons ici sans que Laurel et moi parlions du lien d'accouplement ou disions à personne ce qui s'était passé. Nous ne savions pas trop quoi dire et une guerre se profilait à l'horizon.

Mais finalement, c'était tout ce que nous pouvions faire pour trouver des moments de paix avant qu'une autre bataille n'éclate.

— Je vois dans tes yeux que tu penses à ce qui se passe à l'extérieur des protections, alors je dois te dire que mes traqueurs sont au nord de la ville, comme prévu. Ils me le feront savoir s'ils sentent quelque chose.

Je me tournai vers Aspen et je hochai la tête, comprenant que lui aussi s'inquiétait de ce qui était sur le point d'arriver.

— Merci. Et oui, je n'arrive pas à penser à autre chose en ce moment. Avec mon équipe, nous avons ajouté des patrouilles, et nous faisons tout ce que nous pouvons. Mes commandants en second et troisième sont partis à l'ouest, et je sais que Rome est à l'est.

— Nous avons plusieurs espèces de métamorphes sur le côté sud, ajouta Aspen.

— Je sais qu'Ash parcourt la limite, lui aussi.

Laurel se pencha en avant.

— Ash est en patrouille ? demanda-t-elle.

Je hochai la tête en balayant ses cheveux de son visage.

— Ton frère a dit qu'il voulait essayer un autre sort. Alors, il est de sortie avec quelques-uns des ours de Rome.

— Rowen le sait ?

Je hochai la tête alors que le regard de Nelle se posait sur nous.

— Oui, elle est au courant. Je sais que ton frère peut être un vrai con, mais il ne jette pas de sorts majeurs sans en avertir ta sœur du cercle.

Aspen fronça les sourcils.

— Tu viens de le traiter de con devant sa sœur ? s'enquit-il, l'air confus.

En dehors de notre cercle, la plupart des gens ignoraient

tout de l'affliction dont souffrait Ash, par manque d'un meilleur mot. Et ce n'était pas à nous de raconter son secret.

— Ash le sait. Et c'est un thème récurrent dans nos conversations, répondit Laurel en haussant les épaules, même si je lisais la douleur dans ses yeux

Après tout, je la ressentais aussi par le biais de notre lien, celui que nous n'évoquions pas.

— Assez parlé de choses tristes. Parlons de choses heureuses ! annonça Nelle en s'asseyant près d'Aspen.

— Je suis allée chercher le déjeuner. J'ai pris beaucoup de pains à la boulangerie de Sage, et maintenant, nous allons pique-niquer et faire comme si le monde n'était pas en train de prendre feu, ajouta rapidement Laurel, et nous rîmes tous doucement, même si nous étions un peu tendus.

— Nous ne savons toujours pas qui est cet Oriel, si ? demanda Nelle.

Aspen lui jeta un regard.

— Je croyais que tu ne voulais pas parler de choses tristes ?

Elle souffla et haussa les épaules.

— Je n'en ai pas envie. Papa aussi s'inquiète parce que tu peux relier le royaume des sirènes à celui-ci.

— Je dois parler à ton père, dis-je en fronçant les sourcils. Il sait peut-être quelque chose que nous ignorons.

— Il ne sait pas grand-chose, mais il veut me donner le titre d'émissaire, dit-elle en levant les yeux au ciel.

Je tressaillis.

— Parce que si tu es l'émissaire du peuple sirène, alors, tu ne fais absolument pas partie de l'aile, lui dis-je doucement.

— À peu près. Mais alors, je serais au courant de choses que tu ne veux pas que je sache parce que tu as peur de ce qui pourrait me blesser.

— Tu es ma petite sœur. J'aurai toujours peur de ce qui pourrait te blesser.

— Mais si j'ai les connaissances, je peux être plus forte. Et Aspen m'apprend à me battre.

Je dévisageai le faë.

— Je sais que nous en avons discuté un peu, mais que lui apprends-tu exactement ?

Aspen haussa les épaules et cueillit un grain de raisin sur la grappe.

— Ta sœur doit être capable de se protéger en notre absence. Évidemment que je lui ai appris à se battre.

— Hé, ne te mets pas en colère contre mon frère ! Il m'a formée au départ, et Laurel m'a appris à me servir d'une épée et de ces dagues. Je m'améliore. Je vais protéger cette ville, nos gens et nos familles.

Elle me jeta un regard perçant, et je soupirai.

— Je suppose que nous ne sommes pas doués pour parler de choses heureuses.

— Je sais ce qui me rendrait heureuse, intervint Laurel.

— Oh ?

Bien que fatigué, je lui souris. Nous attendions qu'elle annonce la suite.

— Ça fait des lustres que je ne t'ai pas vu dans ton corps d'oiseau en dehors d'un champ de bataille. Allez, vole un peu. Je sais que tu as envie de sentir le vent sous tes ailes.

Elle se moquait de moi, et je lui adressai un doigt d'honneur pour rire.

— Je n'ai pas besoin de me pavaner pour toi comme un paon.

— Non, tu es un magnifique faucon métamorphe, me complimenta-t-elle. Mais ça fait un certain temps que tu n'as pas volé juste pour le plaisir, pas vrai ? Je ressens la tension.

Au moment où elle prononça ces mots, je sus qu'elle ne l'avait pas fait exprès. Parce qu'il n'y avait qu'une seule raison pour que Laurel ressente cette tension.

Nelle écarquilla les yeux.

— Tu ressens la tension ? Comme dans un lien d'accouplement ? demanda-t-elle en tapant dans ses mains.

Son regard passa entre nous, et je soupirai.

Je me penchai et déposai un baiser sur la joue de Laurel.

— Oui, mais nous le gardons pour nous pour l'instant. La ville a d'autres chats à fouetter.

Ma sœur semblait prête à fêter ça ou à lever les mains en l'air, mais un regard d'Aspen, qui semblait la connaître comme le ferait une âme sœur, suffit à la calmer.

— Je ne vais pas faire la fête, mais dès que vous l'aurez dit à tout le monde, je prévois la cérémonie d'accouplement.

— Tu vas vraiment le faire, hein ? la taquinai-je.

— Quoi ? Si vous optez pour l'aile, tout sera aérien, fluide et blanc. Et le cercle a d'autres préoccupations pour le moment, alors, laisse-moi m'en occuper.

Laurel sourit.

— Tu sais, une cérémonie d'accouplement gothique pourrait être amusante. Je suis superbe en noir.

— Tu vois ? Peut-être que je suis la sirène gothique, mais je ferai en sorte que votre cérémonie d'accouplement soit classe, un peu gothique, un peu étincelante et un peu flamboyante.

Je ne pouvais pas dire non à l'expression des visages de Laurel et Nelle, et elles le savaient.

— Très bien, chère sœur. Tu peux aider.

— Je m'en occupe. Maintenant, envole-toi. Je sais que tu en as besoin.

Mon regard passa de ma sœur au roi des faë en passant par ma compagne, et je soupirai.

— Très bien, mais ensuite, je vais avoir faim. Faites en sorte de me garder un peu de nourriture.

— Évidemment. Je prendrai soin de toi.

Les mots de Laurel apaisèrent mon âme, alors je me levai et retirai mon t-shirt.

Nelle mima une nausée avant de sauter dans les bras d'Aspen, et je secouai la tête avant d'aller me déshabiller dans le bosquet d'arbres. Même si la nudité n'était pas un gros problème pour les métamorphes, ma sœur n'avait pas besoin de voir. Les sirènes étaient capables d'utiliser leur magie naturelle pour transformer leurs vêtements dans leur queue. Mais en tant que faucon, je n'avais pas une telle option.

Je tirai sur mon ancre, et elle cria de joie alors que mes os se brisaient et se déplaçaient. Un sentiment de paix, de joie pure et d'extase me submergea. Je n'eus même pas besoin de toucher le sol avant de m'envoler dans les airs, les ailes déployées pour trouver un courant. Je survolai ma compagne et ma famille, et Laurel afficha un large sourire en se penchant en arrière, se tenant la tête de ses mains en me regardant. Nelle se colla à Aspen en faisant un signe de la main, et je recommençai à voler. Peut-être que je me pavanais comme un paon, mais la seule chose qui comptait, c'était que ma compagne et ma sœur soient heureuses. Et je savais qu'il me fallait espérer que ce lien d'accouplement que la destinée nous avait imposé signifiait qu'il pouvait y avoir un avenir. Que ce n'était pas la fin qui allait tout changer.

Alors même que j'y songeais, une flamme lécha le lien d'accouplement. Je sentis la douleur et le chagrin dans l'âme de Laurel. La malédiction s'intensifiait, et notre lien d'accouplement n'était pas encore complet. Ce n'était pas suffisant.

Pour l'instant, nous allions l'ignorer. Du moins, rien que pour cet après-midi. Rien que le temps de ce pique-nique, pendant lequel nous ferions semblant.

Plus tard, nous trouverions une solution. Nous mettrions la main sur Oriel, et notre ville retrouverait la paix. À ce moment-là, je laissai mon faucon remonter à la surface, et je volai.

CHAPITRE

SEIZE

ORIEL

Oriel aurait dû se douter que le roi des faë se tournerait vers le cercle pour demander de l'aide. Il aurait dû comprendre que le groupe était bien plus rusé et complice lorsqu'il s'agissait de trouver des alliés. Mais ce n'était pas grave. Même si cela n'allait pas être chose aisée que d'échapper aux traqueurs d'Aspen.

Il trouverait un moyen. Il n'avait pas été ravi de constater que ses hommes avaient failli l'attraper ce matin-là alors qu'il exécutait ses propres sortilèges superposés. Il était dans la forêt, à faire ce pour quoi il était le plus doué. Il modifiait le secret et les incantations cachées qui allaient lentement détériorer la force et le pouvoir de la soi-disant chef des sorcières. C'était comme si de l'acide tombait sur une surface de leur avenir, une goutte à la fois.

Oriel était le plus grand nécromancien de tous les temps, le sorcier le plus puissant que Ravenwood et le monde aient jamais vu et verraient *jamais*, et il était obligé de se cacher à cause des faë ?

Plus jamais !

Il disposait de la magie pour leur échapper. Il était doué

179

pour ce qu'il faisait. Oriel s'était juste montré arrogant. Ou peut-être était-ce parce que la prétendue chef sournoise des sorcières avait imaginé le surpasser. Oriel se tapota le menton : la contrariété entourait l'immense et puissante magie contenue dans son corps. La ruse de Rowen ne serait pas un problème à l'avenir. Il refusait qu'elle le soit.

Retenant un soupir d'impatience, il regarda le faucon métamorphe se poser devant lui et vit William reprendre sa forme humaine. Oriel détestait les métamorphes de toute sorte. Il était beaucoup plus difficile de travailler avec eux parce qu'ils devaient gérer leurs formes animales. La nécessité de faire face à leur consanguinité et à leur nature animale ne cessait de l'ennuyer. Cependant, William avait une connaissance de l'intérieur de la puissante aile des faucons et de son chef déterminé, Jaxton.

Quand Renee, le lieutenant d'Oriel, s'était présentée avec un compagnon, il avait failli la tuer sur-le-champ. Comment osait-elle se montrer liée à quelqu'un d'autre que lui ? Non pas qu'il ait eu envie de coucher avec elle ou de s'accoupler. Il n'était pas si obscène. Cependant, il avait besoin de sa loyauté sans faille, et il devait garder le contrôle de ses actes. Puisque sa loyauté allait désormais être partagée entre son compagnon et lui, il veillait à ce que chaque minute de son temps lui soit consacrée.

Si elle sortait du cadre de quelque manière que ce soit avec sa flamme, Oriel arracherait les ailes de cette ordure devant elle.

Il l'avait fait une fois, uniquement avec les plumes pour voir ce qui se passerait. William avait hurlé sous son apparence de faucon, puis sous son apparence humaine, pendant les semaines qu'il lui avait fallu pour guérir. Il ne vivait que pour servir Oriel, et cela, Renee et William en auraient conscience jusqu'à la fin des temps.

À présent, le métamorphe était entier et guéri, et il espionnait pour le compte d'Oriel. Il était capable d'échapper aux faucons, car il avait un passif avec eux. William était son espion pour franchir les protections de la ville mourante de Ravenwood. Une fois que Renee et William auraient achevé l'étape suivante avec les revenants, il serait plus proche encore de s'emparer de la ville.

Oriel avait soif de pouvoir, il voulait l'essence de Ravenwood, car il en serait alors à sa stase finale. L'immortel qu'il devait vraiment être pour devenir le plus grand nécromancien de tous les temps.

Il ne restait qu'une seule personne en travers de son chemin. Qui devait être retirée de l'équation. Mais il l'avait gardée pour la fin. Il prendrait plaisir à la dépouiller de sa magie, un morceau à la fois. Mais d'abord, il devait abattre ceux qui s'opposaient à lui.

En premier lieu, la sorcière mourante et son précieux faucon.

Ils avaient failli avoir l'oiseau avant, mais apparemment, ils avaient des tours dans leurs manches. Ce n'était pas un problème. Ils recommenceraient, encore et encore. Ils ne seraient pas de taille pour eux.

Et si cela ne fonctionnait pas tout de suite, ils prendraient leurs proches. Ils comprendraient vite ce qui se passait lorsqu'on se dressait contre Oriel et ses plans.

La bataille allait continuer, et il serait l'homme qu'il devait être. Il se cala sur sa chaise, la sorcière morte devant lui commençant à sentir mauvais. Il détestait la puanteur de la mort, même s'il ressuscitait les cadavres et contrôlait la mort elle-même.

— Renee ! aboya Oriel en claquant des doigts. Débarrasse-toi de celle-ci.

C'était une jeune sorcière qui avait voulu trouver le

pouvoir. Ce n'était peut-être pas de ce pouvoir qu'ils voulaient, mais ils avaient besoin de quelque chose. Ils étaient en route pour Ravenwood, l'héritage de la puissante sorcière de l'air et du cercle était bien trop puissant pour qu'ils y résistent.

Oriel ricana à ce moment. Ce serait bientôt sa ville à lui qu'ils viendraient visiter, et ils se prosterneraient devant lui. Rowen ne méritait pas le pouvoir qu'elle avait dans ses veines. C'était lui qui aurait le contrôle. Il se le promettait.

— Tu veux que je la mette avec les autres corps ? Donc elle est prête à être une revenante ?

Il hocha la tête et la congédia d'un geste.

— Oui, oui. Tu sais ce qu'il faut faire. Amène ton compagnon par ici. J'ai des questions.

Renee hocha la tête, des flammes dansant dans ses yeux. Elle aimait la torture, appréciait la douleur autant que lui, même si elle ne faisait rien pour lui de ce que Faith exécutait. Elle lui manquait, sa proximité lui manquait. Sa manière de le comprendre, même si elle n'était pas assez puissante.

C'était dommage qu'elle soit morte ! Mais c'était inévitable. C'était ce que disait la prophétie.

Du moins, d'après ce qu'il en savait. La ville allait tomber, et il régnerait. C'était ce que disait la prophétie. Des mots enregistrés il y avait longtemps lors de la fondation de la ville.

Renee traîna la fille hors de la pièce, et Oriel regarda William.

— Dis-m'en plus sur ton cousin.

— Qu'as-tu besoin de savoir ? demanda le métamorphe sans hésitation.

— Je veux savoir comment entrer dans l'aile et éliminer

Jaxton. Parce qu'une fois qu'il sera hors-jeu, je pourrai avoir la sorcière du feu, et ce sera un pas de plus vers Rowen.

William acquiesça, n'hésitant pas un seul instant à donner à Oriel tous les détails sur le territoire et ce qu'il pensait que Jaxton ferait pour se battre.

Oriel sourit au retour de Renee, quand ils commencèrent à élaborer les plans de bataille. La ville brûlerait, et le pouvoir lui reviendrait. Le monde saurait bientôt ce qui se passait quand on ignorait Oriel pendant trop longtemps.

Tout allait brûler.

Et ensuite, le monde s'inclinerait.

DIX-SEPT

LAUREL

JE SAVAIS que la paix ne durerait pas, mais une partie de moi aurait voulu que le temps s'étire. Au cours des deux dernières semaines, quatre autres cimetières proches de la ville avaient été saccagés. Il avait fallu toute la connaissance du métier de Jaxton et une bonne partie de la magie de Rowen pour que la nouvelle de la profanation des tombes ne parvienne pas aux oreilles des humains et des médias.

Mettre en danger les secrets et les vies de toute une civilisation magique simplement pour accéder au pouvoir et à la magie tissés derrière les protections de Ravenwood semblait être le cadet des soucis d'Oriel, William et Renee. Je ne savais pas comment nous pourrions protéger notre peuple plus longtemps avec les attaques incessantes des revenants.

Non seulement les sépultures étaient déterrées, mais leurs anciens occupants, du moins ceux qui n'avaient pas été préalablement purifiés par la magie, se retrouvaient en ville et semaient la terreur sur leur passage.

La magie de Renee était bien plus puissante que celle de

Faith, et nous étions du côté des perdants d'une bataille déjà ardue.

Et à travers tout ça, je ne pouvais utiliser que mon épée.

Le lien d'accouplement entre Jaxton et moi n'était pas complet, et je n'étais pas convaincue qu'il le serait un jour. Mais je *savais* que je ne pouvais pas laisser cela arriver. Pas alors qu'il était évident pour moi que j'entraînerais Jaxton avec moi sur ce chemin ardent.

— Tu es encore perdue dans tes pensées.

Je regardai Nelle, qui prenait place sur le tapis de yoga à côté du mien, et je poussai un léger soupir.

— Quand je ne le suis pas, ces derniers temps ? demandai-je en levant les yeux au ciel. Je suis désolée. Nous sommes censées être ici, à l'entraînement, pour nous concentrer sur nos forces et sur ce que nous pouvons faire pour l'avenir.

— Nous sommes aussi censées méditer pour pouvoir respirer et gérer ce qui nous traverse l'esprit. Tu veux en parler ?

Je secouai la tête en regardant la sœur de Jaxton. Depuis l'attaque qu'il avait subie, et à la suite notre accouplement partiel, Nelle et moi étions devenus plus proches. Non pas que nous ayons été adversaires avant cela. C'est plutôt que j'avais fait de mon mieux pour ne pas me concentrer sur ce que je ne pouvais pas avoir. Alors, nous n'étions pas vraiment amies avant ça, même si nous nous appréciions mutuellement. Désormais, il semblait que le temps nous soit compté à toutes les deux, bien que je ne sache pas ce que Nelle avait à l'esprit ni ce qui la troublait. J'avais peur qu'elle cache quelque chose à Jaxton. Il savait que quelque chose tracassait sa petite sœur, et pas simplement ces batailles constantes, ou ce qui pourrait arriver à la ville. Mais Jaxton était différent de tous les autres grands frères que j'avais connus. Il restait volontairement en dehors du chemin de Nelle jusqu'à ce qu'elle ait besoin de lui. Je les avais observés la nuit précédente, quand elle s'était approchée de lui sans un mot et qu'il l'avait serrée contre lui. Ils n'avaient pas besoin de parler. Sa petite sœur voulait un câlin, mais ne voulait pas parler de ce qu'elle avait en tête. Pourtant, je savais que dès que Nelle semblerait prête à s'ouvrir, il essaierait de répondre à tous ses besoins.

Parce qu'il était ce genre d'homme. Le genre qui n'insistait pas, ne prenait rien, mais serait toujours là.

Du moins jusqu'à ce que mon lien d'accouplement avec lui le tue.

Le feu glissa le long de mon bras, et je laissai échapper un souffle froid, me répétant que je devais être plus forte que ça.

— Ton feu fait encore des siennes. Tu veux que j'aille chercher Rowen ?

Le ressentiment remonta à la surface, et je m'intimai de mettre fin à ces états d'âme. Je ne détestais pas Rowen. Cela n'avait jamais été le cas. Et je ne pouvais pas être jalouse de son pouvoir ou de sa maîtrise parce que c'étaient mes lacunes dans ces deux domaines qui tuaient lentement ma plus vieille amie.

Je secouai la tête, ignorant la douleur dans mon cœur, qui n'avait rien à voir avec les flammes.

— Non, je le contrôle, pour l'instant. Mais c'est probablement pour ça que j'ai besoin de méditer.

Nelle chercha des réponses sur mon visage, mais je n'en avais pas. C'était la raison pour laquelle nous étions dans ce pétrin, pas vrai ?

— D'accord. Alors, on va fermer les yeux, se concentrer sur l'entraînement. Inspire profondément par le nez, et expire par la bouche.

Je fis ce que Nelle me demandait, nous nous concentrâmes toutes les deux sur ce que nous pouvions.

Le fait que nous fassions cela sur le site de l'aile plutôt que plus près de son étang ou même de ma maison m'inquiétait. Ce n'était pas par peur, pas alors que Jaxton était tout près et que personne dans l'aile ne nous ferait de mal. Plutôt parce que les choses ne *collaient* pas aujourd'hui. Depuis l'attaque de Jaxton par son propre cousin et la sorcière de feu nécromancienne, l'aile me traitait comme une lépreuse.

C'était peut-être le cas. Après tout, j'étais en train de mourir, et ils le savaient tous. Ils craignaient juste que j'entraîne leur leader ailé bien-aimé avec moi.

Dommage pour eux, j'étais bien plus effrayée par cette perspective qu'ils le seraient jamais.

Je devais espérer être plus forte qu'ils ne le croyaient, de façon à pouvoir protéger Jaxton.

Les flammes me léchaient le bout des doigts, et j'inspirai à nouveau, me répétant que je devais me concentrer. Pas sur l'aile, ni la contrariété, ni la fin.

Je tirai sur mon pouvoir, l'enroulant comme une bobine serrée autour de mon âme alors qu'il entrait et sortait lentement. J'y percevais une énergie sauvage, non pas faite de flammes et de feu, mais de terre et d'air.

C'était Jaxton, et il était à moi.

Mes lèvres esquissèrent un sourire lorsque je sentis son ancre chaude glisser le long du lien, une simple taquinerie au niveau des flammes. Mon pouvoir ne le blessait pas, mais se mêlait à son faucon sans le toucher, puis les deux se séparèrent.

Des larmes me piquèrent les yeux et je me dis que ce n'était pas grave. C'était peut-être tout ce dont j'avais besoin.

Non pas que je désirais quelque chose de plus. Je ne pouvais rien avoir de plus.

Mais c'était mon avenir. Ou cela aurait pu l'être.

Maintenant, je ne savais pas ce que c'était ou qui je serais.

J'inspirai par le nez et expirai par la bouche ma douleur et ma respiration.

Je me concentrai sur ce que je pouvais et ne pouvais pas avoir, ce qui pouvait ou ne pouvait pas être. Nelle s'allongea à côté de moi pour la posture suivante, et elle m'expliqua comment faire.

Elle avait sa propre stabilité, sa propre concentration, mais tout comme moi, elle n'était pas à sa place sur ces terres.

Elle était la fille d'un faucon et de ceux qui ne l'étaient pas. Ce qui signifiait qu'elle ne serait jamais à sa place. Et moi, j'étais une sorcière incapable de contrôler ses flammes. Une personne censée appartenir à une aile qui se refusait à accepter les étrangers. Je savais que ce n'était pas *tous* les faucons, et Jaxton faisait de son mieux pour garder les anciens à distance, mais le ressentiment des autres était douloureux.

Il fallait que quelque chose change, et vite, mais j'avais peur que tout arrive en même temps. Je craignais que le changement ne nous dépasse, et que Jaxton ne se retrouve à l'agonie alors que les revenants approchaient et qu'Oriel se dévoilait finalement.

— Laisse sortir une dernière expiration, et ensuite, tu pourras ouvrir les yeux et me dire exactement pourquoi tu n'as pas cessé de grogner pendant notre méditation.

J'entendis le sourire dans la voix de Nelle, même à travers le grognement, et je laissai échapper une dernière respiration comme elle me l'avait demandé. Puis je soulevai lentement mes paupières pour voir la femme aux yeux cernés de khôl et au sourire malicieux.

— Tu es si jolie !

Nelle leva les yeux au ciel.

— Cesse de me draguer. Tu es prise.

Je haussai un sourcil.

— Oh ? Toi aussi, tu es prise, pas vrai ?

Je n'avais jamais abordé le sujet auparavant, et je n'étais pas sûre que ce soit le bon moment, mais j'allais essayer. Je voulais savoir ce qui se passait entre Nelle et Aspen. Non pas que je croie qu'elle me le dirait.

Je fis rouler mes épaules en arrière, puis me relevai, roulai mon tapis de yoga et ouvris les bras. Nelle me sourit et me serra fort. J'embrassai sa joue.

— Merci pour ça.

— Merci. Mais je ne te parlerai quand même pas d'Aspen.

Je levai les yeux au ciel.

— Je ne croyais pas que tu le ferais. Mais merci d'avoir fait semblant de me céder pendant un moment.

Je fis une pause.

— Si tu as besoin de quelque chose, je suis là pour toi.

— Je le sais bien. En fait, j'aime bien ta manière de faire sourire Jaxton.

Mon cœur se tordit, puis je souris.

— Je fais de mon mieux. Je ne suis pas toujours très douée, mais j'essaie.

— Eh bien, si tu veux, on pourrait être toutes les deux les marginales de cette aile. J'apprends les meilleurs trucs pour prospérer dans une aile qui ne me comprend pas.

Je grimaçai.

— Nous sommes toujours sur leurs terres. Et ces faucons ont l'ouïe très fine.

— Qu'est-ce qu'on a ? interrogea Jaxton, qui s'avançait vers nous à travers les arbres.

Nous étions au ras du sol, sous la canopée où se trouvaient les bâtiments de l'aile.

Je ne m'attendais pas à voir Jaxton ce jour-là, car il avait une réunion avec les anciens, ainsi qu'un entraînement pour le vol des plus âgés des petits. Ensuite, il devait patrouiller, et il était de corvée de nettoyage après une attaque de revenants la veille. J'avais ouvert le magasin, travaillé au bureau, fait l'inventaire, puis laissé mon personnel s'occuper de la fermeture. J'avais besoin d'un moment pour respirer et je n'avais pas envie de gérer des problèmes du cercle ou de magie. Il fallait simplement que je me concentre. Aussi, lorsque Nelle m'avait proposé de faire de la méditation avec moi, j'avais sauté sur l'occasion. Il me fallait un peu de temps pour moi. C'était une chose que j'avais l'habitude de faire souvent, pourtant, j'avais l'impression de n'en avoir pas eu l'occasion depuis bien trop longtemps.

Je regardai Jaxton et levai les yeux au ciel.

— Je disais juste que tu avais l'ouïe fine. Ne te faufile pas derrière nous.

Jaxton se pencha en avant, prit mon visage entre ses mains et posa les lèvres sur les miennes. C'était un tendre bonjour, un petit rien qui voulait tout dire. C'était le moment que j'avais attendu depuis longtemps, le moment qui allait me briser. Pourtant, il fallait que je vive pour ça. Je devais cesser de penser à ce qui allait arriver, ce qui pourrait arriver, et vivre, simplement.

Je savais que plus je méditerais, plus ça pourrait m'aider. Je me retins de rire à cette idée.

— Tu es sous ma volière. À quoi t'attends-tu ? Je voulais te voir avant d'aller retrouver Rome.

Mes sens se mirent en alerte.

— Qu'est-ce qui ne va pas ?

Il secoua la tête.

— Il n'y a pas nécessairement de problème chaque fois que je retrouve mon meilleur ami.

— Je ne sais pas, ces derniers temps, on dirait que quand on fait un pas vers notre avenir, quelque chose nous attaque.

Nelle vint près de moi et enlaça Jaxton de l'autre côté. Nous étions tous les trois debout en un petit cercle, et je sentis que cela pouvait *être* quelque chose. J'avais simplement envie que cela ne prenne pas fin.

— Je rencontre Rome pour discuter de certaines questions frontalières, oui. En plus, mon meilleur ami avait envie d'une bière. C'est un ours. Ils aiment bien la bière au miel.

— Et qu'aiment les oiseaux ? Une bière au goût de poisson ? demanda Nelle, les yeux écarquillés. Ou peut-être quelque chose avec des vers ?

— La sirène me demande si j'aime la bière au poisson ? Que mangez-vous donc, ma douce sœur ? la taquina Jaxton.

Je souris.

— Eh bien, tout ce que tu veux, du moment que tu le veux grillé, je suis ton homme.

Je claquai des doigts et des flammes dansèrent entre les deux, juste un instant. Nelle applaudit tandis que Jaxton écarquillait les yeux.

—Jolie maîtrise, ma compagne.

J'ignorai une partie de sa phrase, parce que je n'étais ni prête si concentrée. Pendant un moment, je respirai et souris.

— J'ai eu plus de contrôle que d'habitude, mais ça va et ça vient. Je ne sais pas si c'est le lien d'accouplement ou la méditation, mais même si tout est encore douloureux et que je sens que ça empire progressivement, il y a des moments de clarté.

Le regard que me jeta Jaxton était si intense que je sentis Nelle s'éloigner légèrement pour aller finir de ranger nos affaires et nous donner un semblant d'intimité.

— Alors, notre accouplement nous aide ?

Je m'approchai et fis courir mes doigts le long de sa joue.

— Je ne sais pas, Jaxton. Je sais que les attaques, quand elles se produisent, sont toujours aussi douloureuses. Et lorsque je tente de me servir de ma magie pour plus qu'une simple étincelle comme je viens de le faire, je ne suis pas capable de maîtriser ce qui se déverse de moi. J'ai peur de blesser quelqu'un d'autre que moi, un jour. Quelqu'un d'autre que toi. Jamais je ne pourrais me le pardonner si ça devait arriver.

— Peut-être qu'il faut juste du temps. Un lien d'accouplement complet.

— Nous ne savons déjà pas comment ce lien partiel s'est mis en place tel qu'il est aujourd'hui. Comment sommes-nous censés savoir quoi faire pour créer le lien complet ? Honnêtement, je ne suis pas certaine de vouloir m'accoupler avec toi.

La souffrance que je lus sur ses traits disparut en un instant. Mais je continuai de la sentir gravée dans mon âme.

— Je voulais seulement dire que je ne veux pas te faire de mal.

— Je sais, mais parfois, ce sont les mots qui sont douloureux.

Je fermai les yeux et soupirai. Mais avant que je ne puisse dire quoi que ce soit, le second de Jaxton s'avança, Aiden lâchant un grognement.

— Qu'est-ce qui ne va pas ?

— C'est juste qu'il y a quelque chose de... pas normal, et je ne sais pas ce que c'est.

Mon compagnon se redressa et balaya l'aile du regard.

— Tu as raison. C'est dans l'air. Place les sentinelles en alerte ! Nelle, appelle Rowen. Qu'elle rassemble les troupes.

Je cillai, puis fermai les yeux, laissant ma connexion à la terre et au feu s'installer dans mon corps. Je ne pouvais pas le faire souvent, mais peut-être que cette proximité avec Jaxton et sa source de pouvoir me permettrait d'y arriver.

— Tu as raison. Il y a quelque chose qui ne va pas.

— Pas besoin de m'appeler. Je suis là.

Nous observâmes Rowen, qui avait un regard féroce.

— Quelque chose a franchi les protections. Je n'arrive pas à savoir d'où ça venait, seulement que j'avais l'impression que c'était ici.

— Préparez... ! commença Jaxton, puis il y eut un cri.

Je plongeai pour prendre mon épée alors que Nelle faisait glisser ses lames dans ses mains, plissant ses yeux bordés de khôl.

— Qui était-ce ? demanda-t-elle pendant que Jaxton jurait tout bas.

— C'était une sentinelle, et elles ne crient que pour alerter quand quelqu'un arrive. Merde ! Nelle, retourne à la volière !

— Je suis capable de me battre.

— Je ne peux pas me concentrer pour te sauver si je fais ça.

— Jaxton, protège ton peuple. Je m'occupe de Nelle.

Je la regardai, et elle m'adressa un signe de tête ferme. Nelle pouvait se battre, pas aussi bien que les autres, et sa magie fonctionnait mieux sous l'eau que sur terre, mais elle essayait.

Je n'allais pas lui couper les ailes. Tout comme j'essayais de ne pas couper les miennes.

Jaxton grogna tout bas, serra durement mon visage dans sa main et écrasa ses lèvres sur les miennes.

— Sois prudente.

— Toi aussi.

Et le premier revenant glissa à travers les arbres.

Il était grotesque, un œil sortant de son orbite, l'autre exorbité. Sa bouche était ouverte, avec des dents déchiquetées et de minuscules morceaux de chair entre elles. Il s'approcha de nous, et je fronçai les sourcils. Tous les revenants ne ressemblaient pas à ça. Certains avaient l'air parfaitement embaumés. Infusés de magie, comme s'ils avaient été presque guéris au point de ressembler à des humains et non à de simples enveloppes d'eux-mêmes.

Cette fois-ci, cependant, la magie était différente. Comme si ce n'était qu'un coup de semonce, et que Renee ou Oriel ne s'étaient même pas donné la peine d'y injecter toute leur magie.

— C'est un piège ! criai-je, réalisant soudain.

C'était un revenant sans magie complète, et cela signifiait que d'autres allaient venir.

Les autres sorcières, les ours qui s'étaient montrés, et Frank, le jaguar, dans sa forme animale étaient là, prêts à se battre.

Des flammes dansaient le long de mon épée tandis que mon corps rayonnait d'énergie. De tellement d'énergie ! C'était presque comme le lien d'accouplement. L'énergie de la bataille l'intensifiait, et je dus la repousser. Il fallait que je me concentre sur ce que je faisais.

Des faucons sortirent des arbres, sous forme animale et humaine, tandis que les revenants se succédaient.

L'équivalent d'au moins trois cimetières remplis de

morts ambulants se présenta, et je criai, dos à Nelle, tandis que nous combattions, les terrassant les uns après les autres. Quand Aspen se précipita à travers les arbres pour rejoindre Nelle, je rencontrai son regard, lui adressai un signe de tête ferme, puis me rangeai aux côtés de mon compagnon. Le roi des faë assurerait la sécurité de mon amie, et je savais que, quel que soit le pouvoir qu'il détenait au creux de ses liens, il s'en servirait pour la protéger, elle et cette aile.

Jamais je n'avais vu de bataille se dérouler ici. C'était là que les faucons étaient les plus vulnérables. Leurs petits. Leurs anciens.

Le fait que les sbires d'Oriel aient pu s'approcher si près m'indiquait que les protections étaient sur le point de céder. La quantité d'énergie que Sage y avait insufflée avec sa puissance croissante n'avait pas d'importance, ni ce que j'avais essayé de faire avec ce qui me restait.

La ville était en train de tuer Rowen, et la magie ne serait pas de taille face à ce qu'Oriel lui faisait subir.

Nous ne serions peut-être pas à la hauteur.

Je rejoignis Jaxton alors qu'il attrapait un revenant entre ses griffes. J'employai mon épée pour décapiter la chose, envahie d'un sentiment de pitié envers l'humain qu'elle avait été, avant de passer à la suivante.

Les flammes se répandirent le long de mes bras, et je saisis l'épée, faisant de mon mieux pour transmettre le feu au métal. Seules quelques-unes restèrent, les autres enveloppèrent mon bras, me brûlant. Puis il cracha, et je jurai.

La magie débarquait plus fort et plus vite, et je ne pouvais pas l'arrêter.

Je ne serais pas assez puissante.

Une autre vague de revenants se présenta, et je titubai alors qu'un faucon était abattu, suivi d'un ours. Sage et

Rome se battaient côte à côte, lui dans sa forme d'ours rugissant, et Sage se servant de sa magie de l'eau pour repousser la longue file de revenants.

Rowen croisa mon regard alors qu'elle luttait à côté de mon frère. Ash semblait ressentir plus d'émotions qu'il ne l'avait fait récemment.

On aurait presque dit son ancien lui se battant pour protéger Rowen et la ville.

Il avait peut-être changé lorsque le sort et la malédiction l'avaient perverti, mais une partie de lui était toujours là. Je devais me raccrocher à cet espoir.

Rowen fut à mes côtés en un instant, ses cheveux noirs tirés en arrière de son visage, une entaille sanglante sur sa joue. Le fait qu'elle n'ait pas employé de sortilège pour ne serait-ce que panser la blessure indiquait qu'elle était à court de magie. La ville l'épuisait.

— Il faut qu'on les bloque. Ils se dirigent vers les petits, lança Jaxton de mon côté.

Rowen hocha la tête.

— Encore un sort. Je suis désolée, mais il nous faut le cercle.

Elle croisa mon regard, et la *certitude* qu'elle dégageait était presque écrasante.

— J'ai assez d'énergie pour ça, lui dis-je, espérant qu'elle suffirait.

Ce lien qui m'unissait à Jaxton me donnait du pouvoir. Avec un peu de chance, ce serait suffisant pour au moins affronter cette épreuve.

Renee s'avança, William à ses côtés, et certains faucons crièrent. C'était un cri puissant, signe de colère et de choc. Certains d'entre eux n'avaient peut-être pas cru que William était vraiment du côté de l'ennemi, mais cela n'avait pas d'importance.

Il était là, et nous devions l'arrêter.

— Abandonnez maintenant, exigea Renee. Plus tôt vous le ferez, moins les gens mourront. Oriel a simplement besoin de votre ville. Une fois que vous aurez cédé et que les sorcières auront péri, Oriel laissera les autres vivre. C'est une promesse qu'il vous fait.

— Abandonnez, roucoula William. Ce sera plus simple ainsi.

— Espèce de salaud ! s'écria Jaxton, plus furieux que je ne l'avais jamais vu auparavant. Comment oses-tu nous trahir ?

— Tu ne voulais même pas que je fasse partie de l'aile. Je n'étais rien quand j'étais avec toi. Aujourd'hui, j'ai une compagne, et plus de pouvoir que tu ne pourrais jamais en rêver. Cède à Oriel. Sauve les autres. Ne sois pas un tel lâche gonflé d'orgueil. Tes indécisions tuent les autres.

— C'est un mensonge ! m'écriai-je.

— Et toi, tu ne sers à rien, lança Renee avec un sourire. Tu n'es même pas capable de maîtriser ton pouvoir, et tu es en train de tuer l'aile pour y parvenir. Tu n'as même pas la force d'utiliser un tout petit sort de feu. Tu ne fais que te reposer sur les autres, et tu es incapable de te battre avec un revenant comme il se doit. Tu n'es rien. Et ç'a toujours été comme ça. Bientôt, mon maître te tuera. Si je ne t'attrape pas avant.

Rowen me prit la main tandis que Sage se plaçait de l'autre côté, me prenant l'épée pour la lancer à Jaxton. Elle me saisit l'autre main, et même si mon arme me manquait, je savais que nous devions le faire.

— Encore un sort, grogna Rowen. Un sort de bannissement.

— Votre cercle, votre pouvoir à trois n'est rien. Mais

vous pouvez toujours essayer. Vous ne faites rien d'autre, ces derniers temps. Vous essayez.

Je croisai le regard de Rowen, hochai la tête, et prononçai le sort auquel nous nous étions entraînées auparavant.

— *Terre, air, eau, feu, apportez-nous ce que nous désirons. Arrêtez ce mal, purgez ce fléau, bannissez cette mort dans la nuit la plus sombre. Seigneur et Dame, ancêtres aussi, prêtez-nous votre force pour ce que nous devons faire. Emportez ces ténèbres afin que nous puissions être libres. C'est notre volonté, qu'il en soit ainsi !*

Le feu me brûla les flancs, lécha le bout de mes doigts, et Rowen et Sage tombèrent à terre. Ash et Rome les récupérèrent, mais Rowen repoussa Ash tandis que Sage s'appuyait sur son compagnon. Les avais-je brûlées ? Leur avais-je fait du mal ? Je n'arrivais pas à réfléchir. Tout mon corps tremblait, et je regardais Jaxton qui combattait les revenants les uns après les autres, les faucons qui tombaient, les autres métamorphes et les humains qui mouraient, tous les habitants de Ravenwood qui essayaient de la protéger.

J'avais besoin de *les* protéger. Il fallait que je fasse quelque chose.

Mes cheveux s'embrasèrent et recouvrirent mon corps, mais je ne les sentais pas. Je ne pouvais rien faire.

Je croisai le regard de Jaxton, et je hurlai.

CHAPITRE
DIX-HUIT

JAXTON

Je sus que quelque chose n'allait pas en voyant le visage de Laurel. Ses yeux étaient écarquillés, son regard était un feu pur. Des flammes bleues et violettes scintillaient dans ses iris, tandis que l'orange et le rouge soulignaient les bords de ses pupilles. Elle était proche de l'explosion, de l'extinction. Si nous n'étions pas prudents, elle allait éclater. Et pourtant, je savais que cela ne pouvait pas être la fin. Cependant, le feu était tout proche, dansant sur notre lien d'accouplement. Il fallait que je mette un terme à cela. Il fallait que je la protège. Mais comment étais-je censé procéder ?

Je bondis en avant, mais fus pris de court quand William se jeta devant moi.

— Bonjour, très cher leader ailé.

— Pourquoi fais-tu ça ? m'écriai-je, cherchant Laurel du regard alors que les autres s'avançaient pour lui venir en aide.

Nous arriverions tous trop tard si nous ne parvenions pas à la rejoindre. Ash et Rowen se battaient contre des revenants et Renee avançait vers eux, tandis que Rome reprenait sa forme humaine et se battait nu à côté de Sage, tentant de repousser la masse des monstres. Le sort n'avait pas fonctionné. Au lieu de cela, il avait implosé, séparant les revenants en deux camps tandis que les flammes, l'air et l'eau dansaient en abondance entre les deux. À cet instant précis, je compris que nous avions besoin de la terre, ou peut-être même de la magie des faë et des métamorphes. Il nous fallait autre chose que ce cercle brisé qui gisait devant nous. Cela ne suffirait pas, mais je ne pouvais pas m'y attarder.

Il fallait que je passe l'obstacle que représentait William. Je devais en finir avec le cousin que j'avais aimé autrefois, et que j'avais considéré comme ma famille, pour pouvoir atteindre Laurel. Sauf qu'elle se tenait debout dans un tunnel de feu, sans pour autant être brûlée. Je ne savais pas si elle souffrait, mais le cri silencieux qui sortait de sa bouche m'interpellait. Il fallait que je la rejoigne. Je devais la protéger. Mais d'abord, je devais défendre mon aile. Comment pouvais-je faire un choix ? Ma compagne ou mon aile ? Et pourtant, j'avais bien l'impression que mon cousin William ne m'accorderait pas le choix.

— Tu t'es toujours cru meilleur que nous. Tu n'étais notre leader ailé qu'à cause de ton père. Et il est mort. Il est mort et nous a quittés. Et pourtant, tout le monde te croyait assez fort pour prendre ce poste.

— Le leader ailé est choisi en fonction de la force, et par ceux qui se rassemblent. Je n'ai pas obtenu ce rôle à cause de mon père. Tu le sais.

— Tu n'es pas le plus fort de nous tous. Si tu l'étais, tu ne passerais pas autant de temps à t'occuper de ta sorcière.

Je cillai, me demandant s'il était sérieux.

— Ta compagne est une sorcière. Une nécromancienne. Elle ressuscite les morts et pervertit leurs âmes pour qu'elles exécutent sa volonté ! Que crois-tu que soit une nécromancienne ?

— Bon sang, ne t'avise pas de parler de ma compagne !

Quelque chose n'allait pas chez lui. Je ne savais pas ce que c'était, mais quelque chose clochait. William agissait plus bizarrement que d'habitude. Peut-être que, tout comme ma magie intrinsèque de métamorphe contribuait au lien d'accouplement et soulageait en partie la douleur de Laurel, la leur tordait les âmes de Renee et de William.

— Bientôt, tu comprendras ce que veut Oriel et ce que tu n'auras pas. Mais ta garce de compagne sorcière n'ira même pas jusque-là.

En un clin d'œil, William se changea en faucon et chercha à me crever les yeux de ses serres. Je lançai l'épée en avant, entaillant la poitrine de mon cousin, qui poussa un cri. De l'autre côté du mur d'éléments, Renee cria avant que le feu ne s'abatte sur nous tous. Ash jura. Il leva les mains alors qu'un mur de terre s'avançait, et Rowen fit de même. Son air repoussa les flammes. Les mains profondément enfoncées dans la terre, Sage tremblait de tout son corps en extrayant l'eau d'un ruisseau situé à une centaine de mètres. Elle percuta le mur de feu que Renee avait repoussé.

Et pourtant, Laurel demeurait dans l'entonnoir de feu, projetant des flammes en rafales vers les revenants, mais elle semblait figée dans une braise dans le temps.

Je la sentais à travers le lien d'accouplement, et je sus que c'était la fin.

Il n'y avait pas d'échappatoire. Je lançai l'épée à Aspen alors qu'il se battait auprès de ma sœur, et je dus prier pour qu'il puisse l'aider.

Je tournai les yeux vers Aiden, la mâchoire serrée.

— Les revenants battent en retraite. Allez voir les petits.

—Je comprends.

Et Aiden aussi. Parce que mon second avait perdu sa compagne, et que je savais qu'il n'était plus que l'ombre de lui-même depuis.

Il avait compris ce que je faisais.

Rowen et Sage se ruèrent sur Laurel, mais ne purent traverser les flammes, alors que Rome et les autres continuaient de terrasser les derniers revenants. Je sautai par-dessus un cadavre abattu, un mort-vivant méconnaissable qui avait été humain, et continuai à avancer.

Ash frappa les flammes de ses mains, le sang coulant sur ses bras. Des brûlures noirâtres et carbonisées apparurent sur ses paumes tandis qu'il continuait à pousser, essayant d'atteindre sa sœur.

Pour un homme qui avait tout perdu, un individu sans avenir et victime d'une malédiction qui le brisait tout autant que Laurel, je revis le garçon qu'il avait été. Celui qui avait tout mis en œuvre pour essayer de protéger ceux qu'il aimait.

Ash croisa mon regard, et je sus qu'il avait compris. Tout comme Rowen et Rome. Je ne pensais pas que c'était le cas de Sage pour le moment, mais elle comprendrait.

Je sautai, me changeant en faucon en un clin d'œil, sachant que mon animal protégerait ma compagne par le biais de notre lien. Je n'aurais pas pu expliquer comment je le savais, mais le lien était la seule chose vraie dans ma tête à cet instant. Je fendis les flammes avant de reprendre ma forme humaine et de ramener Laurel près de moi.

Elle me regarda, le corps tremblant, les yeux écarquillés.

— La malédiction s'est activée. Je ne veux pas te faire de mal. Je ne veux faire de mal à personne.

Je pris son visage entre mes mains, et essuyai ses larmes fumantes.

— Tout va bien. Je suis là.

— Mais ton aile ? Ton peuple.

— Ils vont s'en sortir.

— Non, non.

Elle martelait ma poitrine alors même que le feu parcourait nos peaux. Cela me brûlait, mais comme en sourdine, comme si Laurel faisait tout son possible pour me protéger.

— C'est bon, Laurel. Tout va bien.

Ce n'était pas le cas. J'allais regarder l'amour de ma vie brûler. La voir tomber en cendres. Mais je ne pouvais pas la laisser faire ça seule.

— Tu n'as pas le droit de te tuer ! s'écria-t-elle.

— Ce n'est pas ce que je fais. Si tu te sers de notre lien d'accouplement, nous pouvons contenir le feu et la malédiction à l'intérieur du mur. Nous ne ferons de mal à personne d'autre. Mais tu ne peux pas le faire seule. Sers-toi de moi. Nous pouvons protéger la ville.

C'était comme si j'avais toujours su que tout prendrait fin ici. Et alors que Laurel criait, je la serrai contre moi, et le feu prit.

Une souffrance, douce et sublime, envahit notre peau alors que les flammes se rapprochaient de plus en plus avant de nous engloutir tous les deux. Je baissai les yeux sur l'amour de ma vie, la femme qui m'appartiendrait pour toujours, et je souris.

Parce que son pouvoir était magnifique. C'était une douce extase et une force qui ouvrirait un avenir. Cela aurait pu être la fin, mais je savais que tel n'était pas le cas. Ce n'était que le début pour Laurel. Je le ressentais à travers le lien d'accouplement, et la magie qui palpitait autour de nous.

Et ensuite, il n'y eut plus que les ténèbres. Que la paix.

Alors que je gisais sous les cendres, que d'autres

criaient, hurlaient encore, comme s'ils étaient à l'autre bout du monde, alors que la malédiction prenait vie, je posai les yeux sur la femme devant moi. Celle qui s'élevait dans les airs, les ailes en feu, brillant puissamment.

Elle était un phénix.

Une Christopher.

Elle *était* le pouvoir.

Pour moi, était-ce un début ? Ou une fin ?

Je ne voyais plus que l'obscurité. Que la paix.

DIX-NEUF

LAUREL

LE VENT SOUFFLA dans mes cheveux, et les flammes cascadèrent le long de mes bras. Inclinant la tête vers le ciel, je tentai de voir la personne qui ne serait pas là.

Je ne vis pas de faucon. Aucun métamorphe ne s'approchait de moi pour me prendre dans ses bras, se réjouissant que la malédiction soit brisée, jour après jour, cendre après cendre.

Jaxton était parti.

Je l'avais tué.

— Laurel, entre.

Je secouai la tête devant la demande de Sage, essayant de formuler des pensées et des mots qui ne seraient pas qu'un profond soupir.

— Je devrais rester ici. Juste au cas où.

Juste au cas où.

Comme si Jaxton pouvait vraiment revenir.

Il ne pouvait pas. Nous le savions tous. Personne ne pouvait rester dans le cercle de braises et de cendres brûlées. Il n'était pas là. Il avait été enlevé, soit par la magie, soit par moi, je ne savais pas.

Mais à la suite de l'attaque des revenants et de mon ascension, faute d'un meilleur mot, il avait disparu.

Et je n'étais pas sûre de savoir comment je pouvais avancer.

— Laurel. Entre. Nous n'avons pas fini de le chercher. Il n'est pas parti.

Je regardai Rowen par-dessus mon épaule et haussai un sourcil.

— Tu en es bien sûre ? J'ai l'impression qu'il est parti. Nous ne le voyons plus. Quand les flammes se sont éteintes et que je me suis retrouvée là dans toute ma puissance de phénix, il n'était plus là.

— Mais c'est de la magie. Une magie si ancienne que la plupart d'entre nous avaient oublié son existence.

Rowen releva le menton en signe de défi.

— Il reste encore une chance.

— Pas si tu regardes les faucons. Ils nous ont chassés de leurs terres. Ils nous ont tous bannis, pas seulement moi. L'aile me reproche d'avoir tué leur leader ailé.

— Ils souffrent, mais ils ne savent pas ce qui s'est passé. Personne ne le sait. Nous devons garder espoir.

Je scrutai Rowen de plus près, et me demandai combien d'espoir il pouvait bien lui rester. Elle avait perdu son lien avec l'amour de sa vie. Elle avait perdu toute sa famille, les uns après les autres, jusqu'à ce qu'elle soit seule, la dernière de sa lignée. Elle était la dernière des Ravenwood, celle qui devait s'investir davantage pour assurer la sécurité de la ville. Celle qui semblait prise dans une bataille perdue d'avance pour ce faire.

Je craignais de me demander quelle part d'elle-même il lui restait pour affronter ce qui nous attendait.

— Je ne sais pas si j'ai encore de l'espoir à donner. Il n'était pas censé mourir. Il était censé me laisser le sauver.

Mais c'était Jaxton. Il fallait toujours qu'il soit celui qui sauvait les autres, sans jamais penser à lui-même. L'unique fois où les autres avaient cru qu'il pourrait songer à lui-même, ils l'avaient repoussé et avaient cherché à l'éloigner de moi, car ils ne pensaient pas que j'étais assez bien pour lui.

— Les faucons ne comprennent pas ce qui se passe, soupira Sage. Non pas que nous en sachions beaucoup plus qu'eux. Mais nous allons essayer. Nous n'allons pas abandonner. En y allant, nous étions tous conscients qu'il pouvait nous arriver quelque chose. Jaxton savait ce qu'il faisait.

—Vraiment ? Il a dit que le lien que nous étions en train de créer sauverait la ville de mon implosion, mais que je ne pouvais pas le faire toute seule. Il n'est plus là. Et je suis censée accepter ça ? Je suis censée aller de l'avant et me battre pour protéger la ville alors que personne ne veut de moi ici ?

— Cesse de dire ça ! lança Rowen d'un ton sec. Tu penses être la seule à souffrir ? Tu crois être la seule à avoir perdu quelqu'un ? Regarde-nous. Personne n'en ressort sans plaies ou blessures. Mais tu es toujours debout. Tu es un phénix. Tu es un être mythique, à présent. Avec un pouvoir immense en toi. Je le sens à travers le lien de notre cercle. Je le *sens*, Laurel. Sers-t'en. Protège cette ville. Venge Jaxton s'il le faut. Mais nous ne sommes pas sûrs qu'il soit mort. Nous n'en savons rien.

Rowen plissa les yeux ; la magie tourbillonnait autour d'elle, et je savais qu'elle était en deuil tout comme moi, même si aucune d'entre nous n'était capable de le dire.

— Je ne sais pas où nous allons à partir de là, lança Sage, dont le regard oscillait entre Rowen et moi. Tout ce que je sais, c'est que nous devons aller quelque part. Nous ne pouvons pas rester là à espérer. Nous ne trouvons pas Oriel ni même une trace de qui il est ou de ce qu'il cherche au-delà du pouvoir de la ville.

— Et pourquoi ? Pourquoi veut-il ça ? *Pourquoi* se sert-il autant de sa magie contre nous sans s'impliquer vraiment ? On ne sait même pas si ce type existe.

Rowen secoua la tête, puis releva ses cheveux à l'écart de son visage en un chignon désordonné.

— Tout ce que nous savons, c'est que les gens ne cessent de nous dire qu'il est le méchant. C'est lui qui continue à nous envoyer ses sbires. Mais en réalité, nous ne savons rien. Et ça me tue. Je veux savoir qui il est, ce qu'il veut, et s'il existe ou non.

Je me mordis la lèvre.

— J'en ai besoin aussi. Il faut que je cesse de m'apitoyer sur mon sort et que j'aide.

Je posai les mains sur mon visage et poussai un cri.

— Je me suis perdue pendant si longtemps dans ce qui pouvait arriver ! Je ne sais même plus qui je suis. J'étais une guerrière. Celle qui pouvait se servir de sa flamme et de son épée pour se battre pour ceux qui avaient besoin d'elle. Pourtant, je n'ai fait que me planter. Je suis désolée.

Des larmes chaudes me brûlèrent les joues alors que je m'avançais et prenais la main de Rowen, puis celle de Sage.

— Je suis désolée. Je ne sais pas ce que je suis censée faire. Tout me fait mal, et je ne sais pas qui je suis. Je ne sais pas ce que signifie le fait d'être un phénix, à présent.

— Les phénix ne sont-ils pas censés voler ? demanda Sage doucement, et mon cœur se brisa.

Je déglutis avec peine.

— Peut-être. Mais voler, c'était pour *lui*, répondis-je d'une voix brisée. Voler, c'était pour Jaxton. Pourquoi n'est-il pas là ? Pourquoi s'est-il sacrifié pour cette ville ? Ç'aurait dû être moi. Ça aurait toujours dû être moi.

— Eh bien, au vu de toutes les attaques que subit notre petite ville, ce pourrait bientôt être le cas !

Je grimaçai.

— Il me faut du temps pour réfléchir. Pour respirer. Je vais revenir, je te le promets. Je vais m'entraîner avec le cercle, maintenant que j'ai ces nouveaux pouvoirs. À présent que je sais que je ne me tuerai pas à petit feu quand j'aurai besoin de m'en servir. Mais c'est compliqué de me dire que chaque fois que je ferai appel à la flamme, ce sera grâce à Jaxton. Et il n'est pas là. Il me faut juste un moment.

Mes mains tremblaient, mais je vis que Rowen me comprenait.

Je ne pleurais pas. Je ne me débattais pas au sol en réclamant quelque chose que je ne pouvais pas avoir.

J'étais peut-être brisée, mais c'était de la colère qui se déversait dans mes veines. Et si je n'y prenais pas garde, si je ne me maîtrisais pas, je pourrais faire du mal avec ce nouveau pouvoir qui palpitait au creux de mon âme. Pas à moi, mais aux autres.

Et j'avais déjà entraîné Jaxton avec moi, même s'il avait fait ce qu'il avait toujours dit vouloir faire : protéger la ville de toutes ses forces. Je ne pouvais pas en faire plus.

— Vas-y. Prends le temps de respirer. Puis reviens vers tes sœurs. La ville a besoin de toi. Nous avons besoin de toi. Et nous ne sommes pas sûres qu'il soit parti, Laurel. Pas pour toujours. Rappelle-toi juste qui tu es et qui a besoin de toi.

Je ravalai une boule dans ma gorge et m'éloignai des filles, le corps prêt à se briser. Je passai devant l'allée qui séparait nos bâtiments, avançai à travers les arbres et me rapprochai le plus possible d'un sentiment de paix et de normalité. Cela n'existait pas, si ? Cela n'arriverait plus jamais.

Une fois la bataille terminée, après que les autres s'étaient occupés des revenants qui avaient réussi à passer et que William et Renee s'étaient enfuis comme les démons et les lâches qu'ils étaient, les membres de l'aile m'avaient regardée et tourné le dos. C'était comme s'ils avaient su qu'une telle chose se produirait. Et c'était peut-être le cas. Peut-être était-ce notre cas à tous. Peut-être avions-nous compris que j'allais causer la mort de leur leader ailé, l'homme que j'aimais.

Ils refusaient de me parler, à présent, et je savais qu'ils auraient une sérieuse réflexion quant au choix du nouveau leader de l'aile une fois qu'ils se seraient enfin autorisés à faire le deuil de Jaxton. Je voulais savoir exactement comment ils allaient se battre au sein de la volière.

S'enfuiraient-ils ? Allaient-ils se sauver et quitter Ravenwood ? Ce n'était pas comme si les anciens n'avaient jamais envisagé de le faire, depuis plus longtemps que je ne voulais bien l'admettre.

Si l'aile quittait Ravenwood, cela amenuiserait nos défenses. Mais peut-être que c'était pour le mieux. Si Oriel était venu pour obtenir la magie de la ville, peut-être était-ce nécessaire de garder les faucons en sécurité et loin de la ville elle-même.

Je n'arrivais pas à me concentrer ni à réfléchir.

Je ne voyais que le visage de Jaxton qui me contemplait avec paix et espoir, comme s'il allait m'attendre de l'autre côté. Sauf que je ne l'avais pas suivi.

Alors, son visage se fondit dans celui de Nelle, et je lus la colère gravée sur ses traits.

Aspen l'avait emmenée, mais pas dans l'aile. Je n'étais pas convaincue qu'elle y serait à nouveau la bienvenue, pas sans la présence de Jaxton. Un autre clou dans mon cercueil.

Je ne savais pas si Nelle était retournée auprès de son peuple dans l'eau ou dans l'enceinte des faë de l'autre côté de la ville. Jamais je n'avais mis les pieds sur cette terre, car je n'y avais pas ma place. Même si Rowen y était allée, ainsi qu'Ash.

J'avais vu sur son visage de quoi Nelle m'accusait. Je savais qu'elle m'en voulait. Elle ne pouvait pas en vouloir au destin. Pourquoi pas à la personne qui l'avait brûlé ?

La colère me submergea, et mes orteils se soulevèrent du sol, tandis que des ailes géantes ardentes surgissaient de mon dos. Je rejetai la tête en arrière et criai, les flammes dansant et s'enroulant autour de moi comme si j'étais née dans ce but.

J'étais un phénix, et je n'avais aucune idée de mes pouvoirs. Je savais seulement qu'il me faudrait des années pour les maîtriser totalement, et apprendre ce que je pouvais faire.

Ma colère s'estompa rapidement, et je poussai en avant les flammes, qui se déversèrent sur l'arbre devant moi.

S'il était décomposé, c'est-à-dire s'il ne devait pas rester sur terre, la maladie devait être éliminée avant qu'elle n'affecte les autres.

Tout comme j'étais une maladie pour mon cercle.

L'arbre brûla avant de tomber en cendres et en suie.

Je m'effondrai à genoux, des larmes ruisselant sur mes joues alors que je faisais mon deuil.

Rowen avait beau dire, Jaxton ne reviendrait pas.

Le feu m'avait fait renaître, et mon âme sœur avait été le sacrifice dont le destin avait besoin pour que le cercle reçoive mon pouvoir.

Je ne savais pas si j'étais capable de me pardonner pour ça.

— Tu t'amuses à brûler des choses ? En sachant que tu ne seras jamais assez forte ?

Je me retournai, portant la main à mon épée, qui n'était pas là. J'avais toujours mon épée sur moi, et pourtant je ne l'avais pas emportée.

En un rien de temps, je me reposais sur mes pouvoirs, des pouvoirs dont je ne savais pas si je les contrôlerais jamais complètement, au lieu de la lame qui m'avait si longtemps servi.

J'étais debout, des boules de feu dans les mains, tandis que Renee pointait son doigt sur moi.

— Je veux seulement parler, petit phénix. Je ne veux pas d'ennuis.

— Tu attaques notre ville en permanence, et tu me dis que tu ne veux pas d'ennuis ?

— Je ne t'ai pas fait de mal, pas vrai ? Non, le monde semble assez sûr. Ta petite ville n'est pas la proie des flammes. Et nous savons toutes les deux que j'en serais capable. Après tout, n'es-tu pas celle qui pourrait incendier cette ville jusqu'à ses dernières poutres et brindilles avant de repartir indemne ? Je sens ce pouvoir qui brûle en toi. Ne serait-ce pas merveilleux si tu étais en mesure de le contrôler ?

— Que veux-tu, Renee ?

— Je veux que tu saches qu'il existe un moyen de le maîtriser. Mais je pense que tu n'aimeras pas l'entendre.

— Je ne me servirai pas de magie noire, et je ne deviendrai pas nécromancienne pour contrôler mon pouvoir, éructai-je. Je suis un phénix. Je suis une sorcière du feu. Et je fais partie du cercle. Je suis plus forte que tu ne le seras jamais.

Renee rejeta la tête en arrière et éclata de rire.

— Oh, tu es risible ! Je veux dire, sincèrement ? Tu n'as jamais été plus forte que moi.

— Je ne te connais même pas !

— Bien sûr que si ! Tu ne te rappelles pas cette petite sorcière qui est venue en ville quand tu étais petite fille ? Jamais tu ne m'as remarquée. Non, tu voulais seulement jouer avec ton meilleur ami et ton frère. Tu suivais ce petit faucon et le petit ours que je ne vois nulle part en ville. Tu ne t'es pas demandé s'il avait souffert en mourant ? Il paraît que Faith l'a ressuscité, un autre revenant avec qui jouer. Je suis simplement triste de ne pas avoir été dans les parages pour le voir et en faire partie.

Ma main se projeta en avant, envoyant des flammes à toute vitesse vers elle. Renee les rejeta sans le moindre effort apparent.

— Je n'ai pas fini de parler. On pourra jouer plus tard.

— Tout ça parce que je n'ai pas joué avec toi quand tu étais petite ? Je ne me souviens même pas de toi.

— Évidemment que non ! Parce que votre précieux cercle avait déjà une sorcière de feu. Il n'avait pas besoin d'en avoir deux.

— Nous n'étions même pas un cercle, à l'époque.

Je ne me souvenais même pas de cette femme. Mais apparemment, je l'avais blessée, d'une manière ou d'une autre.

— Je suis désolée si je t'ai blessée. Vraiment. Mais nous étions des enfants, si ce que tu dis est vrai. Nous n'étions pas un cercle. Nous n'avions pas encore pris possession de notre magie. Quand nous sommes-nous rencontrées ?

— Devant ce café qui n'est plus là. Apparemment, il a brûlé dans un incendie quand on avait cinq ans environ.

Elle le dit avec un clin d'œil qui me retourna l'estomac.

— Tu avais cinq ans quand tu l'as brûlé ?

Je me souvenais du petit café avec ses petites tables en fer noir et ses teintes roses joyeuses. Il vendait des biscuits, des sandwiches et du thé pour ceux qui le voulaient.

Et il avait été réduit en cendres. Les propriétaires, un couple de sorciers plus âgés qui voulaient simplement faire partie d'un lieu magique, avaient décidé de ne pas reconstruire.

Ils avaient déménagé quelques années après pour se rapprocher de leurs enfants, qui n'étaient pas nés avec la magie et ne voulaient pas vivre entourés de celle-ci.

Ravenwood était en train de mourir, emportant sa magie avec elle, et je savais que c'était à cause de la malédiction de la ville et de celle des Christopher.

Malédiction qui avait éloigné Sage.

Cette chose qui avait essayé de me tuer et avait brisé Ash.

Cette malédiction qui évoquait les ténèbres, qui nous avertissait qu'elles viendraient nous chercher et qu'elles ouvriraient Ravenwood, l'exposant à la noirceur elle-même, était liée à Rowen.

Et son âme était attachée à la ville. Alors quand Ravenwood se déliterait, elle aussi.

Nous étions trois fois maudits, trois fois brisés, et je devais espérer qu'il existait un moyen de s'en sortir. Une manière de respirer.

Mais ce n'était pas le moment de penser à tout ça. Je devais me concentrer sur la sorcière qui se trouvait devant moi.

— Feu contre feu, petite sorcière ? J'aimerais te voir brûler, bébé. Tu es revenue tel un phénix qui renaît de ses cendres, alors même que tu aurais dû périr il y a bien longtemps à cause de la malédiction des Christopher. Apparemment, le destin aime nous envoyer des balles courbes, mais c'est bien. Tu ne connais pas ta magie. Et souviens-toi, je suis une nécromancienne. De haut niveau. Ce qui signifie que je peux faire sortir les revenants d'esprits et de corps. Je peux les contrôler tous, ainsi que les ténèbres. Tu n'y cèdes pas, même si tu devrais le faire si tu souhaites devenir un vrai phénix. Ça signifie que je te battrai toujours. Je suis la plus puissante. Ne l'oublie pas.

Alors, Renee leva ses mains, paumes vers le haut, et des ombres profondes et du brouillard envahirent la terre.

C'était le brouillard d'une nécromancienne. Peu importait de quel élément elle disposait. C'était ce qui la faisait avancer.

Faith était une sorcière des eaux, mais elle pouvait aussi se servir du brouillard des nécromanciens, car elle avait imprégné son âme de ces ténèbres.

Renee n'était apparemment pas différente.

Les revenants commencèrent à affluer dans le brouillard, les bruits de pas résonnaient dans mes oreilles. J'étais seule ici, et c'était entièrement ma faute, mais jamais je ne laisserais ces monstres ou cette pétasse du feu faire du mal à ma ville. À ma famille.

Ils m'avaient déjà pris Jaxton. Moi, j'avais déjà pris Jaxton. Je ne les laisserais pas prendre autre chose.

J'envoyai vers eux ma première dague de feu, qui traversa un revenant. Renee applaudit, dansant sur place avant de faire la roue et de projeter d'autres flammes avec la plante de ses pieds. Elle était puissante, mais je l'étais plus encore.

Quitte à ce que ce soit la dernière chose que je fasse, je vengerais la mort de Jaxton. Je m'assurerais que personne d'autre ne meure par la main d'une sorcière du feu ou la mienne.

J'avançai dans l'obscurité, me servant de ma flamme comme d'un phare pour éliminer les revenants les uns après les autres. Ils tombèrent, leurs corps en miettes. Renee ne se servait pas des ombres, et j'en étais ravie. Pour combattre les revenants et les fantômes, il m'aurait fallu un cercle au complet, et je n'en étais pas là.

Je n'avais plus qu'à espérer que Rowen ressente la perturbation dans les protections, et qu'elle vienne m'aider.

Ou… Je pouvais le faire seule. J'avais accès à des pouvoirs que je n'avais pas avant. Je pourrais le faire sans me blesser ni blesser les autres, à moins que je le veuille.

Je n'étais plus maudite. L'obscurité qui se trouvait derrière moi m'avait tout pris. À présent, il fallait que je me tourne vers l'avenir. Et je devais me battre.

J'éliminai un revenant, puis un autre encore. Du sang éclaboussa mes vêtements alors que j'avançais pour essayer d'atteindre Renee, mais elle était trop rapide. Elle se servait de ses capacités de nécromancienne, et je savais qu'elle allait bientôt disparaître.

Si son pouvoir était immense, il ne durait pas. Il se nourrissait de l'âme de la sorcière, qui n'était disponible qu'en quantité limitée, avant de la briser totalement.

Soit Renee partait après avoir lancé ses sorts, soit elle mourrait. Et je n'avais pas l'impression qu'elle laisserait une chose pareille arriver.

Les revenants m'entouraient et je jurai, ne remarquant que maintenant que le brouillard nous encerclait.

À sa manière, Renee me tenait à l'écart des autres. J'étais seule.

Je devais me montrer plus forte que cela.

D'une manière ou d'une autre.

Le feu me brûla le bras et je jurai, agacée de m'être laissé distraire par un revenant, laissant le champ libre à Renee pour se rapprocher.

Je ne pouvais pas me concentrer sur elle et les revenants en même temps, mais je devais le faire. Des flammes jaillirent de mes mains, et je les envoyai vers l'avant : je me défendais.

Soudain, quelque chose sortit de l'obscurité, et je faillis trébucher.

Des dizaines de revenants m'entouraient. Je les repoussai, luttant, essayant de passer au travers. Puis je levai les yeux sur… Jaxton.

Il était là. Entier. Il était sorti vivant des ténèbres. Il me fit un clin d'œil avant de sortir une épée, *mon* épée. Je l'avais laissée à la maison. À moins que… ? Avait-elle brûlé dans le brasier ? Je ne m'en souvenais pas. J'avais l'impression de rêver.

Jaxton abattit un revenant, puis un autre, et j'avançai vers lui, essayant de me rapprocher. J'avais besoin de voir si c'était un mirage ou quelque chose de réel.

Le regard de Renee oscilla entre lui et moi, et elle écarquilla les yeux avant de s'enfuir. Je la poursuivis, mais le brouillard s'épaissit et me repoussa. C'était une magie que je ne pouvais pas combattre, car je n'étais pas une nécromancienne, et je me refusais à utiliser la magie noire. J'abattis le dernier assaillant, puis me précipitai vers Jaxton, ou du moins la personne que je pensais être lui.

Il se battait, il respirait. Il n'avait pas l'odeur d'un revenant.

Je n'arrivais pas à me concentrer.

—Jaxton ?

Il s'avança, l'épée dans une main, et prit mon visage dans l'autre.

Je ressentis la chaleur.

C'était réel.

Il n'était pas mort.

— Comment se fait-il que tu sois là ? Où étais-tu ?

De grosses larmes roulèrent sur mes joues, et Jaxton s'abaissa un peu, posant son front contre le mien.

— Il fallait que je revienne. Je te reviendrai toujours.

Je ne comprenais pas. Je ne pouvais pas.

Mais je m'en fichais. Je l'entourai de mes bras tandis que des flammes fusaient dans un tourbillon près de nous. Les autres avancèrent, le sortilège du brouillard enfin rompu, et je serrai mon compagnon dans mes bras, espérant ne jamais me réveiller de ce rêve qui ne pouvait pas en être un, de ce destin qui ne ressemblait pas vraiment à un avenir.

CHAPITRE
VINGT

JAXTON

Revenir d'entre les morts lorsqu'on est un leader ailé et un faucon métamorphe signifiait que je n'avais pas de paperasse, mais qu'il fallait que je parle à quelques personnes.

Laurel était retournée avec le cercle. Toutes trois avaient besoin de se concentrer sur ses nouveaux pouvoirs. Je ne voulais pas rester loin d'elle, la pulsion d'accouplement entre nous était si intense que j'avais du mal à respirer parfois.

Même si je savais que je la verrais bientôt. Nous avions eu du mal à nous éloigner l'un de l'autre quand j'étais revenu des ténèbres juste pour elle.

Mais maintenant, il fallait que je parle à mon aile pour qu'elle comprenne ce qui s'était passé. Même si je ne le savais pas avec exactitude.

— Tu es de retour ! s'exclama Aiden en avançant vers moi avant de s'incliner.

Je fronçai les sourcils en le regardant, me demandant pourquoi il faisait une telle chose. Nous ne nous inclinions pas les uns devant les autres.

— Lève-toi, Aiden. Pourquoi fais-tu ça ?

— Tu es mon leader ailé. Je m'assure que ceux qui nous regardent savent que je ne prendrai pas ta place.

Je fronçai les sourcils, inclinant la tête pour l'étudier.

— Tout le monde pensait que j'étais parti. Évidemment que quelqu'un allait vouloir prendre ma place ! Il aurait été dangereux pour l'aile de ne pas avoir de leader.

Aiden me jeta un regard.

— Tu m'as l'air omniscient pour un homme qui vient de se relever d'entre les morts.

— Avec un peu de chance, pas complètement ressuscité, dit Rome derrière moi, et je ricanai quand mon ami s'avança.

Il fallait peut-être que je retrouve les faucons métamorphes, mais mon meilleur ami ne me laisserait pas seul. Mes meilleurs amis d'ailleurs, vu qu'Ash se tenait aux côtés de Rome. Les gars allaient s'assurer que je ne disparaisse pas à nouveau.

Je ne pouvais pas leur en vouloir de s'inquiéter. Mais je savais que j'aurais bientôt envie de me retrouver seul avec ma compagne.

— Je suis de retour. Je me battrai pour savoir qui veut être le leader ailé à ma place. Mais je ne te ferai pas de mal. Tu comprends ça ?

Aiden secoua la tête.

— J'étais celui que les anciens voulaient. Je suis le deuxième plus fort après toi. Mais je n'allais pas prendre ta place.

— Eh bien, maintenant que nous avons réglé cette question, je suppose que nous devrions aller parler à vos aînés, déclara sèchement Ash.

Je soupirai.

— Je n'ai vraiment pas hâte. Mais d'abord, où est ma sœur ?

Aiden grimaça. La colère m'envahit, et je plissai les yeux.

— Que s'est-il passé quand j'étais absent ?

« *Absent* » me semblait être le terme adéquat à ce moment-là, car « *être au bord de la mort à attendre dans l'Entre-Deux* » ne paraissait pas être un sujet approprié.

— Elle va bien. Elle est en sécurité. Elle est avec Aspen.

— Je suis venu ici pour parler à l'aile, à ma sœur, à ma famille, et pour expliquer ce qui s'est passé. Pourquoi ma sœur n'a-t-elle pas été autorisée à rester ?

Aiden poussa un petit grognement, et Rome y répondit. Les oiseaux ne grognaient pas. Cela ressemblait plus à un grondement bourru. Quant aux ours, leurs grondements résonnaient dans toute la forêt. Ash se contenta de les regarder tous les deux et haussa les épaules avant de se diriger vers l'aile.

— Elle ne se sentait pas en sécurité avec les anciens, car elle savait qu'ils ne voulaient pas d'elle ici.

Je plissai les yeux. Mon oiseau de proie s'avança, il voulait faire du mal à quiconque s'approcherait de moi.

— Pardon ?

— Elle est en sécurité. Nous nous en sommes assurés. Mais nous ne pouvions pas le faire si elle était dans la volière, pendant que nous tentions de savoir quoi faire.

— Ma sœur est en partie faucon. Elle peut seulement se transformer en sirène, mais elle fait toujours partie de cette famille. J'en ai assez que les anciens et le reste de l'aile pensent qu'ils peuvent nous bousculer parce que nous ne nous conformons pas à leurs idéaux.

Rome esquissa un sourire.

— On dirait que tu as des soucis, comme mes ours.

Son sourire n'avait rien d'agréable. Pourtant, je l'appréciai.

— Je t'aiderai à faire en sorte que ce qui nous est arrivé ne se reproduise pas pour toi.

— C'est déjà le cas avec William, répondis-je en secouant la tête. Allez. Nous rencontrerons les anciens plus tard. Je ne peux pas le faire maintenant.

— Tu es sûr ? demanda Aiden.

— Il faut que je trouve ma tante. Elle est brisée par ce que William a fait. Ensuite, j'irai trouver ma sœur. Et *ensuite*, je rentrerai chez moi auprès de ma compagne. Quand je reviendrai, je serai toujours le leader ailé dont vous avez besoin.

Évidemment, je n'eus pas le temps de faire ce que je voulais. J'attendis que les anciens s'avancent. Leur manière d'intimider ceux qui ne partageaient pas leur point de vue devait cesser. Maintenant.

— Alors, raconte-nous ce qui s'est passé, dit Gerald, l'un des anciens, depuis la volière, en s'avançant. Pourquoi es-tu parti ? Quelle est cette magie ?

Je l'aurais bien forcé à se soumettre à moi comme quelqu'un de bien moins dominant, mais je lus la peur dans son regard. Ce n'était pas moi qu'il craignait, mais ce qui s'était passé. Il avait peut-être besoin de réponses, mais d'un autre côté, moi aussi.

— La malédiction s'est brisée. Laurel est ce qu'elle aurait toujours dû être. Je suis allé la voir pour m'assurer que la ville était à l'abri de toute réaction négative qui pourrait nous nuire. Et ce faisant, je suis allé dans l'Entre-Deux.

Ash jura à mi-voix.

— Et ils t'ont laissé en ressortir ?

Je ne savais pas qu'Ash était au courant de l'existence de l'Entre-Deux, mais il était là, à en parler comme s'il y était allé aussi. J'avais des questions à poser à mon ami, mais pas ici, pas devant les autres.

— J'ai laissé cette aile faire ce dont elle avait besoin pour se sentir en sécurité. Je ne suis pas le genre de leader ailé qui impose sèchement son pouvoir à ceux qui sont plus faibles que moi. J'ai essayé de protéger tous ceux que je pouvais tout en écoutant leurs problèmes. Et dans l'intervalle, je vous ai laissé me marcher dessus.

— Jaxton, nous ne savions pas. Nous avions une raison.

Je secouai la tête en regardant Gerald.

— Faites votre réunion entre anciens. Nous nous rencontrerons bientôt, et vous me direz exactement pourquoi vous avez choisi de vous déshonorer au sein de cette aile et nous tous en tant que peuple. Nous sommes Ravenwood. Nous avons été envoyés ici pour protéger ceux qui en ont besoin. Cette ville devrait être un endroit sûr. Et ce ne sont pas les sorcières qui nous brisent. Ce n'est pas la magie. Nos querelles intestines sont en train de causer la perte de notre aile. Nous ne pouvons pas permettre que ça se reproduise. J'étais dans l'Entre-Deux, mais j'étais toujours là, à observer autant que je pouvais. Vous avez repoussé ma sœur. Vous m'avez repoussé. Vous ne le ferez plus. J'en ai assez de vous tenir par la main et d'essayer de vous faire accepter notre futur. C'est terminé. Rencontrez vos aînés, voyez de quel côté de la bataille vous pensez que nous sommes, et ensuite, venez me voir. Vous saurez exactement où nous devons être. J'ai fini de faire des concessions pour vous. Je ne suis pas du genre à me soumettre. Je suis le foutu leader de l'aile Ravenwood. Et nous combattrons les ténèbres. Mais il est hors de question que nous les hébergions encore en notre sein ! Je me fais bien comprendre, Gerald ?

Gerald baissa la tête et l'inclina sur le côté en signe de soumission.

— Je comprends, Jaxton. Nous nous expliquerons. Je te le promets.

Je n'étais pas certain de vouloir entendre leurs explications, mais j'acquiesçai.

— Très bien. Je serai de retour demain. Nous en discuterons à ce moment-là. J'ai toujours tout donné à cette aile, Gerald. Je regrette que vous ne l'ayez pas vu, mais sachez que l'aile fait partie de la ville. Que vous ne vous en soyez pas rendu compte pendant si longtemps est de votre fait, pas du mien. Ça n'arrivera plus.

Gerald hocha encore la tête, puis il s'éloigna, suivi d'Aiden.

— Je vais m'assurer qu'il rentre bien.

Et c'était ce genre d'aile que nous aurions dû être. Aiden, dominant, aidait Gerald, plus faible, à rentrer chez lui en toute sécurité.

Quand ils disparurent, il ne restait plus que mes deux amis qui se tenaient de part et d'autre de moi. Rome me jeta un regard que je n'avais jamais vu auparavant, et Ash scrutait au loin. Je me demandai ce qui n'allait pas.

— Il faut que je trouve ma sœur. Ensuite, j'irai voir ma compagne.

— Je vais rester avec ton aile, intervint Ash.

Je cillai.

— Vraiment ?

— Pour vérifier que personne ne décide de tenter d'éliminer le leader de votre aile revenu d'entre les morts et parce qu'ils souffrent.

— Tu peux ressentir leur douleur ? s'enquit Rome, devançant ma question.

Ash nous adressa un petit sourire, mais qui n'atteignit pas ses yeux.

— Je ne sais plus. Et c'est bien là tout le problème, pas vrai ?

Puis il suivit Aiden et Gerald, nous laissant là, debout, à nous demander ce qu'il adviendrait de notre ami lorsqu'il n'aurait plus nulle part où se cacher et plus personne pour qui se battre.

— Je vais aller surveiller le cercle et faire ce que je fais de mieux. Va retrouver ta sœur.

— Pas besoin, dit Aspen depuis les arbres en s'avançant.

Nelle était à ses côtés, et me scruta d'une manière qui m'indiqua qu'elle cherchait à s'assurer que j'étais bien réel. Alors, elle se mit à courir. Je lui tendis les bras et elle s'y précipita en se changeant en sirène, avant de se calmer et de retrouver ses jambes.

Je secouai la tête et l'embrassai sur le front avant de la serrer contre moi.

— Tu as dû vraiment flipper si tu n'arrives plus à contrôler ta transformation.

— Tais-toi. Tu es mort. Tu es vraiment mort !

— Je suis de retour. Je te le promets. Et je n'étais pas mort. C'était plus une stase. Une attente.

C'était la seule chose que je pouvais dire à ce sujet à ce moment-là, car rien n'avait de sens en matière de magie.

— Je suis content que tu sois de retour, leader ailé, dit doucement Aspen. Le temps n'était pas venu pour toi de nous quitter.

Je détestais quand le roi des faë devenait tout mystique comme ça, mais je ne dis rien, car j'étais d'accord avec lui.

— Ne me quitte plus jamais. J'étais tellement en colère ! Tellement brisée !

Nelle ferma fort les yeux et se colla à moi pour que je la serre.

— Je suis désolée. Pour tout. Je vais trouver notre tante,

la serrer dans mes bras et lui dire que je suis désolée pour ce que William a fait. Je déteste ce qui s'est passé. Et quand tu trouveras Laurel, fais en sorte qu'elle sache que je suis aussi désolée. Et ensuite, je le lui dirai moi-même.

Je me figeai et m'écartai.

— Pourquoi as-tu besoin de t'excuser auprès de Laurel ?

Nelle baissa la tête, et ses joues pâles rougirent. Elle ne portait pas son khôl sur les yeux. Au lieu de ça, elle avait attaché lâchement ses cheveux sur le dessus de sa tête, et elle semblait bien plus jeune et innocente que jamais.

— Je ne lui ai rien dit de méchant, mais j'étais *vraiment* en colère et je me suis défoulée sur elle. Je suis partie. Je ne voulais pas lui parler. Je suis désolée.

Je fermai les yeux et jurai.

— Tu lui diras ça en face. Mais Laurel comprendra. Elle t'aime.

— Je *t'*aime, grand frère. Mais ne refais jamais une chose pareille.

Elle me serra contre elle, et je regardai Aspen par-dessus sa tête. Le roi des faë dévorait ma petite sœur des yeux comme si elle était tout son monde. Je relevai le menton.

— Quand le moment sera venu, toi et moi aurons une discussion, aussi.

Ma sœur me donna un coup de poing dans les côtes, et je levai les yeux au ciel tandis qu'Aspen se contentait de sourire. Le leader des faë nous observait.

— Je m'en doutais. Il est peut-être temps pour nous deux d'arrêter de patienter dans les coulisses et d'aller de l'avant pour préserver notre ville, nos peuples et nos... familles.

Et sur ces mots, Aspen emmena ma sœur, et ils partirent dans la direction où Ash avait disparu.

Je secouai la tête et regardai Rome.

— Je ne suis pas parti si longtemps, si ?

— Trois jours, c'est long quand il s'agit de la mort et de la perte de ceux qu'on aime. Va voir Laurel. Elle attend.

Rome se frotta la poitrine.

— Je sens que Sage m'attend.

Je plaçai ma main sur mon cœur, le petit lien d'accouplement entre Laurel et moi se réchauffant à peine.

Je n'étais pas un phénix. Je ne pouvais pas me changer en flamme comme ma compagne, en revanche, j'étais capable de renforcer sa puissance comme elle pouvait accroître la mienne. Nous étions les deux faces d'une même pièce et nous serions à jamais liés. À présent je savais que nous avions une chance de combattre Renee, William et Oriel. De protéger notre ville.

J'adressai un signe de tête à Rome, je retirai ma chemise et me transformai. C'était si bon ! Comme si j'attendais cela depuis des lustres, et pourtant, cela n'avait que peu duré. Le vent soufflait sous mes ailes, et je trouvai un courant pour planer au-dessus des arbres et autour de la forêt parsemée de petites maisons. Finalement, je me dirigeai vers celle de Laurel. Mon autre chez-moi. Ou peut-être était-ce simplement *elle*, ma maison.

J'atterris sur le porche arrière et repris ma forme humaine, me dirigeant nu vers la porte arrière. Laurel l'ouvrit rapidement et se jeta sur moi. Je la serrai dans mes bras, la laissant déposer des baisers sur mon visage en me souriant, les yeux brillants. Ils recelaient encore des flammes, et les cicatrices de la malédiction sur son flanc ne s'effaceraient peut-être jamais, mais cela n'avait pas d'importance. Je l'embrassai fort sur la bouche tout en la serrant.

— Tu es nu, et je m'en fiche. Je veux dire, j'aime que tu sois nu.

Je souris contre elle.

— Tu m'as manqué.

— Je sais que tu devais aller voir l'aile et ta famille, mais je ne veux pas que tu me quittes à nouveau. Comment as-tu réussi à revenir ?

Je la raccompagnai à l'intérieur de la maison et refermai la porte derrière moi tout en la serrant fort.

— Je ne sais pas comment ça se fait que je sois là, si ce n'est que l'Entre-Deux n'a pas voulu de moi.

Elle écarquilla les yeux.

— Tu étais dans l'Entre-Deux ?

— Il faisait sombre. Comme si les ténèbres qui venaient des nécromanciens m'attiraient, mais ne comprenaient pas que je pouvais en sortir. Je ne sais pas comment j'ai su où j'étais, mais j'avais la conviction de pouvoir partir quand il serait temps de le faire. Et te voir te battre, avec Renee qui s'en prenait à toi comme ça ?

À l'instant même où je prononçais ces mots, la colère m'envahit.

— J'ai su que c'était le moment. Je ne savais pas combien de temps s'était écoulé, et je craignais que ça ne fasse trop longtemps, mais ensuite, je suis parvenu à te rejoindre. Parce que j'étais là pour toi. Comme tu seras toujours là pour moi. J'ai l'impression que nous avons perdu tellement de temps à attendre de voir qui nous pourrions devenir ! Mais je ne veux plus de ça, Laurel. Je t'aime. Tu es à moi et je t'aime.

Elle posa les pieds sur le sol, prit mon visage dans ses mains et m'embrassa à nouveau.

— Je t'aime aussi, Jaxton. Et tu es à moi. J'ai eu tellement peur pendant si longtemps ! Je ne veux plus avoir peur. Je veux me battre à tes côtés, vivre à tes côtés, et simplement t'appartenir. Je te sens ici, dit-elle en posant la main sur sa poitrine. Dans mon cœur. Et je sais que le lien d'accouplement est toujours là, même si je ne le sentais plus quand tu étais dans l'Entre-Deux.

— Mais je n'y suis plus. Je suis là. Et je suis plus fort que je l'étais.

Il ne s'agissait pas seulement de ma force physique, mais de qui je pouvais être.

— Nous allons nous battre. Nous allons gagner. Et je ne vais pas perdre davantage de mon aile ou de cette ville à cause de cette foutue nécromancienne qui pense avoir le droit de s'en prendre à nous.

Elle me sourit.

— J'adore quand tu deviens dangereux et que tu te mets à grogner. Ça m'excite.

— Parfait, parce que tu es bien trop habillée.

Je lui retirai son t-shirt et baissai son pantalon de survêtement, la laissant nue sous mes yeux. Je tombai à genoux alors qu'elle écarquillait les yeux, et lui écartai les jambes.

— Ma compagne, tu ferais bien de trouver un truc auquel t'accrocher. Les choses sont sur le point de devenir torrides.

Alors, je collai ma bouche à son intimité et commençai à sucer.

Laurel glissa une jambe par-dessus mon épaule alors que je l'embrassais intimement. J'avais besoin de sentir son goût, j'avais tout simplement besoin d'*elle*. Nous étions dans son salon, et j'avais l'impression d'être hors de mon propre corps, à me regarder faire l'amour à la femme que j'aimais. Quand elle jouit sur mon visage, je me relevai et l'embrassai encore, tant j'avais besoin d'elle.

— C'est une façon de dire bonjour, murmura-t-elle contre mes lèvres alors que je la soulevais et la transportais lentement vers sa chambre.

— Tu m'as manqué, lui chuchotai-je.

— Toi aussi, tu m'as manqué. J'ai l'impression que tu m'as manqué toute ma vie, j'avais peur de te désirer plus que je ne le fais déjà.

J'apaisai ses larmes en l'allongeant sur le lit avant de mordiller tendrement sa lèvre et de l'embrasser encore et encore.

— Je ne veux pas vivre dans le passé ni pour demain. Je veux vivre dans l'instant.

Je souris et l'embrassai encore.

— Il n'y a que toi et moi.

Même en le disant, je savais que ce n'était pas complètement vrai. Trace nous manquerait toujours. Cette personne qui avait été notre meilleur ami, et qui aurait pu être bien plus. Mais le destin en avait décidé autrement. Cependant, il ne restait plus que nous deux maintenant, et je n'allais laisser personne l'éloigner de moi. Ni une malédiction ni même la mort. Elle était ma flamme, et j'étais son étincelle. Et le monde devrait s'y faire.

Je la mordillai doucement entre les seins alors qu'elle s'étendait et me laissait l'aimer. Et quand je léchai les cicatrices de ses brûlures, elle me sourit sans la moindre crainte au fond du regard, cette fois. Il n'exprimait que la promesse d'un avenir qui nous appartenait. Je bougeai, ma main toujours entre ses jambes, et je l'amenai doucement à un nouvel orgasme. Puis je m'installai entre ses cuisses ouvertes, croisai son regard et mêlai mes doigts aux siens.

— Tu es prête ? murmurai-je.

— Toujours. Je t'en prie. Sois à moi.

Alors que j'embrassais à nouveau ses larmes, je me glissai profondément en elle, et nous gémîmes à l'unisson.

Je roulai sur le dos, la laissant prendre le contrôle. Cela ne me dérangeait pas. Parce qu'ici, nous n'étions que Laurel et Jaxton. Je n'étais peut-être pas le méchant métamorphe prédateur que les gens estimaient que je devais être, mais je demeurais un leader, un dominant. Mais cette femme, ma compagne, était mon égale. Mon tout.

J'aurais pu brûler le monde entier pour elle. Nous avions failli le faire l'un pour l'autre. Et à présent qu'elle me chevauchait, mes bourses se contractant et mon sexe de plus en plus dur, je savais que ce n'était que le début. Il n'existait pas d'échappatoire.

Le lien d'accouplement s'enclencha entre nous, mon faucon glissant sur le lien vers sa flamme. Son phénix dansa avec mon ancre, et mes yeux s'écarquillèrent quand je la vis sourire.

— Wouah ! chuchota-t-elle avant de jouir une fois encore.

Je m'accrochai à elle, et nous roulâmes tous deux sur le côté en nous tenant l'un l'autre.

Ceux qui attaquaient la ville allaient s'en prendre à nous. Je le savais. Mais pour l'instant, j'allais me contenter de serrer ma compagne dans mes bras et de savoir que nous avions eu notre deuxième, troisième et infinie chance.

Je m'étais promis de ne jamais cesser d'essayer. Et j'allais m'y tenir. Pourtant, je savais que c'était le moment. Il n'existait pas d'échappatoire.

J'étais mort une fois pour Laurel, et je recommencerais. Mais si le sort s'acharnait sur nous, la malédiction entièrement levée, notre lien d'accouplement serait éternel. Et la mort n'était que le début de nous.

CHAPITRE

VINGT-ET-UN

JAXTON

LA MAGIE VIBRAIT à l'intérieur de la librairie, et je me tenais dans l'embrasure de la porte, le regard tourné vers ma compagne et ma famille.

La malédiction avait été brisée pour Laurel, mais pas pour les autres. Les ténèbres entouraient toujours la ville, et Ash était encore aux prises avec son fléau personnel. Pour l'instant, je savais que le cercle réuni devant moi faisait de son mieux pour se concentrer sur ce qu'il pouvait réparer et ce qu'il pouvait changer.

Nous n'avions pas eu d'attaque de revenants depuis mon retour de l'Entre-Deux. Je ne savais pas si cela signifiait qu'Oriel et Renee recouvraient leur sang-froid et rassemblaient leurs forces ou s'ils jouaient simplement avec nous. Connaissant le William enfant, cela ressemblait à un jeu du chat et de la souris. Ils attendaient que nous agissions, même si nous ne savions pas quoi faire.

Rome s'arrêta à côté de moi et fronça les sourcils.

— Ariel et moi étions dans la section est ce matin parce que Rowen pensait avoir senti une perturbation dans les protections, mais il n'y avait rien.

235

Ariel était la bêta de Rome, elle occupait le poste de Trace depuis que Faith avait éliminé l'autre ours. Elle était forte, intelligente et savait se battre. C'était aussi une traqueuse extrêmement douée.

— Si elle n'a rien trouvé, peut-être que ce n'était rien.

— Oui, c'est peut-être un petit lapin qui a fait ce bruit, répondit Rome en secouant la tête. Non, quelqu'un voulait qu'on soit là. Peut-être pour tester à nouveau nos défenses ?

Je fronçai les sourcils et sortis mon téléphone.

Moi : *Aiden, tu vois des brèches ?*

Aiden : *Non, nous sommes en alerte. Je me prépare aussi pour ce soir. Quoi qu'il en soit, nous n'avons rien relevé. Pas de brèches dans les protections de notre côté. Et du tien ?*

J'avais laissé Aiden prendre les rênes pendant que je me rendais chez les sorcières aujourd'hui pour revoir les sorts et les plans avec le cercle. Aiden avait pour mission de traquer toute intrusion sur notre territoire, juste au cas où William aurait trouvé un moyen d'entrer. Après tout, autrefois, il connaissait ces terres aussi bien que nous. Et aucune modification des points d'accès ni aucun renforcement de la sécurité ne pouvaient changer le fait qu'il avait grandi dans la volière et qu'il la connaissait comme sa poche.

Moi : *Restez à l'affût. Quelque chose est en train de se passer, ou du moins ça ne va pas tarder, et nous ne savons pas ce que c'est. Le cercle lance un sort de guérison aujourd'hui, pour aider à renforcer les protections, maintenant que Laurel est de retour. J'espère que ça aidera.*

Aiden : *Ça me paraît bien. Nous sommes preneurs de toute l'aide possible. Les petits sont impatients de te voir.*

Mes lèvres se courbèrent en un sourire.

Moi : *Bien. J'ai hâte de les voir.*

Je glissai mon téléphone dans ma poche et me retournai. Rome fit de même, et nous nous rapprochâmes l'un de l'autre, en essayant de ne pas interrompre le cercle.

— Quelque chose ? s'enquit Rome.

— Non, mais Aiden est à l'affût. Et ils se préparent pour cet après-midi.

Rome sourit.

— C'est un bon plan.

Son ancre remua autour de son cou, puis le long de son bras, alors que mon faucon faisait de même sur le mien. Son ours était très joueur, même s'il se comportait comme un con, parfois. Mais il aimait mon faucon comme s'ils étaient, tout comme Rome et moi, des amis et des frères depuis la nuit des temps. Et parfois, c'était ce que je ressentais.

— Vous avez terminé ? demanda Ash en s'approchant de nous.

Il ne participait pas au sort du jour, et je ne savais pas s'il s'en voulait ou non. Je ne savais pas s'il ressentait quelque chose.

— Nous avons terminé. Elles n'ont pas encore lancé le sort. Nous n'allons pas les interrompre, grommela Rome, et je retins un sourire.

Rowen nous regardait, ses longs cheveux noirs tirés en arrière de son visage.

— On est sur le point d'exécuter le sort, alors je vais avoir besoin de silence. De votre part à tous.

Elle jeta un regard furieux à Ash, même s'il était celui qui avait le moins parlé, mais nous savions pourquoi. Nous étions tous au courant, même si je n'étais pas certain que lui le sache encore.

À présent que Laurel avait brisé sa malédiction, je voulais me concentrer non seulement sur la protection de la ville contre les ténèbres à venir, mais aussi sur Ash.

William était un problème. Nous allions nous occuper

de lui. Tout comme avec Alden, nous allions gérer mon cousin et sa trahison. Mais je voulais aussi réparer Ash. Non pas qu'il pense être brisé. Et c'était le problème. Mais il l'était. Quelque chose avait irrévocablement changé en lui, et nous devions le réparer. Ce qui signifiait qu'il allait falloir briser des barrières et blesser des gens en cours de route. Et je ne savais pas si l'un de nous était vraiment prêt pour ça.

Ash se plaça de l'autre côté de Rome, et nous restâmes appuyés sur le mur, à observer nos trois femmes.

Elles se tinrent en cercle après que Laurel eut relâché ses cheveux. Ils retombaient en cascade dans son dos, en longues vagues et frange arrondie. Les cheveux roux de Laurel frisaient autour de son visage, car elle ne les avait pas lissés ce matin-là, et les cheveux châtain miel de Sage flottaient dans un vent qui n'était pas là, mais qui était peut-être dû à la magie de Rowen.

Elles étaient le cercle, les trois, le pouvoir.

Nous étions les soutiens, et je le savais. Rome le savait. Je n'étais pas sûr qu'Ash le comprenne. Ou peut-être, en tant que sorcier de la terre, que c'était son devoir de faire partie du cercle, et qu'elles ne le laissaient pas faire. Je l'ignorais, mais c'était sûrement un point sur lequel nous allions devoir nous concentrer ensuite.

— Nous allons invoquer le sort de guérison pour renforcer les protections. Il sera en deux parties, et ceux qui sont connectés à nous pourraient sentir l'attirance dans les liens.

Tout comme Laurel, Rowen croisa mon regard avant qu'elle et Sage ne se tournent vers Rome.

Personne ne regarda Ash.

Les femmes se tenaient la main pendant qu'elles parlaient.

— *La magie répare pendant que les bougies brûlent, la*

maladie prend fin et la santé revient. Que personne ne souffre, c'est ce que nous décrétons. C'est notre volonté, qu'il en soit ainsi !

La chaleur frémit à l'intérieur du lien, et mon faucon vola contre lui, dansant avec le phénix de feu de Laurel. Je souris, envahi par la chaleur comme si c'était moi que l'on soignait, au lieu de contribuer en ajoutant mon énergie et en consolidant ses forces.

Lorsque les filles cessèrent de parler, Laurel se tourna vers moi et me fit un sourire avant de revenir aux autres.

— À présent, les protections.

— *Les pouvoirs des sorcières s'élèvent, volent dans les cieux sans être vus. Donnez du courage et de la force à ceux que nous aimons, avec l'aide de la force d'en haut. Avec ces mots, nous scellons cet endroit, les protections vont se déployer avec toute la hâte nécessaire. Scellée à l'intérieur, nous le décrétons, Ravenwood est en sécurité, qu'il en soit ainsi !*

Les liens qui me désignaient en tant que leader ailé se trouvèrent renforcés, et l'énergie palpita alors que je me tenais en alerte. Rome éprouva la même chose, mais Ash se figea, blêmissant. Dès que Rowen cessa de parler, elle referma le cercle et se précipita vers lui, prenant son visage entre ses mains. Je n'étais même pas sûr qu'elle soit consciente de le faire jusqu'à ce que ses mains retombent soudain et qu'elle se raidisse.

— Ça t'a fait mal ? lui demanda-t-elle sèchement.

Ash secoua la tête, même si la sueur perlait sur ses tempes. Je savais que c'était le cas.

— Je vais bien.

— C'est un mensonge. Nous le savons.

— Ne me mens pas, murmura Rowen, et l'émotion dans sa voix interpella mon faucon.

La main de Laurel se glissa dans la mienne tandis que

Sage s'appuyait contre Rome. Nous les regardions tous les deux dans une sorte de tableau, sans pouvoir rien faire.

Ce sort de protection avait essayé d'attaquer Ash. Et c'était inquiétant à plus d'un titre. Cependant, nous allions faire ce pour quoi nous étions le plus doués : ne pas en discuter. Pas encore.

Je me penchai et frôlai les lèvres de Laurel des miennes, puis sortis mon téléphone.

— Nous devons nous rendre à l'aile bientôt.

Ma compagne me lança un regard inquiet, puis regarda son frère avant de soupirer.

— Effectivement.

— C'est notre seule chance de retour à la normale avant de les combattre.

— Je sais. Je ne crois pas que l'aile ait envie de s'impliquer là-dedans.

Je grommelai, sachant qu'elle avait sûrement raison.

— Nous allons nous assurer qu'ils comprennent exactement ce qui va se passer à l'avenir. Et nous allons en profiter.

Elle sourit.

— J'aime quand tu deviens tout grognon. C'est sexy.

— Je t'avais dit que grognon, c'était sexy ! chantonna Sage.

Rome, le gros ours alpha, rougit.

— Arrête, femme !

Je ris, me sentant presque normal, même si rien ne l'était. Pas avec Renee, William et Oriel toujours en liberté.

Mais nous allions les combattre. Il était temps.

Mais d'abord, nous devions retourner à l'aile et célébrer l'accouplement qui avait été longtemps attendu.

Nous retrouvâmes les anciens sous le soleil dans le champ en dessous de l'aile. Alors que les maisons et la volière proprement dite se trouvaient au-dessus dans les arbres, nous avions un endroit accueillant pour ceux qui n'étaient pas membres de l'aile et ne voulaient pas vivre si haut. Il était plus facile pour nous de nous rassembler et de faire la fête autrement que sous la forme d'oiseaux.

J'allai voir notre dernier résident, le petit que j'avais aidé à mettre au monde. Le bébé dormit un moment contre ma poitrine, et Laurel me fixa d'un regard étrange. Et d'un coup, cela me frappa. Je ne m'étais jamais posé la question d'être père, non pas parce que je n'en avais pas envie, mais parce que la personne avec laquelle je rêvais d'avoir un avenir pensait qu'elle n'en aurait pas.

Cela pourrait arriver, maintenant. Éventuellement. D'abord, nous devions vaincre la nécromancienne et sauver la ville. Mais peut-être qu'il pourrait y avoir un petit faucon de feu dans notre avenir.

Je souris, embrassai le bébé sur le dessus de sa tête douce et duveteuse, et le rendis à sa mère. Je pris quelques autres bambins dans mes bras, je jouai avec quelques adolescents et Laurel resta à mes côtés la plupart du temps.

La présenter en tant que compagne du leader ailé était bien différent de le faire en tant que membre du cercle ou juste en tant qu'amie. Les gens allaient devoir s'habituer à la voir à mes côtés. Et peut-être qu'ils le faisaient déjà.

Aspen et Nelle se tenaient sur le côté, discutant avec Rowen. Ma sœur semblait animée. Je souris à cette vue, sachant que Nelle était entre de bonnes mains avec Aspen, même si je ne connaissais pas encore vraiment la nature de leur relation.

Elijah s'avança, ainsi que Gerald et Edgar, trois des leaders des anciens. Ils constituaient leur propre conseil et ne parlaient pas nécessairement au nom de l'aile entière, mais ils avaient causé suffisamment de problèmes récemment pour que je sois prêt à les mettre dehors. Quand Laurel me serra la main, je soufflai, et fis de mon mieux pour respirer.

Regardant vers l'avant, Elijah inclina la tête.

— Votre fête d'accouplement fait un tabac, dit doucement l'aîné.

J'inclinai la tête.

— Il était grand temps.

Je serrai Laurel contre moi et embrassai le sommet de sa tête. Je la sentais presque lever les yeux au ciel, bien que je ne puisse pas voir son visage.

— Notre aile est ici, ainsi que la meute, le cercle, quelques faë, et de nombreux habitants de notre ville.

Je savais que je ne faisais qu'énoncer l'évidence, mais je m'en foutais totalement.

— Je comprends.

Elijah souffla avant que Gerald ne reprenne la parole.

— Il y a bien longtemps, il y a eu une prophétie.

Je me figeai alors que les autres membres de notre petite équipe s'avançaient pour écouter. Je n'étais pas sûr d'aimer ce qu'il allait dire.

— Elle disait qu'une sorcière de feu viendrait nous retirer notre force. Qu'elle s'accouplerait avec un membre de l'aile, et qu'elle tuerait nos membres. Qu'elle causerait la perte de notre groupe.

Laurel balbutia à mes côtés, et je plissai les yeux.

— Pourquoi on ne m'a rien dit de tout ça ?

— Nous ne pouvions rien dire. La prophétie nous l'interdisait. Elle disait que ceux qui pouvaient abattre notre aile ne devaient pas le savoir.

— Alors, vous avez tenté de faire quoi ? Repousser tous ceux qui n'étaient pas des faucons afin de protéger l'aile ? Ça n'a aucun sens !

Je grognai, tout comme Rome.

— C'est pour ça que vous n'avez jamais accepté que je sois ami avec Rome ou Trace. Et pour cette raison aussi que vous ne vouliez pas que j'aide le cercle. Parce que vous craigniez que si je le faisais, si *nous* le faisions, nous causions la perte de l'aile ?

Gerald eut l'élégance de rougir tandis qu'Edgar baissait la tête.

— Apparemment, nous avions tort. C'était Renee, la sorcière du feu, qui avait pris William et a tenté d'abattre notre aile. Nous avions tort.

Alors, cela me frappa. Oui, une sorcière du feu avait *effectivement* pris l'un des membres de notre aile pour compagnon. Je laissai échapper un soupir.

— Nous ne laisserons pas ces deux-là ni Oriel nous détruire. Nous sommes plus forts ensemble.

Je balayai du regard le reste de la fête. Lorsque la musique s'éteignit, tout le monde nous regarda. Même les petits avaient tourné la tête vers nous. Et je me dis qu'il était temps pour eux d'écouter. Tout le monde devait être sur la même longueur d'onde, et il me fallait cesser de caresser les anciens dans le sens du poil avec leurs foutues prophéties qu'ils nous avaient cachées pendant si longtemps.

— Notre aile a encore un long chemin à parcourir pour devenir le futur que nous souhaitons. Mais nous y travaillons. Nous trouvons notre place dans cette ville qui n'est pas cachée parmi les arbres. Tous, nous sommes en contact avec des gens qui ne sont pas des faucons, et nous devons nous en souvenir.

Je regardai ma sœur, qui s'appuyait contre Aspen.

— Ma sœur est sirène et faucon, et pourtant, nous la traitons comme si elle était une abomination. C'est terminé, tout ça. D'autres parmi nous ne sont pas faucons de sang pur. Ils ont trouvé leur âme sœur et leur cœur en dehors de ces murs. Il est temps de nous rappeler que nous faisons partie de cette ville et de la grande magie de la Terre. Et que nous ne pouvons pas simplement demeurer cachés dans les plumes de ce que nous pensions devoir être. Nous serons forts. Nous serons assez forts pour vaincre les ténèbres. Pour faire tomber Oriel.

Je soufflai.

— Nous ne laisserons jamais ce qui est arrivé à William se produire avec quelqu'un d'autre.

Ma tante me regardait, mais elle ne broncha pas, ne pâlit pas. À la place, elle releva le menton, et je lus une promesse dans son regard. Elle ne voulait pas qu'une autre mère perde son fils, et je me tiendrais à ses côtés.

— Nous sommes forts ensemble. Et nous continuerons de l'être. Mais rappelez-vous, nous sommes Ravenwood, pas seulement une aile. Nous sommes Ravenwood. Ce qui signifie que nous sommes avec le cercle. Nous sommes aux côtés de ceux qui luttent contre les ténèbres. Ma compagne appartient au cercle. Et elle est à présent également votre leader ailé. Ensemble, nous sommes plus forts.

Je regardai Laurel, qui me sourit, les larmes aux yeux.

— Je t'aime du plus profond de mon âme. Mon faucon t'a revendiquée comme mienne dès que je t'ai vue quand nous étions enfants. Il nous a fallu du temps pour y arriver, mais maintenant que nous sommes là, il n'y a pas de retour en arrière possible. Je me battrai jusqu'à la mort pour toi. Et je l'ai fait. Je me suis battu dans l'Entre-Deux pour toi et je continuerai à le faire. Pour toi, notre aile et notre ville. Je t'aime, Laurel. Je me disais juste qu'il fallait que tu le saches.

Celle-ci essuya ses larmes alors que Sage pleurait sans

retenue dans les bras de Rome. Les autres nous regardaient et se mirent à applaudir, et Laurel se pencha vers moi pour murmurer :

— Tu parles d'une déclaration, mon faucon !

— Si tu le dis, la fille du feu !

— Je t'aime, Jaxton. Et tu as raison. Nous sommes plus forts ensemble. Maintenant, allons botter des culs.

— Mais d'abord, on fait la fête. Parce que si nous ne le faisons pas, alors, pour quoi nous battons-nous ?

La musique reprit quand j'embrassai ma compagne, et les gens firent la fête et se mélangèrent, poussant notre aile un peu plus loin dans le futur.

La bataille viendrait, et nous serions aussi prêts que possible.

Mais d'abord, je serais avec ma compagne. Et je ne prendrais plus jamais ces moments pour acquis.

VINGT-DEUX

LAUREL

— Il est temps de les combattre, commença Rowen alors que nous observions le petit étang où Nelle était entrée dans le royaume des sirènes avec le reste de sa famille et de son peuple.

Nous étions là en force, une partie de notre équipe faisait le tour de la ville, mais c'est ici que nous mettions tout en œuvre pour attirer Oriel à nous. Nous avions renforcé nos protections et lancé des sorts au cours de la semaine précédente pour nous concentrer sur un meilleur ciblage de nos magies. Nous avions fait briller nos armes, aiguisé ce que nous pouvions, et protégé les petits, les oursons, les chiots et tous ceux qui avaient besoin de nous.

Nous étions prêts.

Ou aussi prêts que nous pouvions l'être face à une force inconnue.

— Nos traqueurs ne parviennent pas à localiser Oriel ou sa cachette. Il se sert de la magie noire pour se cacher de nous, mais ça signifie qu'il faut qu'on prenne l'avantage quand il viendra nous chercher. Et nous le ferons, déclara Rowen.

— Nous tous, ici, allons attirer le trio, ajouta Jaxton.

Je me tenais près de lui, mon épée à la main, la tête haute.

— Les faë encerclent le périmètre, nous informa Aspen, et j'acquiesçai, sachant que c'était aussi important pour eux que pour les autres.

Faire confiance à l'inconnu, ce n'était pas rien. Les faë n'étaient pas bons ou mauvais, cela dépendait des individus. Mais leur magie était très différente de celle du cercle et du reste d'entre nous. Et ils gardaient leurs secrets. Nous les y autorisions, parce que ce n'était pas à nous de leur dicter leur manière d'être.

Ils protégeaient la ville au même titre que nous. Et nous étions prêts. Tous autant que nous étions.

— D'abord, nous allons enclencher le sort de protection, poursuivit Rowen.

— Ensuite, nous ajouterons celui du leurre, enchaîna Sage en hochant la tête.

Je déglutis avec peine.

— Et je suis là. Enfin !

Je les vis sourire, ainsi que certaines autres des créatures magiques qui nous entouraient. Tous savaient ce qui m'arrivait. Il était impossible de le cacher. Et tous étaient au courant de ce qui s'était passé avec Jaxton, mais aujourd'hui, nous étions là, et nous étions prêts. Du moins, autant que nous pouvions l'être.

— Allons-y, lança Sage en tapant dans ses mains.

Je croisai le regard de Rowen. Avant, nous aussi étions enthousiastes en matière de magie. Et puis les choses avaient changé. Je m'étais repliée sur moi-même, et ma meilleure amie avait beaucoup trop donné de sa personne. Mais nous étions en train de trouver une solution. Il le fallait.

Nous nous tînmes la main tandis que les autres se postaient autour de nous, nous protégeant tout autant que la ville. C'était ce pour quoi nous nous étions entraînées. Ce pour quoi nous étions prêtes. Nous étions lassées des attaques incessantes de revenants. À présent, nous allions les chercher.

Je pris une grande inspiration et commençai.

— *Bannissez le mal et ceux qui nous veulent du tort. Donnez-nous le courage de prendre les armes. Sœurs, frères, ancêtres, amis, notre force est inégalée et infinie. Seigneurs et Dames, guides spirituels aussi, guidez-nous et protégez-nous dans tout ce que nous devons accomplir. Aujourd'hui est notre jour, ensemble nous nous dressons, la victoire est à nous de la terre aux cieux !*

La chaleur apaisa mon corps, et je regardai autour de moi. Les flammes dansaient sur ma peau, mais sans me faire mal. Elles n'atteignaient personne. C'était comme si elles faisaient partie de moi. Et c'était le cas.

Je regardai derrière moi et vis Rowen, les yeux écarquillés. Je fus stupéfaite de son air surpris. Elle n'avait jamais l'air déconcertée. Elle semblait toujours prête à se battre contre tout ce qui se dresserait en travers de son chemin. C'était différent.

Je regardai par-dessus mon épaule et écarquillai les yeux.

— D'accord, alors, murmurai-je.

Jaxton s'approcha de moi, glissant sa main sur mon aile ardente. Sans que cela le brûle. Ma flamme reconnaissait son compagnon, et le faucon dans les yeux de Jaxton m'appelait.

— On dirait que tu vas bientôt voler avec moi, compagnon.

— C'est trop cool, lança Nelle en s'avançant, des lames le long de ses bras et de ses jambes, deux dans ses mains.

Elle était prête à se battre, et je savais qu'Aspen l'avait formée.

J'avais fait de mon mieux pour lui enseigner certaines choses, mais elle était meilleure que moi avec une lame plus courte.

Je lus la consternation dans les yeux de Jaxton, mais il ne la retenait pas. Jamais il ne ferait une chose pareille. Au lieu de cela, il avait fait ce qu'il pouvait pour protéger sa sœur en s'assurant qu'elle était préparée à combattre tout ce qui croiserait son chemin.

Et nous serions à proximité de l'eau aussi. Alors si elle avait besoin de plonger pour se servir de sa magie, elle le pourrait.

Nous étions préparés.

— On est prêts ? s'enquit Rowen d'une voix tonitruante.

Tout le monde hocha la tête, puis Ash rejoignit le cercle.

Je tins la main froide de mon frère, et déglutis.

— Merci de m'avoir invité, dit-il sèchement, et je fis un rictus.

Sage se contenta de lui sourire chaleureusement, et Rowen plissa les yeux.

Nous avions besoin de l'aide d'Ash pour cette partie, pour attirer les ténèbres. Je détestais que nous ayons à le faire, mais comme nous l'avions déjà constaté, l'obscurité appréciait mon frère. Par conséquent, nous allions nous en servir. Nous allions tous nous associer pour atteindre Oriel et l'éliminer. Si nous n'étions pas en mesure de le trouver, alors, nous ferions en sorte que lui nous trouve. Et nous serions prêts.

— Faisons ça. Tenez-vous prêts ! s'écria Rowen.

— *Avec un amour et une confiance parfaits, nous jetons ce*

sort pour ce que nous devons accomplir. D'égal à égal et avec des intentions claires, nous conjurons la force de rapprocher les ténèbres. Notre sécurité est primordiale, nos cœurs sont purs, nous cherchons le mal que nous endurons. Nous en appelons à celui qui nous veut du mal, nous t'appelons en dépit de notre libre arbitre. Pour le bien de tous, et ne faites de mal à personne, telle est notre volonté, alors il en sera fait ainsi !

Ash trébucha à côté de moi, et je levai les yeux vers Rowen, qui hocha rapidement la tête. Je rompis le cercle pour relever mon frère. Jaxton se plaça de l'autre côté, et Ash nous repoussa.

— Je vais bien. J'ai été pris par surprise, c'est tout.

Dans tous les cas, nous n'avions pas le temps d'en discuter, et mon frère ne nous aurait sûrement pas laissé faire.

Au premier grognement, je me retournai : Rome avait pris sa forme d'ours.

Ils étaient là. Ça avait fonctionné.

Du moins, je l'espérais.

— Vous nous avez appelés ? demanda Renee en battant des cils. Ses boucles rousses étaient tirées en arrière, et son compagnon se tenait à côté d'elle.

Je sentis plus que je ne vis Jaxton se crisper à côté de moi à la vue de son cousin. La tante de Jaxton n'était pas là, elle était rentrée chez elle pour protéger les petits, et j'en étais heureuse. Parce qu'il n'y avait plus d'espoir pour William maintenant, pas avec ce qu'il avait fait et ce que nous avions à accomplir. Je n'aurais pas voulu que sa mère y assiste.

— Que voulez-vous ? Nous abattre ? Je ne pense pas.

— Il est temps d'arrêter de jouer. Vous dites que vous voulez cette ville, mais tout ce que vous faites, c'est provoquer de petites escarmouches qui endommagent quelques bâtiments. Nous reconstruisons toujours. Nous revenons toujours.

Je n'avais pas eu l'intention de prononcer ces paroles, puisque c'était censé être le moment de Rowen, mais elle se tourna vers moi et hocha la tête.

Alors, je continuai :

— Où est votre maître ? Vous ne seriez pas ici sans sa permission. Pas vrai ? Tu es comme Faith ? Tu es stupide au point de croire que tu sais ce que tu fais, mais que tu te retrouves toujours dans des situations différentes ?

Renee plissa les yeux.

— Tu vas payer pour ce que tu as fait à ma sœur de cœur.

— Et Faith n'était pas aussi forte que ma compagne, ajouta William, et je me demandai à quel point ce faucon était stupide.

Il parlait rarement. Ce n'était qu'un bon combattant, mais Renee l'avait attiré du côté obscur qu'elle affectionnait, et nous devions trouver un moyen de changer cela.

— Mes revenants sont ici. Vous nous avez appelés, et à présent, vous devrez en assumer les conséquences. N'oubliez pas une chose : vous l'avez voulu. Oh ! et Oriel ? Ce n'est pas encore son heure. Chérie, tu le sauras, quand ce sera le moment.

— Alors, je suppose que c'est *ton* heure, pas vrai ? lui demandai-je alors que les flammes dansaient sur mon épée.

Renee se contenta de ricaner.

— Tu es tellement mignonne ! Mais toujours pas assez forte. Enfin, nous verrons.

Puis elle projeta ses mains vers l'avant, envoyant du feu au milieu du champ. Le mien le repoussa, et la terre d'Ash m'y aida. Les gens s'écartèrent du chemin, et la bataille commença.

Des revenants rampaient lentement, sortant de partout, les ténèbres enfumées tentant de nous encercler. Mais Rowen se servit de sa magie pour les repousser, de sorte que nous ne soyons pas coupés des forces extérieures dont nous pourrions avoir besoin pour nous aider.

Les ours et les faucons se battaient aux côtés du cercle. Aspen et Nelle étaient avec nous, même si les autres faë protégeaient l'autre côté de la ville. Les adolescents loups touristes et leur mère étaient avec les ours, veillant sur leurs petits et tous ceux qu'ils pouvaient. Nous étions unis pour protéger cette ville, et la plus grande partie de nos forces était ici à lutter de leur mieux contre les revenants que nous avions attirés.

Et à vue de nez, ils étaient des centaines. Apparemment, le sort fonctionnait.

Je sentis la peur remonter le long de ma colonne, mais je l'ignorai et fonçai vers Renee. Elle sortit sa propre épée, et je levai les yeux au ciel.

— Tu n'es même pas capable de t'en servir correctement.

— Mais je connais ma flamme. Bats-toi, pétasse !

Une fois encore, je levai les yeux au ciel devant un tel cliché, et m'élançai dans sa direction. Dans son corps de faucon, Jaxton volait au-dessus de moi, bien plus gros que tous les autres oiseaux. Il s'attaquait aux revenants, leur arrachant les yeux et les abattant les uns après les autres le plus vite possible. Il visait William, mais le compagnon de Renee nous envoyait sans cesse des morts-vivants.

Ash se battait de son côté contre l'un d'entre eux. Il protégeait le flanc de Rowen pour qu'elle puisse utiliser sa magie contre la fumée qui amenait les monstres. Je plantai mon épée dans le plus proche, puis revins m'en prendre à Renee. Nos épées s'entrechoquèrent, le feu dansait autour de nous. Soudain, Sage fut là, Rome à ses côtés, tandis qu'elle employait sa magie de l'eau pour éteindre les flammes qui s'approchaient trop de la forêt ou de quiconque.

Nous nous étions entraînés à cela. Nous en étions capables. Mais Renee était à moi.

C'était épée contre épée, feu contre feu alors que les autres se battaient autour de nous. Rome s'en prit à un autre revenant, lui arrachant la tête avant de s'attaquer au suivant. Finalement, William et Jaxton se rapprochèrent pour se battre, griffes et serres en l'air. Mais je ne pouvais pas me concentrer sur eux. Il fallait que je me focalise sur Renee.

— Ton compagnon va mourir. Le mien est beaucoup plus fort.

— Tu te fais des illusions. Pourquoi te bats-tu pour un homme que nous ne connaissons même pas ? Est-ce qu'Oriel existe, au moins ?

— Évidemment que mon maître existe ! C'est lui qui va gagner cette ville et sa magie. Et cette petite pétasse de l'air, là-bas.

Elle pointa le doigt en direction de Rowen.

— Tu penses vraiment que tu es assez forte pour ça ? Tu ne l'as jamais été. Tu es peut-être revenue en tant que phénix, mais tu ne sais même pas comment exploiter ce pouvoir. Tu serais tellement plus forte en tant que nécromancienne !

— Je ne me battrai jamais pour ton camp.

— Alors, tu ne te battras pas du tout. Mais d'abord, mon maître m'a demandé une chose.

Elle sortit une dague, qu'elle enflamma et lança dans les airs.

Je projetai ma flamme pour tenter de l'arrêter, en vain.

Au lieu de cela, l'épée de Renee me frappa au flanc, tranchant la chair et la brûlant alors que je criais et tombais à genoux. Jaxton se tourna vers moi, repoussant William. D'un coup, je fus incapable de respirer. À cause de la douleur. À cause du choc.

Presque au moment où je touchais le sol, Nelle laissa échapper un halètement surpris et baissa les yeux sur la dague ardente plantée dans son cœur, puis elle tomba à son tour.

Il y eut un autre cri. Et j'eus l'impression que c'était la fin du monde.

La belle sirène gothique, avec ses yeux bordés de khôl, ses cuirs à cotte de mailles et ses cheveux noirs ondulés gisait sur le sol. Le sang s'accumulait autour d'elle tandis que le roi des faë hurlait et que le leader ailé plongeait.

Je ne pouvais pas respirer.

VINGT-TROIS

JAXTON

JE PLANTAI mes griffes dans William. Cela ne pouvait pas arriver. Je ne pouvais pas croire que c'était en train de se produire. J'aurais dû la laisser avec son père. J'aurais dû la cacher dans l'eau avec les autres sirènes. Elles auraient pu la protéger. Au lieu de cela… Bon sang ! Pas maintenant !

Le sol frémit, l'air vibra, et je baissai les yeux sur Aspen, agenouillé devant Nelle, dont le corps entier était secoué par le chagrin. Il hurla, et des arbres se déracinèrent, tandis que d'autres revenants se dissolvaient et explosaient en mille morceaux.

Les métamorphes étaient épargnés, tout comme le cercle de sorcières. Même en deuil, le roi des faë ne faisait pas de mal à ses alliés. Non, Aspen utilisait trop de pouvoir trop vite dans sa douleur, et blessait ceux qui avaient fait du mal à sa compagne.

Parce que c'était ce que représentait Nelle pour lui. Sa compagne.

Et à présent, elle était partie. J'avais perdu ma sœur.

Je volai plus près, tentant de passer à travers la magie qui se présentait, pour atteindre ma sœur.

Au lieu de cela, elle me fixait de ses yeux gris sans vie, la bouche entrouverte, le sang s'accumulant autour d'elle. Un petit filet de sang coula de sa bouche, et je hurlai.

Un chœur de cris me fit écho, mes faucons portaient le deuil avec moi.

Elle était à nous. Elle m'appartenait. Et à présent, elle était partie.

Je regardai Laurel qui se battait contre Renee. Ma compagne saignait au flanc, à cause d'une blessure marquée par le feu. Renee l'avait coupée, blessée, mais Laurel lui rendait la pareille avec autant de force. Slash slash slash ! Clang clang clang !

Épée contre épée, feu contre feu, toutes deux étaient de force égale. Seulement, mon phénix devait attraper la sorcière noire afin de puiser dans ses nouveaux pouvoirs et se défendre. Je n'étais pas certain que nous sachions comment faire. Je devais aller voir Nelle, ma petite sœur, mais d'abord, je ressentais le besoin de faire souffrir Renee.

Je tournoyai dans les airs, les griffes déployées, et agrippai William. Mon cousin était de la même taille que moi, d'une envergure peut-être un peu plus réduite, mais il était plus fort à cause de la magie qui se déversait en lui grâce à Renee.

Il était plus fort que moi, d'une certaine manière. Mais il ne gagnerait pas. Je refusais de laisser ce traître, cet enfoiré accouplé à l'assassin de ma sœur prendre le dessus.

William me contourna et planta ses serres dans ma poitrine. Je fis de même avec lui, et nous tournoyâmes dans les airs, avant de retomber en spirale vers le sol. Les autres se dispersèrent pour moi, et je vis Rome chercher à bouger pour nous attraper, mais je lui criai d'une voix stridente de ne pas s'approcher.

L'ours sembla comprendre et alla protéger sa

compagne, combattant aux côtés de la nouvelle sorcière de toutes leurs forces combinées.

William et moi nous séparâmes au dernier moment avant de toucher le sol et de nous transformer en humains.

Cela n'avait aucune importance que nous soyons nus. Les métamorphes s'en fichaient. Il fallait que j'arrête William.

— Ta foutue pétasse de sœur ne méritait pas de vivre. Elle n'était même pas de sang pur. Elle se transformait en poisson. Nous mangeons du poisson. Tu ne comprends donc pas ? Ta mère était une traîtresse pour avoir ouvert ses jambes au roi des sirènes. Et maintenant, ta sœur est à sa place.

Une soif de vengeance s'empara de moi. Il fallait que je mette un terme à cela. Je devais en finir avec cet homme. Je devais détruire tout ce qui lui était cher avant de me tourner vers les ténèbres qui nous menaçaient tous.

— Que t'est-il arrivé ?

Il fallait que je sache. J'avais besoin de savoir où mon doux cousin avait disparu, et pourquoi cet homme était ici à sa place, un traître à l'égard de nous tous.

— Tu m'as traité comme si je n'étais rien. Aujourd'hui, tu mérites ce qui t'arrive. Nelle est partie. Et bientôt, nous tuerons ta pétasse de compagne. Ensuite, nous nous attaquerons à l'aile. Je prendrai la place de leader ailé. Ce que j'aurais toujours dû être.

— Tu as toujours été délirant.

— Pas plus que toi.

Nous reprîmes nos corps de faucon, serres déployées. William s'attaqua à mes yeux et je me tordis, récoltant un coup de griffe dans les côtes à la place. Je ripostai et le griffai. Nous luttions tous les deux comme si nos vies étaient en jeu.

Contrairement aux ours ou aux loups qui se battaient au sol, nous avions besoin d'être en l'air, mais nos serres étaient mortelles. La force de nos becs suffisait à briser des os. Nous étions capables de tuer, mutiler, torturer.

Mais je voulais que William périsse rapidement. J'avais soif de vengeance.

Je voulais retrouver ma petite sœur.

Mon cousin se retourna, s'en prenant à Laurel cette fois, orientant ses ailes de manière à foncer comme une balle. C'en fut trop. Je ne pouvais pas le laisser vivre.

Je m'abaissai, m'orientai comme je le voulais, et lui griffai le dos. Je me tordis dans les airs et le plaquai au sol alors que nous tombions tous les deux, reprenant nos corps humains. Nous étions couverts de sang, et je m'attaquai malgré tout à lui. Mes doigts se changèrent en serres, je griffai et lançai des coups. William fit de même, m'attrapant à l'épaule tandis que j'agrippais sa hanche. Il me frappa au visage et je lui donnai un coup de genou dans le ventre.

Alors, je le regardai, et je vis que Renee continuait à combattre Laurel, les flammes dansant tout autour de nous. La magie vibra en moi, et je puisai dans la force des membres de l'aile. Je ressentis leur espoir, leur peur, leur passion en tant que métamorphes.

Aiden, ma mère, tout le monde. Tous faisaient partie de moi. Mais ce n'était pas le cas de William. Nos liens avaient été brisés. Il était perdu pour nous à jamais.

Je regardai mon cousin et sus qu'il avait vu à quel moment j'avais gagné en puissance. Le moment où j'étais devenu le véritable leader ailé. J'enfonçai mes serres dans sa poitrine, m'emparant de son cœur. Ensuite, je le tordis.

Je vis la lumière faiblir dans son regard, et pendant un

instant, j'eus un aperçu du jeune garçon qui nous suivait autrefois. Celui qui avait été mon ami. Puis il s'en alla.

Il ne restait qu'un traître, les ténèbres s'infiltrant dans ses yeux alors que sa compagne l'appelait.

Mon cousin était mort, et j'avais son sang sur les mains, mais la bataille n'était pas terminée.

— Non ! Comment as-tu osé ? s'écria Renee.

Je me transformai à nouveau, et la pourchassai pour venir en aide à Laurel. Mais elle semblait prendre le dessus, avant même qu'un nouvel afflux de magie n'envahisse le champ. C'était un phénomène inconnu, que je n'avais jamais ressenti.

Je me retournai, reprenant forme humaine, sachant que je m'épuiserais si je ne faisais pas preuve de prudence. Aiden me lança un survêtement que j'enfilai à la va-vite, et je récupérai une épée tombée dans la bataille. Je tranchai la tête d'un revenant et m'avançai vers Aspen, en me demandant ce qui se passait.

Le roi des faë me regarda, ses yeux brillant de tourbillons verts.

— Elle a été sacrifiée avec un sort de feu, ce n'est pas une véritable mort. Ce sort n'était destiné qu'à elle. Cette lame a été trempée dans un poison à son intention. Ce qui signifie qu'elle m'appartient, maintenant.

Je fronçai les sourcils, confus, alors que tout le monde continuait à se battre autour de nous. Il fallait que je retourne auprès de Laurel, et pourtant, alors qu'Aspen se tenait là, serrant ma sœur dans ses bras, je me demandais ce que le faë était en train de faire. Qu'avait-il voulu dire ?

— Que se passe-t-il ? hurlai-je par-dessus les cris.

— La dague était imprégnée d'un sort. Ce n'est pas une véritable mort. Je peux la ramener.

La panique s'empara de moi, et je déglutis avec peine.

— Pas en tant que revenant ! Pas si c'est une ombre !

— Non, je sens encore nos liens. Elle est comme toi, prise dans l'Entre-Deux. Je peux la ramener.

Aspen plissa les yeux alors même que son corps se mettait à rayonner.

— Qu'est-ce que ça va lui faire ? l'interrogeai-je, partagé entre l'espoir, une étincelle de joie et la peur.

— Elle m'appartiendra. Pour toujours. Elle sera une sirène, toujours un faucon, mais elle deviendra aussi la reine des faë. Elle sera à moi.

Avais-je le droit de lui permettre de faire ce choix pour elle ? Mais d'un autre côté, je ne me croyais pas en mesure d'arrêter Aspen.

Alors, à la place, je m'abaissai pour embrasser ma sœur sur le front, et croisai le regard du roi des faë.

— Sauve-la. Je dois venir en aide à ma compagne.

— C'est fait.

Une magie si ancienne qu'elle avait le goût du commencement des temps recouvrit ma langue, mon corps et tout le reste. Tout le monde se figea en se tournant comme un seul homme vers le roi des faë, qui portait ma sœur dans ses bras.

Le couple s'illumina comme un phare. Et une magie que je ne comprenais pas s'avança vers nous. Même Rowen sembla surprise : sa bouche s'entrouvrit alors qu'elle s'accrochait à la magie qui tenait les ombres à distance, Ash, à ses côtés, la protégeant.

— Elle m'appartient, répéta Aspen.

La magie vibra encore, encore et encore, de plus en plus vite, jusqu'à ce que mon cœur batte au même rythme.

Nelle se cambra dans les bras d'Aspen, son corps convulsant pendant un moment alors qu'un cri retentissait.

Je voulais mettre un terme à cela, soulager sa douleur, mais je ne savais pas exactement ce qui se passait.

Soudain, des tatouages vert écume de mer apparurent sur les bras, la poitrine et les hanches de ma sœur, semblables à ceux d'Aspen, et je compris qu'il avait créé un lien d'accouplement pour la protéger.

C'était le sort.

Sa compagne était vivante, tout comme la mienne qui se battait dans mon dos.

Aspen croisa mon regard et hocha la tête.

— Je la protégerai.

Et ils partirent, laissant dans leur sillage une traînée de paillettes vert écume. Je me demandais à quoi je venais d'assister.

Comme si on avait crevé un ballon dans le vide, les combats continuèrent comme si rien de tout cela n'était arrivé. Peut-être que je perdais la tête. Je me tournai vers Laurel, la vis se battre contre Renee, et je sus que je devais la protéger. Ma compagne. Mon avenir.

Et que soit maudit celui qui se mettrait en travers de mon chemin.

VINGT-QUATRE

EN TOUTE HONNÊTETÉ, je n'arrivais pas à croire ce que je voyais, mais il m'était impossible de me concentrer sur les autres. Il fallait que je garde mon attention rivée sur la pétasse devant moi. Renee hurla, le chagrin se déversant hors d'elle par vagues, pourtant, je ne pouvais pas avoir pitié d'elle. Elle s'était servie de son compagnon et de ses relations. À l'évidence, même si elle l'avait aimé à sa façon, leur noirceur les avait tous deux pervertis, et je ne savais pas ce que cela signifiait. Je ne savais pas si elle *pouvait* vraiment l'aimer. Pas comme elle l'aurait dû. Pas d'une manière qui comptait.

J'avais du mal à respirer face à la douleur d'imaginer perdre à nouveau mon compagnon, et pourtant, elle s'était *servie* de William. Et elle essayait de tuer ceux que j'aimais. Encore, et encore, et encore.

Je criai, faisant le maximum pour respirer et me concentrer sur la magie qui était en moi. Mes ailes vibrèrent, se détachant de mon dos tandis que les flammes m'envahissaient.

Renee jeta son épée à terre, et je fis de même : il n'y avait plus que la magie entre nous. Les épées ne faisaient que nous entraver, du moins face à elle.

— Tu vas payer pour ça ! hurla-t-elle en projetant du feu vers Jaxton, qui courait vers moi.

Je me jetai en travers de son chemin, sans me rendre compte que mes pieds décollaient du sol. Je *volais* vers elle. Je vacillai dans les airs pendant un instant, peu habituée à mes ailes. Quand Jaxton se changea en faucon, volant à mes côtés, je sus que c'était la chose à faire. Je laissai mon feu prendre le contrôle. Enfin, je me laissai aller.

Pendant trop longtemps, je m'étais retenue à cause de la malédiction, j'avais gardé mon pouvoir bloqué en moi. À présent, je pouvais le projeter. Je lançai mes mains vers l'avant, paumes tendues, tandis que le feu se déversait de mes pores et fonçait vers Renee. Elle ouvrit la bouche pour hurler, m'envoyant à nouveau du feu.

D'une manière ou d'une autre, elle gardait un certain pouvoir sur les revenants. Soudain, je compris que cette fois, elle n'était pas seule. Oriel devait être proche, ou du moins nous observer, ou il faisait quelque chose, parce que je ne ressentais pas que son pouvoir de nécromancienne. Je repérais autre chose. Quelqu'un d'autre. Quelqu'un de bien plus fort, de bien plus sombre. Il se servait de son pouvoir en plus de celui de Renee, même s'il n'était pas sur le champ de bataille avec nous. Il était quelque part. Je le savais. Nous n'étions peut-être qu'une diversion. Mais je l'ignorais. La seule chose dont j'étais sûre, c'était que je devais éliminer Renee. Je devais l'arrêter avant qu'elle ne blesse un autre de mes proches.

Je ne pouvais pas me concentrer sur la possibilité que Nelle ne soit plus là. Je devais me concentrer uniquement sur le besoin d'éliminer Renee. La sorcière planta ses deux pieds dans le sol alors que j'avançais vers elle, puis elle hurla en déversant une vague de feu sur moi. Je battis des ailes et stoppai les flammes avant qu'elles n'arrivent, en hurlant. Lorsque je me posai au sol, les ailes douloureuses, je regardai mes amis, mon cercle de sorcières, et je vis tous leurs yeux écarquillés.

— Quelle foutue belle vue !

Rome sourit en se plaçant près de moi tandis qu'ils repoussaient chaque revenant.

Renee s'était positionnée derrière la ligne de morts-vivants, et nous devions nous rapprocher.

La ville ne pourrait pas survivre longtemps à l'assaut. Je ne savais même pas ce qui se passait de l'autre côté de la frontière. Tout ce que je savais, c'est que nous devions protéger ceux que nous aimions.

Il nous fallait contenir les revenants ici, où nous pouvions les gérer. De cette manière, personne n'aurait à être blessé à cause de nos erreurs. Plus jamais.

— Encore un sort. En es-tu capable ? me cria Rowen, et je lui adressai un sourire sauvage en battant des ailes.

— Bon sang, oui !

Alors, ma sœur de cœur sourit, et je sus qu'elle voyait mon pouvoir, alors même que la bataille faisait rage autour de nous. Parce que je n'étais plus la maudite. J'étais la force. J'étais le feu. J'étais une sorcière. Je faisais partie du cercle. Et nous pouvions le faire.

Jaxton me tint une main, Ash l'autre tandis que Rowen se plaçait à côté de lui, puis Rome et enfin Sage se rapprochèrent. Nous étions les six. Nous étions le cercle, et pourtant bien davantage. Nous étions tout ce que nous devions être, et nous bannirions cette femme.

— Répète après moi, commença Rowen, et je m'exécutai.

— *Notre puissance est juste et les esprits s'élèvent, la force des six à travers les cieux. Prenez ce mal, faites-les payer. Donnez-nous la force de gagner cette journée. Le règne le plus sombre de cette journée prendra fin, nous laissant le temps de nous rassembler et de nous réparer. Cette vérité sacrée, nous la décrétons, c'est notre volonté, qu'il en soit ainsi !*

La puissance surgit en moi, mes ailes battaient à toute vitesse, et nous partîmes, les revenants tombant au sol alors qu'ils étaient repoussés par notre magie. La fumée se dissipa, l'obscurité ne nous envahissait plus. Nous pouvions nous battre maintenant, et nous pouvions gagner.

J'avais juste besoin d'atteindre Renee.

Mon épée n'était plus là, Renee l'ayant réduite en cendres, mais ça n'avait pas d'importance. Je pouvais toujours me rapprocher. Je pouvais poursuivre la lutte.

Je courus, battant des ailes alors que j'essayais de décoller sans y parvenir. Puis Rowen fit appel à la magie de l'air, Ash se servit de la terre tandis que Rome frappait le sol de ses pattes à côté de moi, et Sage employa son pouvoir de l'eau. Ils me poussèrent en avant et vers le haut, accroissant ma magie et ma force, ma connexion à la Terre mère et à tout ce qui m'entourait.

C'était ce pour quoi nous nous étions entraînés, ce qu'il nous fallait. C'était à cela que servait le cercle. C'était pour cela que nous *pouvions* sauver Ravenwood.

Je n'avais jamais eu autant d'espoir auparavant, et je savais que c'était le moment. Je savais que c'était ainsi que nous réussirions.

Et puis Jaxton fut là, dans son corps de faucon, volant autour de moi, se servant de ses ailes pour m'apprendre à m'élever. Ensuite, je partis. Je m'élançai dans les airs et Sage poussa un cri d'encouragement avant de retourner à son propre combat.

Jaxton et moi nous en prîmes à Renee. La sorcière noire

projeta une lame enflammée, mais je l'arrêtai avant qu'elle n'atteigne mon compagnon, en colère qu'elle ose même essayer de blesser celui qui était mien.

Je jetai un coup d'œil à Jaxton dans les airs, son faucon s'inclinant un peu pour me faire un léger signe et nous repartîmes. Il taillada Renee de ses serres, et je me servis de mon feu. C'était bataille contre bataille, chaleur contre chaleur.

Renee était forte, mais enfin, *enfin* j'étais plus forte qu'elle.

Je n'avais plus l'impression d'être brûlée de l'intérieur par le simple fait de respirer.

Je brûlais la terre délibérément, maintenant, en projetant ce que je pouvais. Je savais que ce pouvait être la fin. Ce pourrait être le moment.

— Vous n'aurez jamais cette ville ! lançai-je alors que les autres m'encourageaient. Ravenwood nous appartient !

— Cette ville n'a jamais été à vous. Vous êtes sur une terre volée. Elle était à nous, et il est temps que vous le sachiez.

Renee fit glisser ses deux mains en l'air, et des éclairs jaillirent sur le sol autour de nous. Des éclairs terriblement similaires à la tempête qui avait amené Sage jusqu'à nous.

Alors, un loup cligna des yeux en nous regardant depuis les ténèbres. Ils étaient rouges. Soudain, il s'en alla, et je restai interdite. Était-ce Oriel ? Ou quelque chose d'autre ?

Renee repoussa encore le feu vers moi, et je fis de même. Nos deux panaches se heurtèrent l'un à l'autre, formant une vague qui exigea le reste de la puissance du cercle pour la contenir afin qu'elle ne brûle pas la ville que j'essayais de sauver.

— Il faut qu'elle reste concentrée. Nous allons l'avoir ! cria Renee par-dessus le vacarme des flammes.

Je hochai la tête, je jouais mon rôle. Il fallait que Renee garde toute son attention sur moi pour que les autres puissent l'atteindre.

Je lui envoyais des lames de feu, les unes après les autres, tandis que mes serres s'enfonçaient dans son flanc, cherchant à franchir ses protections personnelles. Elle tomba au sol. Le feu brûlait dans ses blessures, le sang coulait, et elle me regardait de ses yeux écarquillés. Je savais que ce pouvait être la fin. Nous y étions presque, c'était un pas de plus vers Oriel et la protection de notre ville.

Alors, une onde de choc nous traversa, et je fus projetée en arrière, me cognant la tête au sol. Jaxton laissa échapper un son douloureux en atterrissant à côté de moi, et je m'avançai vers lui, tous deux sous forme humaine désormais. Nous nous tenions l'un à l'autre tandis que le sol vibrait et qu'un tremblement de terre creusait une ligne dentelée dans le sol. Je balayai les alentours du regard pour m'assurer que nous étions tous en sécurité. Tout le monde était en vie, mais quelque chose allait arriver. Il se passait quelque chose. Était-ce Oriel ? Enfin ?

La fumée s'enroula telle une chaîne autour du corps de Renee. Elle m'adressa un sourire et un regard méchants, puis disparut. La fumée l'avait emportée, elle avait pris notre ennemie. La bataille semblait terminée. Pour l'instant.

Je regardai mon compagnon, puis les autres, puis de nouveau Jaxton avant de coller ma bouche à la sienne, priant pour que nous puissions nous reposer, ne serait-ce qu'un instant.

Nous avions peut-être perdu Renee, mais nous la retrouverions. Je devais garder espoir.

Puis Ash posa sa main sur mon épaule et me tira vers le haut, et mon frère me prit dans ses bras.

Quand Ash me relâcha, je m'affaissai contre mon compagnon et contemplai les habitants de la ville qui s'étaient réunis pour la défendre, espérant que cela suffirait.

Je devais avoir la foi en notre capacité à trouver la force de sauver Ravenwood. Une fois pour toutes.

VINGT-CINQ

ORIEL

ORIEL DÉPOSA Renee sur le lit et murmura des incantations destinées à la guérir. Les brûlures et les éraflures commencèrent à se refermer, même si elles ne disparaissaient pas complètement. Elle porterait des cicatrices, mais d'un autre côté, elle les méritait probablement. Elle avait échoué. Ils avaient tous échoué. À présent, il allait devoir se salir les mains.

Oriel soupira et tapota la joue brisée de Renee.

— Tu as fait de ton mieux. Mais nous n'avons pas encore fini.

— Il a tué mon compagnon, cracha-t-elle, la voix rauque d'avoir tant hurlé.

— William était faible. Mais tu le savais.

— Il était à moi ! lança-t-elle d'un son sec.

— Et il ne l'est plus. Je déplore sa perte, tout comme je regrette celle de Faith. Mais les besoins sont satisfaits, et à présent, nous avons accès au cœur.

Elle plissa les yeux.

— Tu t'es servi de moi comme diversion !

Oriel sourit.

— Bien évidemment ! dit-il avant de laisser échapper un soupir. Que croyais-tu que j'allais faire ? Te regarder enchaîner les erreurs ? Non, tu as fait ce que tu devais faire, comme William, comme Faith. Mais à présent, j'ai accès au cœur de Ravenwood, et elle sera bientôt à nous.

À moi.

Oriel ricana. Elle ne serait qu'à lui, mais il ne le lui dit pas.

— Alors, quelle est la suite ? lui demanda-t-elle, posant la main sur sa blessure.

— On te soigne, on rassemble nos forces, puis nous nous emparons enfin de la ville et du cercle. Et je récupère ce qui m'appartient.

Renee s'évanouit de douleur, avec un léger sourire aux lèvres. Elle pleurait peut-être son compagnon, mais s'ils n'y prenaient pas garde, elle regretterait plus encore la perte de son pouvoir.

Oriel secoua la tête et tourna les talons pour aller regarder par la fenêtre. Il voyait la ville de Ravenwood en contrebas, même si ni Rowen ni personne d'autre ne saurait jamais qu'il était là. C'était la force de sa magie. Jamais ils ne se rendraient compte qu'il avait accès au pouvoir de Ravenwood. Ou qu'il lui *appartenait.*

Il sourit et tapota la vitre du bout des doigts, attendant le bon moment.

— Très bien, chère sœur. Tu as peut-être éliminé une partie de mon équipe, mais tout était écrit. À présent, tu vas devoir m'affronter. Tu croyais être la dernière des Ravenwood ? Oh que non, chère sœur ! Tu te fourvoyais. Et bientôt, tu te rendras compte à quel point tu as toujours eu tort. Et tu auras *toujours* tort.

VINGT-SIX

JAXTON

Mon phénix me chevauchait avec un sourire féroce tandis qu'elle cambrait ses hanches, son sexe serré comme un étau autour de mon membre. Je levai les mains et effleurai ses mamelons avec mes pouces alors qu'elle baissait la tête, et que ses boucles flamboyantes dansaient autour de nous. Ses cheveux étaient devenus encore plus rouges après son retour et chaque fois qu'elle se changeait en phénix. C'était comme si elle se transformait en flamme pure, en cœur et en feu. Et elle m'appartenait totalement.

Je souris et levai les hanches pour la pénétrer. Elle fit rouler les siennes au-dessus de moi, venant à ma rencontre à chaque coup de reins.

— Prends-moi plus fort, mon faucon.

— Tant que tu me prends en retour, sorcière.

Elle sourit et se pencha pour m'embrasser avant que je ne nous retourne tous les deux, la mettant à quatre pattes. J'agrippai ses hanches et ses ailes de feu se déployèrent autour de nous. Je souris en la prenant. Je la pénétrai tandis qu'elle se cambrait pour moi, les flammes dansant autour de nous. Mon faucon contourna le lien d'accouplement pour rejoindre son ancre.

Jamais je n'aurais imaginé que le sexe pouvait être comme ça, que ce genre de puissance pouvait s'infiltrer en nous deux, mais là, c'était tout.

Quand elle jouit, elle roula son corps en arrière, son dos contre ma poitrine, et je glissai mes doigts sur son clitoris, ma main sur sa poitrine et je mordis son cou, la revendiquant comme mienne. Elle gémit mon nom, et alors je la comblai, jouissant avec force pendant que nos corps étaient secoués de tremblements. Nous nous laissâmes tomber sur le lit, ses ailes disparaissant en fumée tandis que nous nous embrassions, nous aimions, et demeurions simplement étendus là.

Elle m'observa après coup alors que nous dessinions tous les deux paresseusement des dessins imaginaires sur nos ancres.

— Il fait de plus en plus chaud, ou c'est juste moi ?

— C'est une réplique de drague ? m'enquis-je en riant.

— Je n'arrive pas à croire que ce soit notre avenir, murmura-t-elle.

— Je n'arrive pas à croire que j'ai failli te perdre à nouveau.

Je n'oublierais jamais le regard de Renee lorsqu'elle avait essayé de tuer Laurel, encore et encore, ou le fait que nous n'avions perdu cette partie de la bataille qu'à cause d'Oriel. Nous n'avions jamais vu cet homme, mais nous connaissions le goût de son pouvoir.

Je me penchai et frôlai ses lèvres, puis je l'embrassai et déposai d'autres baisers dans son cou et sur sa poitrine avant de lui sucer les seins. Je ne pouvais pas m'en empêcher. J'avais besoin de son goût sur ma langue. Ma main était encore entre ses jambes, jouant délicatement avec ses replis humides. C'était notre manière de nous réveiller le matin avant de nous réunir avec le cercle de sorcières pour faire des plans.

— Demain, nous nous battrons encore, et encore après, mais nous sommes plus forts que jamais.

Je hochai la tête, l'embrassai à nouveau, puis retirai ma main pour pouvoir l'étreindre et la tenir.

— Et ta sœur est en sécurité ?

Je grimaçai.

— Ne parlons pas de ma sœur pendant que nous sommes nus et enlacés.

— Elle l'est ?

Je hochai la tête, sachant qu'il était important que nous parlions des détails, même si le moment ne me paraissait pas tout à fait approprié.

— Nelle va rester sur les terres des faë pendant un moment le temps de guérir, mais ensuite, elle reviendra, dis-je avant de faire une pause. Son père va nous rendre visite.

Laurel faillit bondir du lit.

— Le roi des sirènes vient ici à Ravenwood ?

— C'est ce qu'il semblerait. Aujourd'hui, ce n'est pas simplement Ravenwood contre Oriel. Et le peuple sirène est répandu à travers le monde.

Ma mère avait œuvré avec son compagnon pour contacter les autres peuples du monde afin de voir ce qui pouvait être fait. Pour pas mal de raisons, cette ville était importante aux yeux du monde, et pas simplement parce que mon cœur lui appartenait.

Nous prîmes tous deux une minute pour réfléchir à cela avant que je la serre et l'embrasse à nouveau.

— D'accord, alors. Il se passe des choses.

Je hochai la tête.

— Plus vite qu'on ne le pensait.

Bientôt, nous nous réunirions avec le cercle pour élaborer d'autres plans pour Oriel, et pour Ravenwood elle-même. Pour l'instant, ma sœur était en sécurité, plus forte que jamais, peut-être même plus forte que moi.

Ma compagne était entière, un pouvoir à part entière.

Et nous avions tous un but. L'aile était solide. Elle se projetait dans l'avenir et affrontait ses propres erreurs tout en s'élevant au-dessus d'elles.

Nous avions des projets. Un futur.

Il nous avait presque fallu tout perdre plus d'une fois pour que cela arrive, mais *c'était en train* de se produire.

Nous étions au-delà de l'aube, au-delà du crépuscule, basculant dans la phase suivante de notre prophétie et de notre trajectoire.

En définitive, alors que je serrais ma compagne dans mes bras, je savais que nous allions devoir nous lever bientôt, mais je n'en tins pas compte. J'embrassai Laurel, me demandant pourquoi j'étais si chanceux de finalement pouvoir étreindre la femme que j'aimais, la femme que j'avais perdue. La femme qui m'appartenait jusqu'à la fin des temps.

VINGT-SEPT

ROWEN

J'avais l'habitude d'être seule. Je l'avais été durant la plus grande partie de ma vie. Mes parents n'étaient plus là. Ma famille non plus. J'étais la dernière des Ravenwood. Je portais le nom d'une ancêtre, et pourtant, j'étais seule. Il avait fallu des années pour que notre cercle devienne ce qu'il était aujourd'hui. Pour découvrir qui nous pouvions être une fois les malédictions brisées, et si nous pouvions trouver qui nous devions devenir. Et pourtant, j'avais failli tout perdre, à plusieurs reprises.

Sage était de retour. Elle n'était plus un lointain souvenir de ce qui me manquait et que nous avions tous oublié. Elle n'était plus tenue à l'écart de la ville à cause d'une malédiction.

Je me rendis dans la cuisine et sortis une bouteille de pinot noir, la débouchai et me versai lentement un verre plein. J'envisageai de boire directement à la bouteille après les événements de cette journée, mais je sus en prenant une grande gorgée de mon vin, alors que le goût fumé se déposait sur ma langue, que j'avais besoin de m'asseoir dans ma salle de méditation et de me concentrer. Il fallait que je remette mes cristaux en place, et que je fasse le plein d'énergie après tout ce que j'avais dépensé dans la bataille. Bataille après bataille, année après année, cela ne suffisait pas. Moi, je ne suffisais pas.

Mais c'était pour cela que le cercle existait. Et pour cela aussi que nous avions une prophétie gravée dans la pierre, nous indiquant comment vaincre les ténèbres. Et ces ténèbres, c'était Oriel. Ça avait toujours été le cas, et pourtant, il était assez fort pour me contourner. Il s'était caché de moi durant si longtemps que je n'avais pas su voir exactement ce qui arrivait vers nous, et je n'en étais toujours pas capable. Pas avant qu'il soit en face de moi. Tout ça parce que je n'étais pas assez forte. Je ne l'avais jamais été. Et cela ne me ressemblait pas. Il fallait que je sois assez forte. Mais d'un autre côté, ce n'était peut-être pas le cas. Peut-être que ça ne pouvait pas être le cas.

Ce n'était pas à cause d'un sort que Sage avait été tenue à l'écart de la ville. C'était l'œuvre d'Oriel. C'était la seule explication. La ville n'aurait pas repoussé l'un de ses membres fondateurs. Nous n'aurions pas pu oublier son existence, ou ne pas avoir su la faire venir jusqu'à ce qu'il soit presque trop tard. C'était forcément Oriel. Ce nécromancien était une puissance qui m'était étrangère, et je détestais ne pas le comprendre. Il fallait que je comprenne, et pourtant, là encore, cela ne suffisait pas. Comment était-ce possible ?

Et puis il y avait Laurel. Laurel, ma sœur de cœur et membre de mon cercle, celle que je n'avais jamais su protéger. J'avais mis tout mon cœur et toute mon âme à trouver de nouveaux sorts et des moyens de l'arracher à cette malédiction. Mais chaque fois, cela la blessait davantage, et je le ressentais. Grâce à nos liens, je sentais les flammes qui la dévoraient, et je ne pouvais rien y faire. En rêve, je hurlais en la voyant brûler et disparaître, et je ne pouvais rien faire à cause de la malédiction des Christopher. En raison de quelque chose qui remontait à bien avant notre naissance.

Je bus une autre gorgée de ma boisson et promenai mon regard sur la maison de mes ancêtres, qui était bien trop grande pour une seule personne.

Je n'avais même pas d'animal domestique. J'avais perdu mon chat Samuel trois ans plus tôt, de vieillesse. Je n'avais pas voulu prolonger sa vie à l'aide d'un sort, pour ne pas m'approcher de la magie noire et de la nécromancie au point de pervertir mon âme. Je lui avais donc dit au revoir, ainsi qu'à mon cœur, comme j'avais fait mes adieux à tous les autres.

Nous avions perdu Trace, Penelope, Alden, William. Nous en avions perdu d'innombrables autres dans les combats contre Oriel et ceux qu'il avait envoyés nous attaquer. J'avais presque perdu cette famille que je m'étais créée, Nelle et tant d'autres.

Et chaque fois que je tentais de concevoir un plan pour attaquer Oriel en tête à tête, il nous en empêchait. C'était lui qui contrôlait la situation. J'étais la sorcière de Ravenwood. Je disposais d'une puissance redoutable. Et pourtant, dans ce domaine, je ne parvenais pas à gagner.

J'avais perdu.

Et je ne savais même pas comment.

Je devinai qu'il était près de ma maison avant même qu'il n'atteigne le pas de ma porte.

Je savais qu'il viendrait.

Je serais toujours capable de sentir sa présence, même si je me disais que ce n'était pas une bonne idée. Que je n'étais pas cette femme.

J'ouvris la porte, le verre de vin à la main, et contemplai Ash.

C'était le garçon que j'avais aimé. Mais je ne reconnaissais pas l'homme qu'il était devenu.

Il se tenait là dans son costume à mille dollars, la chemise déboutonnée en haut, ses cheveux retombant sur son visage. Il était magnifique, comme taillé dans la pierre, avec une mâchoire en granit. Ses yeux noirs et perçants étaient bien plus sombres qu'ils ne l'avaient jamais été auparavant.

Il appartenait à la lignée des Christopher, c'était le frère de Laurel, mais il était aussi l'homme de mon cœur, l'homme de mon passé. Mais pas de mon avenir.

— Je sais que nous avons tout prévu avec le groupe, mais c'est notre tour, Rowen. Il est temps pour nous de nous unir pour combattre les ténèbres.

Il prononçait ces mots, mais il n'y avait rien derrière. Aucune émotion, aucun sentiment. Rien.

C'était comme s'il récitait par cœur, et je ne parvenais pas à reconnaître l'homme qui se tenait devant moi.

Je bus une gorgée et reculai d'un pas.

— Entre, Ash. Je suppose qu'il est temps que nous parlions.

Il passa devant moi, son bras frôlant doucement le mien, et je savais que ce n'était qu'un accident. Il n'était même pas capable de le faire d'instinct. Il n'en avait plus la capacité.

Je refermai la porte, ravalant mes sentiments. Parce qu'il n'était plus à moi, et peut-être qu'il ne l'avait jamais été.

Je posai la paume sur le bois vieilli de ma porte, m'assurai que les protections de la ville étaient en place, en dépit du fait qu'elles me vidaient lentement, malgré l'aide du cercle, et vérifiai également celles de ma maison, avant de refermer. Puis je me tournai vers mon âme sœur et croisai son regard.

Mais pouvait-on vraiment être l'âme sœur d'une personne qui n'avait plus d'âme ?

Cela faisait tellement longtemps que je me posais la question ! C'était l'interrogation de mon passé et de mon avenir.

Ash Christopher était mon âme sœur. Ma trajectoire.

Mais il avait perdu son âme.

Et il ne pourrait jamais m'appartenir.

Envie d'en savoir plus sur les sorcières de Ravenwood ?
Clarté nocturne.

NOTE DE CARRIE ANN

Merci d'avoir lu Révélations au crépuscule !

J'adore écrire des romances paranormales et quelques amis ont tout misé sur l'univers des sorcières, des rassemblements mystiques et du pouvoir féminin. C'est ce qui m'a donné l'idée de la ville de Ravenwood. Je suis impatiente de vous faire découvrir un peu plus ce monde magique !

Le prochain tome de la série est Clarté nocturne. Ash et Rowen attendent leur histoire !

Sorcellerie à Ravenwood

Tome 1 : Mystères de l'aube

Tome 2 : Révélations au crépuscule

Tome 3 : Clarté nocturne

DE LA MÊME AUTRICE

Montgomery Ink:

Tome 10: À grands traits
Tome 11: En pleins et déliés

L'un pour l'autre:
Tome 1: Elle et aucune autre
Tome 2: Nul autre que toi
Tome 3: Rien d'autre que nous

Whiskey Town:
Tome 1: Comme un avant-goût
Tome 2: Un goût d'inachevé
Tome 3: Le goût des secrets

Les Frères Gallagher:
Tome 1: Un amour nouveau
Tome 2: Une passion nouvelle
Tome 3: Un nouvel espoir

Sorcellerie à Ravenwood
Tome 1 : Mystères de l'aube
Tome 2 : Révélations au crépuscule
Tome 3 : Clarté nocturne

Redwood:
1. Jasper
2. Reed
3. Adam
4. Maddox
5. North
6. Logan
7. Quinn

Griffes

1. Gideon
2. Finn
3. Ryder
4. Bram
5. Parker

Pour plus d'informations, abonnez-vous à la LISTE DE DIFFUSION de Carrie Ann Ryan.

À PROPOS DE L'AUTEUR

Carrie Ann Ryan n'avait jamais pensé devenir écrivaine. C'est seulement quand elle est tombée sur un roman sentimental alors qu'elle était adolescente qu'elle s'est intéressée à cette activité. Lorsqu'un autre romancier lui a suggéré d'utiliser la petite voix dans sa tête à bon escient, la saga *Redwood* ainsi que ses autres histoires ont vu le jour. Carrie Ann a publié plus d'une vingtaine de romans et son esprit foisonne d'idées, alors elle n'a guère l'intention de renoncer à son rêve de sitôt.

www.ingramcontent.com/pod-product-compliance
Lightning Source LLC
Chambersburg PA
CBHW010736130726
47899CB00015B/3283